맛있는 위로

누구도, 무엇도 위로가 되지 않을 때

맛있는 위로

이유석 지음

문학동네

매일의 식탁 위에는
매일의 드라마가 있다

나는 배고픔을 잘 참지 못한다. 혹자가 '굶주림은 날카로운 가시보다 더 예민하다'고 표현한 적이 있는데, 그 정도까지는 아니더라도 허기진 상태가 참으로 싫다. 괜히 마음까지 공허해지는 기분 때문이다. 어렸을 때는 밥을 먹고도 엄마에게 간식을 만들어달라고 조르고, 학창시절에는 쉬는 시간마다 매점을 들락거렸던 건 그래서였는지도 모르겠다. 맛있는 음식이 입에서 맴돌다 배 속을 채우면, 그 순간만은 밀려오는 포만감에 안고 있던 고민들이 떠내려가는 느낌이다. 나는 음식이 주는 그 따뜻한 위안을 정말이지 사랑한다.

하지만 내가 열아홉 살이란 이른 나이에 요리사의 길로 접어든 것은 단지 음식에 대한 애정 때문만은 아니다. 처음엔 별다른 이유나 목적 없이 그저 요리를 해야겠다는 생각뿐이었다. 나는 왜 셰프가 됐을까. 왜 수많은 기술 중에서 하필 요리였을까. 그 연유는 레스토랑을 돌며 아르바이트를 한 20대 초반에도, 프랑스와 스페인에 있는 유명 레스토랑에서 경력을 쌓은 20대 중후반에도, 쉽게 찾을 수 없었다. 30대에 접어들어, 2년 전 '루이쌍끄'라는 레스토랑을 시작한 이후에야 비로소 답을 구하게 됐다.

그저 맛있는 음식이 먹고 싶어서, 소중한 사람과 즐거운 시간을 보내고 싶어서, 고단한 하루를 술 한잔으로 위로하고 싶어서 등, 저마다의 이유와 사연을 안고 가게를 찾은 손님들. 그들을 만나고 그들을 위해 요리하고 그들과 대화를 나누며 2년이란 시간을 보냈다. 손님들이 만족한 표정으로 가게 문을 나서면 마치 그 행복이 내게 전이된 것처럼 기분이 좋았다. 요리를 하길 잘했다는 생각이 들었다. 그랬다. 내게 요리란 단순히 음식을 만드는 일이 아니라 누군가에게 작고 소박한 위로와 행복을 전하는 일이었다. 내가 음식을 통해 받은 위안을 다른 사람들에게 돌려주는 일, 그래서 내 길은 오직 요리였던 것이다. 행복해하는 손님들의 표정을 보면, 나 역시 힘든 일상을 위로받았다. 나로 인해 누군가가 아주 잠시라도 행복해질 수 있다는 것은, 꽤나 벅차고 보람된 경험이었다.

좋아하는 일본 작가 요시모토 바나나는 "매일의 식탁 위에는 매일의 드라마가 있다"고 말했다. 나 역시 그렇게 생각한다. 레스토랑을 운영하면서 그 말의 의미를 더욱 실감했다. 손님들에게 선보이는 음식은 똑같은 레시피로 만든 것이다. 그러나 그것을 받아들이는 손님은 각자 저마다의 감정과 기분으로 흡수한다. 손님에 따라 전혀 다른 음식으로 변신하기도 하고, 그렇기에 전혀 다른 경험을 선사하게 된다. 실연 때문에 힘들어하는 사람에게는 연인을 기억하는 그리움의 음식으로, 미래가 막막해 하루하루 자신감이 떨어지는 청춘에게는 용기를 북돋워주는 음식으로, 각자 바쁜 일상으로 서로의 소중함을 잊고 사는 가족들에게는 정을 느끼게 해주는 음식으로 탈바꿈한다.

그런 과정을 세세히 들여다보고 함께할 수 있었던 데에는 가게의 독특한 운영방식도 한몫을 한다. 루이쌍끄는 프렌치 레스토랑이지만 여느 파인다이닝fine dining, 코스로 운영되는 정찬요리 레스토랑이 아니다. 와인이나 맥주와 함께 프랑스음식을 단품으로 먹을 수 있는 프렌치 가스트로 펍french gastro pub이다. 덕분에 격식 없이 누구나 편안하게 즐길 수 있다. 또한 점심 영업은 하지 않고 저녁에 문을 열어 새벽까지 영업을 한다. 한마디로 일종의 '심야식당'이다. 하여 밤늦게 어떤 제약이나 방해요소 없이 찾을 수 있다. 어떤 부담감이나 체면을 생각하지 않고, 혼자 또는 지인과 함께 날것 그대로의 행동을 할 수 있는 공간이랄까.

　몇 해 전 늦은 영업시간에 일어나는 해프닝을 그린 일본 드라마 〈심야식당〉이 큰 인기를 끌었다. 중년의 주인장이 혼자 운영하며 밤부터 이른 아침까지 문을 여는 이 가게는, 주인장의 음식맛이 훌륭해서라기보다는 소박한 음식과 어울리는 이야기가 있기에 지금도 이를 추억하는 팬들이 많다. 굳이 그 식당에 오마주를 갖고 있었던 것은 아니지만, 나 역시 손님들과 희로애락을 함께하는 식당을 만들고 싶었다. 여느 레스토랑과 달리, 심야 영업을 하는 이유도 그 때문이다.

　식사 손님뿐 아니라 술손님도 적지 않다보니 바bar에서 다양한 계층의 손님들과 이야기를 나누며 와인 한잔, 맥주 한잔씩 같이 마시는 것을 인생의 낙으로 삼고 있다. 그러다보니 다양한 '사람'과 더불어 다양한 '이야기', 다양한 '인생'과 마주할 수 있었다.

　이 책 『맛있는 위로』는 바로 그들과의 이야기다. 저마다의 사연을 안고 가게를 찾은 손님들과 그들에게 위로가 돼준 음식들의 이야기다. 나는 심리치료사나 의사도 아닌데다 그다지 살갑지 않은 무뚝뚝한 성격의 소유자이지만, 내가 만든 음식이 때로는 그들에게 위로가 돼주는 일들을 '목격'할 수 있었다. 이 책을 통해 그 순간순간의 감동들을 함께 나누고 싶었다. 이 책은 그간 요리를 하면서 만났던 손님들을 음식으로 위로했던 과정에 대한 흔적이며, 앞으로 더 많은 손님들을 위로하고 싶다는 각오이기도 하다. 지금 어딘가

에서 허기진 마음을 부여잡고 힘들어하는 누군가에게, 울적한 마음
을 달랠 길 없어 속상한 누군가에게, 이 책이 '맛있는 위로'가 돼준
다면 좋겠다.

　　　　　오늘도 누군가의 허기진 마음을 달랠 음식을 준비하며,

　　　　　　　　　　　　　　　　　　　　　셰프 **이유석**

차례

프롤로그 매일의 식탁 위에는 매일의 드라마가 있다 … 004

첫번째 이야기

• 열정이란, 내 '진짜 얼굴'과 마주하는 것 … 014
  대기업 부장의 허기진 열정에 잔잔한 파문을 던진 '프렌치 어니언수프'

• 사랑이란, 맞잡은 두 손의 온기, 뜨겁진 않지만 따뜻한 … 032
  노부부의 오랜 사랑처럼 오래 씹을수록 깊어지는 맛, '돼지고기 테린'

• 연애란, 스치듯 지나가는 찰나의 달콤함 … 046
  플레이보이에게 사랑의 달콤함을 안겨준 '수플레'

• 희망이란, 마음의 생채기 위에 앉은 딱지 같은 것 … 060
  실직과 이혼으로 주저앉은 기러기 아빠의 새로운 희망, '라면'

• 외로움이란, 누구에게나 공평히 주어지는 감정, 고로 누구도
  피할 수 없는 … 072
  톱스타의 외로움을 달랜 달콤한 취미, '마카롱'

• chef story 추억은 맛으로 기억된다 … 084
  스페인 유학시절, 친구들과 나눈 맛있는 정, '불고기'

두번째 이야기

• 요리란, 누군가를 위해 '행복한 시간'을 만드는 일 … 100
매일 음식을 만들면서도 정작 먹지 못하는 셰프들의 소울푸드, '감자튀김'

• 가족이란, 그 어떤 순간에도 내 뒤에 서 있는 존재 … 114
사별한 아내에 대한 그리움을 달래준 폭신한 부드러움, '오믈렛'

• 가난이란, '가진 것'은 없지만 '가질 것'은 많다는 가능성 … 128
결혼식도 올리지 못한 가난한 후배를 위한 소박한 응원, '쌀국수'

• 꿈이란, '이룰 수 있는 것'을 실제로 이뤄가는 것 … 144
요리사 지망생의 꿈을 향한 첫걸음, '스테이크'

• 추억이란, 통증이 사라진 상처, 풀지 못한 방정식 … 160
첫사랑을 잊지 못한 미모의 여성, 그녀가 사랑을 추억하던 법, '시저샐러드'

• chef story 음식은 무언의 대화다 … 174
스페인 유학시절, 향수병을 달래준 '마늘수프'

세 번째 이야기

- 대화란, 작은 공통점을 점점 크게 만들어가는 것 ⋯ 188
  대화에 서툰 한 가족에게 소통의 계기가 돼준 '부야베스'

- 기억이란, 언젠가는 반드시 희미해지는 것 ⋯ 204
  달걀을 먹지 못하는 갤러리 관장을 위한 특별식, '수란'

- 정이란, 앞에선 투덜대도 뒤에선 칭찬하는 마음 ⋯ 218
  늘 시비를 걸던 단골손님과의 끈끈한 정, '봉골레파스타'

- 도전이란, 그저 내 마음이 시키는 대로 가는 것 ⋯ 234
  가정형편 때문에 뒤로했던 꿈에 도전한 제빵사의 데뷔작, '바게트'

- 그리움이란, 이제는 없어 더욱 간절한 것들 ⋯ 248
  향수병에 시달리던 프랑스 남자를 달래준 '솔뫼니에르'

- 달콤함이란, 인생에선 쉽게 느낄 수 없는 맛, 그래서 더욱
  갈구하는 ⋯ 260
  낙방을 거듭한 취업 준비생에게 달콤한 위안이 돼준 '쇼콜라'

- chef story 당신 마음속엔 어떤 음식이 자리하고 있나요 ⋯ 276
  왕따였던 고교시절, 친구를 만들어준 '짜장면'

에필로그 아주 개인적인, 수줍은 고백 ⋯ 288

첫번째 이야기

열정이란,
내 '진짜 얼굴'과
마주하는 것

돈도 벌었고, 성공도 거머쥐었지만
정작 '꿈'은 잃어버린 40대의 대기업 부장.
좌절하던 그에게 음식은
용기를 북돋는 에너지가 돼줬다.

대기업 부장의
허기진 열정에
잔잔한 파문을 던진
'프렌치 어니언수프'

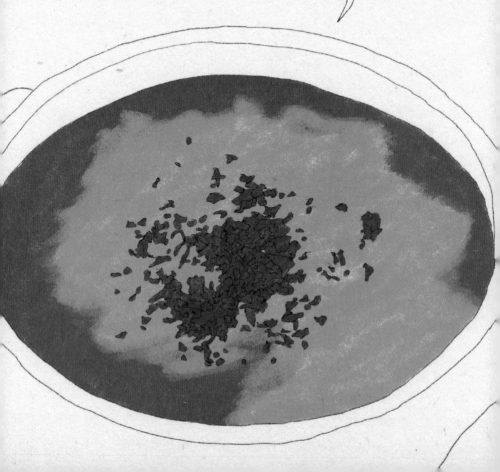

새벽까지 문을 여는 가게의 특성상 나의 하루는 평범한 사람들의 일상보다 늘 반 박자씩 늦다. 그렇다고 일상이 느리게 움직인다는 의미는 아니다. 다양한 손님들의 까다로운 입맛을 모두 맞추려면 몸이 열 개라도 부족할 정도로 바삐 움직여야 한다. 점심나절에 간단히 장을 보고 가게에 도착하면 산더미처럼 쌓인 일이 기다리고 있다. 식자재를 정리하고 그날의 예약장부를 확인하면 슬슬 배에서 신호를 보내온다. 하루의 첫 끼니로 바게트를 우걱우걱 씹으면서 허겁지겁 허기를 채우면 어느덧 세시. 이제 직원들이 출근할 시간이다. 홀 직원에게 청소를 맡기고 육수 만들기에 매진한다. 다섯시쯤이 되면 홀의 기물, 청소상태, 조명, 음악 등을 체크하며 마지막 점검에 들어간다.

여섯시. 이제 영업 시작이다. 손님들은 보통 평일엔 저녁 일곱시, 주말엔 여섯시에 몰린다. 삼삼오오 찾은 손님들을 위해 요리를 만들다보면 어느덧 시간은 그날의 끝자락을 향해 쏜살같이 흘러간다. 식사를 마친 손님들이 하나둘 자리를 떴지만, 이제 1막이 끝났을 뿐. 자정 무렵에는 와인이나 맥주를 마시러 오는 손님들로 가게가 다시 활기를 띠며 2막이 펼쳐진다.

밤 열한시 이후, 아쉬움과 희망이 공존하는 그 시간을 나는 정말이지 사랑한다. 이미 어디선가 한잔을 걸치고 약간 취한 상태로 찾은 손님이나 야근을 마치고 늦은 퇴근길에 들어온 손님…… 힘겨웠건 즐거웠건 어쨌거나 하루를 '무사히' 살아낸 사람들은, 그날의 피로와 기쁨을 가감 없이 쏟아내며 새로운 내일을 맞이할 준비를 한다. 한쪽에선 오늘 벌어졌던 안 좋은 일에 대한 탄식이, 다른 쪽에선 설렘과 기대가 섞인 희망찬 목소리가 어우러져 가게 안은 다양한 감정으로 넘실댄다. 굳이 격식을 차릴 필요가 없는 시간, 자신을 치장했던 표정과 말투를 내려놓은 손님들의 민얼굴을 보는 것이 심야에 식당을 운영하는 또다른 재미다.

이 시간엔 바에 앉아 혼자 또는 둘이 조용히 술을 즐기려는 중년 손님이 유독 많이 찾는데, 대략 2년 전인 오픈 초부터 꾸준히 심야에 홀로 가게를 찾는 40대 초반의 남자 손님 'L'이 있었다. 명품 슈트와 구두를 차려입고 왁스로 머리를 깔끔하게 정돈한 것은 물론, 은은한 향수까지 뿌린 그는 누가 봐도 잘나가는 비즈니스맨의 모습이었다. 아무리 취해도 절대 흐트러진 모습을 보이지 않는, 대단한 자기 관리 능력의 소유자이기도 했다. 언젠가 그와 동반한 지인의 말에 따르면, L은 업계에서 인정받는 IT기업의 부장이었는데 그 나이에 그토록 빠른 승진은 드문 경우라고 했다.

하지만 내가 L에게 호기심을 품은 이유는 따로 있었다. 그는 음식을 대하는 자세가 사뭇 진지하다못해 경건한 수준이었는데, 요리에 관해선 나와 몇 시간이나 설전을 벌일 수 있을 만큼 관심도 많고 지식도 상당했다. 그 관심이 지나쳐 나를 괴롭힐 때도 많았다. 늘

한밤에 들러 요리 이야기를 나누길 청했는데, 마감시간을 넘기면서까지 이어지는 질문공세에 여간 피곤한 것이 아니었다. 누가 그랬던가. '진상'과 '단골'은 한 끗 차이라고.

또 그는 올 때마다 새로운 메뉴가 나오지 않는다며 닦달하기도 했다. 하도 성화를 부리는 통에 메뉴에도 없는 요리를 급조해 내놓은 적도 여러 번이다. 지금 와서 고백하건대 처치 곤란의 재료들로 만든 음식이 많았다. 아이러니한 사실은 그렇게 후다닥 만들어낸 국적 불명의 메뉴 중 하나가 훗날 레스토랑의 대표 메뉴로 등극했다는 점이다. 탄생과정은 이랬다.

"셰프, 지금까지 먹어본 적 없는 우아하고 클래식한 프렌치 느낌의 엣지 있는 요리를 좀 해주셨음 하는데…… 어떻게 안 될까요?" (간혹 그의 말투는 디자이너 고故 앙드레김씨를 연상케 했다.)

"네? 무슨 요리를 말씀하시는 건지……"

"음, 글쎄요. 뭐랄까. 다른 데선 먹어본 적 없는 요리 말이에요. 재료도 흔히 쓰지 않는 걸 활용해 새로운 기법으로 만들어주세요."

아닌 밤중에 홍두깨라더니 무슨 이런 황당한 요구가 있나, 당황했지만 셰프라는 직업의 본능일까. 어느새 머릿속에서는 레시피를 구상하고 있었다.

'그래. 까짓 저 까다로운 손님의 마음에 드는 음식을 한번 만들어보지, 뭐.'

그때 마침 마땅히 활용할 데가 없어 구석에 놓아뒀던 닭똥집이 눈에 들어왔다. 어떤 요리를 만들겠다는 생각도 끝나기 전에 본능적으로 뜨거운 프라이팬 위에 닭똥집을 던진 후, 다진 마늘과 양파, 각종 살라미salami, 숙성한 햄의 한 종류 자투리를 추가로 넣고 바삭해질 때까지 볶기 시작했다. 처음에는 그 상태로 L에게 내줄 요량이었는데 비주얼이 영 아니었다. 음식은 입으로 먹기 전에 우선 눈으로 먹는 것인데, 보기에도 좋아야 하는 것은 당연지사. 어떻게 할까 고민하던 중에 불현듯 한 가지 생각이 머리를 스쳤다.

'가만있어보자. L이 버터가 잔뜩 들어간 감자퓌레purée, 각종 야채나 곡류 등을 삶아 걸쭉하게 만든 요리를 좋아하니 그걸 닭똥집볶음 아래 깔아서, 섞어 먹게 하면 어떨까?'

감자퓌레를 만들고 나니 직원식사용 재료로 도마 옆에 놓아둔 몇 개의 양송이도 눈에 들어왔다. 예리한 칼로 양송이버섯을 종잇장처럼 얇게 썰어낸 후, 이를 완성된 음식 위에 뿌리자 복잡했던 퍼즐 조각이 각자의 자리를 찾은 듯 머릿속이 환해졌다. 돔 모양의 요리는 과장을 조금 보태 피렌체에 있는 두오모 성당의 지붕처럼 성스러워 보이기까지 했다. L 역시 흥분을 감추지 못했다. 한 입 맛보자마자 침까지 튀겨가며 요리를 칭찬했는데, 마치 이 요리를 위한 시라도 쓸 기세였다.

"셰프, 정말 맛있네요. 판타스틱! 근데 요리 이름은 지었어요?"

"음, 글쎄요."

"버섯으로 장식한 돔 같으니까, 버섯두오모 어때요?"

그렇게 울며 겨자 먹기로 만든 메뉴가 몇 달 후 매스컴에 소개될 정도로 레스토랑을 대표하는 메뉴가 될 줄이야! 그후 L은 자신으로 인해 만들어진 '버섯두오모'를 지인들에게 자랑하기 위해 더 자주 식당을 찾곤 했다.

2011년 말, 송년회가 한창인 시즌에 L이 부하직원들과 함께 회식을 하러 왔다. 직원들과 찾은 것은 처음인지라 유독 그 테이블에 눈길이 갔다. 딱 벌어진 풍채에 비해 다소 예민한 성격인 그가 직원들 앞에서는 어떤 모습일지 궁금하기도 했고, 잘나가는 비즈니스맨의 아우라는 과연 어떤지 확인하고픈 마음도 있었다.

그런데 화기애애해야 할 분위기가 영 신통치 않았다. 상석에 앉은 그는 미간을 잔뜩 찌푸리며 온갖 수심이 가득한 표정으로 묵묵히 술만 들이켜고 있었다. 가끔씩은 시끄럽게 다투는 소리까지 들려왔다. 직원들은 L을 없는 사람 취급하면서 자기들끼리만 이야기를 나누다가 하나둘 자리를 떴다. 마지막에는 만취한 L만이 혼자 쓸쓸히 남게 됐다. 계산을 마친 뒤 대리기사를 기다리는 그의 어깨가 한없이 처져 보였다.

며칠 뒤, 그가 혼자 가게로 찾아왔다. 평소 그는 '프렌치 어니언

수프french onion soup'와 스페인 스파클링와인 '카바Cava'를 즐겨 찾곤
했는데, 그날도 바에 걸터앉아 카바를 마시며 이런저런 이야기를
건네왔다. 조금 취기가 오른 걸까. 이전까지 한 번도 흐트러진 모습
을 보인 적 없는 그가 긴 한숨 끝에 심경을 토해냈다.

"셰프, 나 지금 다니고 있는 회사 때려칠까봐."

"네? 그게 무슨 말씀이세요? 그 좋은 회사를, 왜요?"

"대기업 부장이면 뭐하나. 이건 영 가시방석이 따로 없네……
위에선 매일 쪼아대지, 밑의 직원들은…… 지난번에 봐서 알겠지
만, 상사 알기를 우습게 알고 대들기나 하고 말이지. 지금까지 부장
이 되기 위해 20년간 밤낮, 주말 가리지 않고 일했는데, 막상 이 자
리에 오르니 허탈하기 그지없어."

"그래도 좀더 시간이 지나면 차차 나아지지 않겠어요?"

"마음이 편하지 않으니 하루하루가 죽을 맛이야. 건강도 안 좋
아져서 요즘엔 소화도 잘 안 돼."

솔직히 처음엔 당혹감을 감출 수 없었다. 단골손님이라고 해도
그간 사적인 이야기를 나눈 적은 전무했을뿐더러, 늘 당당하고 자
신만만하던 그가 그렇게 나약한 모습을 드러내는 것도 놀라웠다.
하지만 이내 알 것 같았다. 그가 그렇게 온전히 자신을 내보일 수
있는 사람은 그와 멀지도 가깝지도 않은, 딱 주인과 손님 관계의 나
정도밖에 없었던 것이다.

산다는 것은 어쩌면 '가면'을 늘려가는 일이란 생각이 든다. 상사에게 믿음직스러운 직원으로 인정받기 위한 '자신만만한 얼굴', 가장으로서 존경받기 위한 '근엄한 얼굴', 친구들에게 초라한 마음을 들키지 않기 위한 '밝은 얼굴'…… 그렇게 상황에 따라 사람에 따라 맞는 얼굴을 골라 사용하다보면, 정작 내 진짜 얼굴을 잊게 되는 경우가 있다. 이미 주변 사람들에게 인지된 얼굴이 있기에 내가 느끼는 기분, 마음에 품은 생각을 온전히 드러내는 일이 어려워진다. 혹여 무심결에 속내를 내비치면 사람들은 당황해하거나 화를 내거나 실망한다. 그렇기에 나에 대해 알지 못하는, 실망할 일도 멀어질 일도 없는 거리의 사람에게나 간신히 진짜 얼굴을 보여줄 수 있게 되는 것이다.

내 아버지도 그랬다. 가정형편이 어려웠던 나의 학창시절, 아버지는 얼굴에 짙게 드리운 근심을 애써 걷어내고 자식 앞에서만은 미소를 지으셨다. 가장이라는 짐의 무게에 눌려 숨쉬기도 버거울 만큼 힘들었을 테지만, 결코 가족들을 걱정시키지 않으려고 늘 웃음을 잃지 않으셨다. 어디 내 아버지뿐이겠는가. 아마도 우리네 아버지들은 참는 것을 미덕으로 알고 혼자서만 끙끙거리다, 어느 가게의 술 한잔으로 간신히 위로받았는지도 모른다.

L에게서 아버지를 떠올렸던 걸까. 그가 안쓰러웠던 나는 위로

의 말을 고르다가 문득 음식 이야기를 할 때만큼은 누구보다 열정적인 그의 얼굴을 떠올렸다. 주제넘은 간섭인 줄 알면서도 "음식을 그렇게 좋아하시니, 요리와 관련된 일에 도전해보시면 어떨까요? 취미로라도 즐기시면 조금은 삶에 활력이 생길 것 같은데요"라고 물었다. 엎질러진 물과 내뱉은 말은 주워담지 못하는 법. 예민하고 자존심이 강한 손님에게 괜한 말을 했다고 자책하고 있는데, 예상 외의 답변이 돌아왔다.

"사실 나도 셰프처럼 요리하면서 살고 싶어. 그런데 이 나이에 시작하는 건 너무 늦은 게 아닐까?"

직장 내에서의 힘든 상황 때문에 우발적으로 하는 이야기치곤, 이상하리만치 또렷한 눈빛으로 그가 물어왔다. 사실 셰프란 직업이 최근 들어 각광받고 있긴 하지만 언론에 비춰지는 화려한 모습과는 달리 너무도 고된 일인지라, 지인이 셰프가 되고 싶다고 하면 도시락 싸서 다니며 말리곤 했다.

누구보다 요리를 사랑하고 셰프란 직업에 자부심을 느끼는 나지만, 그렇다고 일이 힘들지 않았던 것은 아니다. 20대 초반은 하루하루가 버거운 날들의 연속이었다. 매일 새벽에 일어나 식당에 가장 먼저 출근하면 나를 반기는 것은 한 포대나 되는 감자와 산처럼 쌓인 야채였다. 그것을 깎고 또 깎아 간신히 정리하고 나면 이젠 싱크대를 가득 덮은 그릇들을 닦아야 했다. 선배들의 횡포는 또 얼마나 가혹했던가. 지금이야 많이 달라졌지만 내가 처음 일을 시작한 10년 전만 해도 주방이란 곳의 군기는 상상 이상으로 가혹해서, 눈물이 쏟아질 만큼 혼난 적도 부지기수였다. 혈기왕성한 20대였던 나도 간신히 버텨낸 일들을 40대 초반인 그가 감당할 수 있을까. 무리일 거라고 솔직한 직언을 하고 싶었지만, 인생에서 가장 힘든 순간은 마지막 희망마저 무너졌을 때임을 알기에 묵묵히 들어주는 수밖에 없었다. 나와 그만 남은 가게에 나지막이 울려퍼지는 그의 슬픈 목소리 때문이었다.

"난 셰프가 부러워. 무엇보다 주방에서 그렇게 열심히 요리하는 모습을 보면 나까지 흥분되고 기분이 좋아지는걸. 내가 지금보다 좀더 젊다면, 얼마나 좋을까……"

그렇게 이룰 수 없는 꿈을 읊조리던 그는 와인 한 병을 다 비우고서야 자리에서 일어났다. 그가 떠난 자리엔 삶의 힘겨운 한숨과 뒤늦은 방황이, 남은 안주들과 뒤섞여 나뒹굴고 있었다.

한동안 보이지 않던 그가 다시 가게를 찾은 건 그로부터 두 달이 지난 어느 날 자정이었다. 며칠간 면도를 하지 않았는지 덥수룩하게 턱 밑을 가득 덮은 수염과 낡아 보이는 점퍼에 색이 바랜 운동화까지, 더이상 말끔한 외모를 자랑하던 예전의 그가 아니었다. 남루한 행색이 그간의 마음고생을 대변하는 듯싶었다. 어찌된 일이냐고 물으니, 놀랍게도 얼마 전 회사에 사표를 냈다고 했다.

"좀 참아보지 그러셨어요."

"참는다고 될 문제가 아닌 거 같아서 말이야."

담담한 어조로 이야기하는 바람에 놀란 내색조차 못하고 있는데 갑자기 그가 나지막이 부탁을 건넸다. 단 한 번만이라도 좋으니 내가 요리하는 걸 옆에서 거들 수 있도록 해달라는 것이었다. 사실 나뿐 아니라 어떤 셰프든 다른 사람이 주방에 들어오는 일을 쉽게 허락하지 않는다. 안전은 둘째치고 고유한 영역을 침해당한다는 거부감 때문이다. 누구에게나 침범당하고 싶지 않은 공간이 있지 않은가. 셰프라면 희로애락이 녹아든 주방이 그러하리라.

그렇지만 그의 간절한 눈망울이, 목까지 차오른 '안 된다'는 말을 다시 꾹꾹 안으로 밀어넣었다. 간절함을 경험해본 사람은 안다. 그 간절함이 거부당할 때의 절망감…… 요리를 시작할 무렵 고생했던 지난날을 떠올리며 결국 그에게 한 가지 음식을 같이 만들어보자고 제안했다.

"그럼, 내일 오후 한시에 오세요. 일하기 편한 복장으로 오시는 거 잊지 마시고요."

"정말? 아휴, 고마워. 폐 끼치지 말아야 할 텐데 걱정이네."

"대신 내일 낮에 밑작업(서비스 준비)하는 동안만이에요."

"응, 알았어. 이 은혜 잊지 않을게."

다음날 정오가 좀 넘은 시각. 차에서 장을 본 재료들을 꺼내들고 가게로 올라오는데, L이 벌써부터 문 앞에서 기다리고 있었다. 쑥스러운 웃음을 짓고 머리를 긁적이는 모습이 마치 10년 전의 나를 보는 듯했다. 희망에 찬 밝은 표정까지도. 함께 문을 열고 들어가 재료들을 정리하고 손질에 들어갔다. 꿔다놓은 보릿자루처럼 멀뚱히 서 있는 그가 못미더웠지만, 이미 약속했으니 지킬 수밖에. 그를 위해 고른 요리는 그가 늘 출출할 때 찾는 '프렌치 어니언수프'였다. 한 끼 식사로도 손색없는 영양만점의 수프가 새로운 도전을 준비하는 그의 불안함과 두려움을 따뜻이 다독여주길 바라는 마음에서였다. 칼 잡는 방법부터 시작해서 양파껍질 까는 법, 양파를 얇게 써는 법 등을 차근차근 알려줬다. 무척 서툰 놀림이었지만, 잘해보겠다는 의지가 역력한 그의 모습에 순간 마음이 짠해졌다.

"이제 팬에 버터를 한 스푼 넣으시고, 버터가 다 녹으면 썰어놓은 양파를 부으세요. 그리고 밤색이 될 때까지 약한 불에서 계속 볶아주셔야 해요."

거의 한 시간을 양파가 타지 않도록 계속 볶아줘야 하는 어니언수프는, 요리사의 땀과 정성을 많이 필요로 하는 요리다. 어쩌면 그가 만들 요리로 어니언수프를 고른 데는 나름의 숨은 의도가 있었던 것도 같다.

'당신이 손쉽게 즐겨먹던 이 요리 하나를 만드는 데 이토록 오랜

© 팻투바하

 프렌치 어니언수프는 프랑스가 본고장이지만, 정작 프랑스에서는 파는 곳이 많지 않다.
미국에서 대중화돼 유명해진 요리. '굳이' 프렌치란 말이 붙는 이유인지도 모른다.

시간과 많은 땀이 필요하다. 그런데도 정말 할 수 있겠는가?'

나는 말 대신 요리로 그에게 엄포를 놓고 있었던 셈이다. 내 의도를 알아챘는지는 알 수 없으나, 그는 묵묵히 지시를 따르며 수프를 만들었다. 윗옷이 온통 땀으로 범벅이 되고 얼굴은 벌겋게 달아올랐지만 불평 한마디 없었다. 그는 오직 요리에만 집중했다. 시간이 흘러 어느덧 부드러운 진흙덩이 같은 형체로 변한 양파 위에 육수를 붓고, 브랜디, 소금, 후추로 맛을 더한 뒤 팔팔 끓게 했다. 한 스푼 맛을 보니 나쁘지 않았다.

"간도 잘 맞고, 처음 해보신 거치곤 참 잘하셨어요."

"셰프님이 다 일일이 가르쳐준 덕분이지. 내가 한 게 있나."

"이젠 그릇에 담고, 얇게 썰어놓은 빵조각을 올린 다음에 그 위에 치즈를 얹어주세요."

"이렇게? 이다음엔?"

"치즈가 녹을 때까지 오븐에서 몇 분만 구우면 돼요."

"네, 셰프님!!! 에효, 레시피를 볼 때는 쉬울 것 같았는데 막상 해보니 어렵네. 그래도 너무 재밌어!"

평소 성격대로라면 자신보다 열 살 가까이 어린 내게 '셰프님'이라고 부르며 고분고분 따르는 것이 쉽지 않았을 만도 한데, 그는 한마디라도 놓칠세라 내 이야기를 경청하며 열심히 행동으로 옮겼다. 그리고 서툰 움직임으로 한 시간 반을 꼬박 걸려 완성한 음식을 마침내 받아들였을 때, 그의 눈가는 어느새 촉촉이 젖어 있었다. 지금 껏 한 번도 보지 못한 행복한 표정을 지으면서.

"정말 내가 이걸 만들었다는 말이야? 허허. 셰프님이 먼저 맛보고 평가해주셔야지."

그는 마치 착한 일을 하고 부모님의 칭찬을 듣기 원하는 어린아이 같은 표정으로, 내가 시식하는 모습을 지켜봤다. 조심스럽게 한 스푼 떠서 입에 넣었는데, 기대 이상이었다. 정말 잘 만들었다고 칭찬하자 그는 이제야 안심이 된다는 듯 해맑게 웃었다.

"맛있어요. 이제 편히 앉아서 드셔보세요."

"네, 셰프님. 나 떨려서, 이걸 어떻게 먹지?"

L은 사춘기 소년처럼 수줍어하면서도 뜨거운 김이 모락모락 나는 수프에 성큼 다가갔다. 먼저 코를 갖다대고 녹아내린 치즈의 '꼬릿꼬릿한' 냄새를 음미하더니, 이내 못 참겠다는 듯 수저를 집어들고 한 숟가락을 떠서 입으로 가져갔다.

쫀득하고 고소한 치즈를 먹고 나면 뒤이어 걸쭉한 양파가 혀에 닿는 어니언수프. 양파 특유의 달달한 맛은 뾰족해진 신경을 가만히 다독여주는 느낌이다. 마치 쓴 약을 먹고 난 뒤 엄마가 입에 넣어주던 사탕의 달콤함이 주던 위안처럼, 괜찮다고, 이만하면 나쁘지 않다고 마음을 달래준다. 토닥토닥. 버터와 치즈, 닭고기육수가 들어간 탓에 느끼한 맛도 있지만, 팍팍해진 몸과 마음에 적당한 기름기가 둘러지는 순간의 느낌은 결코 나쁘지 않다. 뭐랄까. 삶이 좀 더 여유로워지는 기분이랄까. 그 역시 같은 느낌을 받은 것인지, 아니면 그저 음식이 뜨거워서인지 L은 몇 초간 눈을 감고 움직이지 않았다. 그러다 살며시 눈을 뜨더니 감격한 표정으로 뚫어지게 수프를 쳐다봤다. 그리고 이내 다시 후후 불어가며 천천히 수프를 떠먹기 시작했다.

"셰프님, 정말 맛있네. 이거 내가 만든 거 맞아?"

"네, 매번 제가 해드리는 것만 드시다가 직접 만들어보시니 어떠세요?"

"맛이야 물론 셰프님이 해주신 게 훨씬 훌륭하지. 하지만 이 수프는 맛으로만 평가할 수 없을 것 같아. 나한텐 정말이지 이게 최고의 요리네."

불 앞에서 음식을 만드느라 상기된 얼굴이 뜨거운 수프를 후후 불면서 더욱 달아올랐다. 마지막 한 방울까지 남김없이 먹은 그는, 극구 사양했음에도 불구하고 그릇을 깨끗이 설거지하는 일도 잊지 않았다. 연거푸 감사인사를 하며 가게를 나서던 그의 뒷모습이 아직도 눈앞에 아른거린다. 나에겐 잠깐의 번거로움이었지만 그에겐 큰 감격이었던 모양이다.

넉 달 정도 시간이 흐른 어느 날, 국제엽서 한 통이 가게로 날아들었다. 프랑스에서 보내온 L의 엽서였다. 파리에서 어학연수를 하며 요리학교 입학을 준비하고 있다고 했다. 지금이 인생에서 가장 행복한 시기라는 고백도 적혀 있었다. 훗날 한국에 돌아와 손님들을 행복하게 해주는 요리를 하고 싶다는 순수한 열정이, 이후 그가 부딪히게 될 현실의 장벽 앞에서 사그라지진 않을까라는 걱정이 들면서도 그의 소중한 꿈만큼은 응원해주고 싶었다.

아마 그도 각오하고 있을 것이다. 먹는 데 고작 십 분도 걸리지 않는 수프 한 접시를 만들기 위해 그 열 배에 달하는 시간을 들여 재료를 손질하고, 불 앞에 서서 요리를 만들며 어렴풋이 깨닫지 않았을까. 그가 그토록 바라는 셰프의 길을 걷기 위해서는 그보다 몇만 배 많은 시간과 땀이 필요하리란 사실을. 수프를 만드는 내내 내가 과연 이 일을 해낼 수 있을까, 늘그막에 헛된 고생을 하는 것은 아닐까 고민도 했을 것이다.

하지만 그 시간이 지나고 드디어 완성된 수프를 맛봤을 때, 자신이 흘린 땀과 눈물이 버무려진 그 맛을 음미한 순간, 결심했을지도 모르겠다. 이 맛을, 이 기쁨을, 다른 사람과 나누고 싶다고. 그 과정이 아무리 고될지라도 포기하지 않으면 이룰 수 있다는 사실을, 그는 음식을 준비하고 만들고 맛보면서 깨달았을 것이라 믿는다. 엽서를 받고 한참을 바라보던 나도 어느새 프랑스로 향할 답장을 쓰고 있었다.

'도전은 어떤 이유를 막론하고 축하받을 일이에요. 힘내세요!
예비 셰프님~'

꼬릿꼬릿,
쫀득쫀득,
뭉클뭉클!

'다 잘될 거야'라고 말하는 듯한 따뜻함,
프렌치 어니언수프

재료(4인분 기준) 양파 3개, 버터 1큰술, 닭육수 혹은 소육수(사골육수도 괜찮다) 1ℓ, 바게트, 치즈120g(치즈는 그뤼에르gruyere, 에멘탈emmental, 모차렐라mozzarella를 추천), 코냑 1작은술

1. 버터를 녹인 팬에 채 썬 양파를 넣고, 밤색이 될 때까지 볶아준다.
2. 육수를 넣고 소금, 후추로 간한 뒤, 뭉근히 끓여준다.
3. 코냑을 살짝 넣어, 풍미를 더한다.
4. 완성된 수프를 오븐용 볼bowl에 담고, 얇게 썬 빵을 올린 뒤, 그 위에 치즈를 올려준다.
5. 220도로 예열된 오븐에서 치즈가 녹을 때까지 조리한 뒤, 꺼낸다.

사랑이란,
맞잡은 두 손의 온기,
뜨겁진 않지만 따뜻한

뜨거운 열정 대신 따뜻한 배려로 서로를
위해온 60대의 노부부.
그들이 즐겨먹던 '테린'은 지키지 못한
약속을 대신하는 사랑의 징표가 돼줬다.

노부부의 오랜 사랑처럼
오래 씹을수록 깊어지는 맛,
'돼지고기 테린'

맞잡은 두 손이 유난히도 따뜻해 보이던 노부부 손님이 있었다. 다소 오래됐지만 반듯하게 다린 양복에 행커치프, 중절모까지 갖춘 60대 중반의 남자와 고운 피부가 돋보이는 60대 초반의 여자. 지극히도 서로를 위해주던 그들이 가게에 들어서면 훈훈한 기운이 내부에 퍼지곤 했다. 서로를 바라보는 그들의 눈에는 애틋한 마음이 묻어났는데, 20~30대 커플의 열정과는 또다른 성질의 것이었다. 뜨겁진 않지만 따뜻한, 그래서 더 오래가는.

그들이 처음 방문했을 때를 또렷이 기억한다. 오픈 초기인 2년 전 어느 날, 밖에서 한참을 기웃거리는 노부부를 봤다. 다정하게 팔짱을 낀 채 소곤소곤 말을 주고받으며 가게 주위를 몇 번이나 맴돌았다. 마침내 가게 문을 열고 들어와서도 프렌치 레스토랑이 맞는지를 또 몇 번이고 확인했다. 자리에 앉은 후에도 메뉴판을 꽤 오랫동안 훑어봤고, 음식이 나온 후에야 뭔가 안심하는 듯 보였다. 스테이크를 한 입 크기로 썰어 서로의 입에 넣어주고 나서야 비로소 두 사람의 얼굴에 흐뭇한 미소가 번졌다. 이내 소곤거리는 대화가 주방 문턱을 넘어 귓가에 들려왔다.

"여보, 프랑스음식이라고 해서 뭔가 색다를 줄 알았는데, 스테이크도 있고 수프도 있고…… 뭐, 이탈리아음식이랑 비슷하구먼."

"그러게요. 어쨌든 음식은 맛있는데요? 인터넷 검색까지 해서 찾아오길 참 잘했어요. 당신 덕분에 내가 호강하네."

"호강은 무슨, 허허."

무릇 주인장 입장에서야 열심히 만든 음식을 맛있게 먹어주는 손님처럼 고맙고 예쁜 사람이 또 있을까. 속으로 내심 흐뭇해하는 데, 노신사가 넌지시 인사를 청해왔다. 그는 S대학의 교수로 재직중이고, 아내와 함께 가끔씩 외식하는 것을 삶의 낙으로 삼고 있다고 했다. 그간은 주로 한식당을 찾았는데 이번에 처음 프렌치 레스토랑에 와봤다는 말도 덧붙였다.

다행히 프랑스요리가 입에 맞았는지, 이후로도 그들은 한 달에 두세 번씩 가게를 찾아왔다. 하우스와인 한 잔에 요리 한두 개만 시켜서 사이좋게 나눠먹는 모습이 늘 보기 좋았다. 솔직히 사장의 입장에서는 매출을 많이 올려주는 손님이 좋지만, 셰프의 입장에서는 그저 내가 만든 음식을 즐기고 좋아해주는 손님이 최고다. 오너 셰프이기에 늘 두 가지 입장 사이에서 갈팡질팡하지만 역시나 후자의 경우가 더 감사하고 기쁜 일인 것 같다. 노부부는 특히 '테린terrine'을 좋아했는데, 빵에 듬뿍 발라 오물오물 먹는 모습이 귀엽기까지 했다.

"이건 대체 어떻게 만드는 거예요? 햄처럼 생겼는데 온갖 고기들의 맛이 느껴진달까? 암튼 신기하네."

한참을 맛있게 먹던 노신사가 문득 궁금한 듯 물었다.

"오리 가슴살, 하몽jamón, 소금에 절여 건조한 돼지 뒷다리로 만든 햄, 푸아그라foie

gras. 거위 간, 돼지 목살 등을 넣어서 만드는데, 보통 각종 고기의 잡부위들이 들어가요. 테린이 옛날 프랑스의 시골 농가에서 탄생한 요리라서 그렇죠. 집에서 키우던 가축들의 고기 중 따로 먹자니 부족하고 버리기는 아까운 부분들을 모아서 만든 요리거든요."

"한마디로 서민음식이구먼. 근데 어떻게 이렇게 고급스러운 맛이 나지? 고소하고 담백한 게 참 맛이 좋아."

"만드는 기법이 셰프마다 제각각 달라요. 재료도 저마다 다르고요. 저는 프랑스에서 유학하던 시절에 여러 곳에서 배우면서 터득했고, 지금은 저만의 방법을 개발해 만들고 있어요."

요리 이야기에 신이 나서, 나는 냉장고에 보관해놓은 테린 반죽까지 그들 앞에 꺼내 보이며 이야기를 이어갔다.

"제가 반죽한 건데, 돼지의 항정살과 목살, 닭 간, 오리고기가 들어간 거예요. 자투리 고기를 칼로 투박하게 썬 다음, 달걀을 넣고 잘 섞으면서 열심히 치대면 바로 이 상태예요."

"와…… 이것만 보면 무슨 고기가 들어갔는지 전혀 분간을 못 하겠어. 그렇지, 여보?"

그가 동의를 구하는 듯 아내를 쳐다보자, 그녀 역시 신기하다는 듯 연신 고개를 끄덕였다.

"네. 여기에 소금, 후추로 간을 한 다음, 틀에 담아 180도 오븐에서 두 시간 정도 익히면 끝이에요. 근데 신기한 것은 각각의 자투리 고기들이 얼마나 들어가느냐, 그 고기들을 얼마나 치대느냐에 따라 매번 맛이 달라진다는 점이죠. 그래서 저는 테린이 오븐에 들어가면, 어떤 맛이 나올지 떨리는 마음으로 기다리곤 해요."

"거참, 재밌네. 그 자체로는 뭔가 부족한 재료들끼리 뭉쳐서 하나의 음식으로 탄생한다니. 어쨌든 재료들이 서로 얼마나 조화를 이루느냐가 관건이구먼. 내가 가르치는 화학도 마찬가지야. 실험할 때, 들어간 물질들이 어떻게 조화를 이루느냐에 따라 결과가 천차만별이지."

"그러게요. 아무튼 이런 이야기를 듣고 나니 테린이 다시 보이는데요. 우리 자주 와서 먹어요, 여보. 다음번에는 이전과 어떻게 맛이 다른지 비교도 하면서요."

테린은 버려질 뻔한 재료들이 모여 환상의 맛을 내는 '기특한' 음식이다. 그 자체로는 요리가 될 수 없는 재료들이 어우러져 완성된 요리로 탄생한다. 여러 고기들의 맛이 제각각 입안을 맴돌면서도, 그 모든 맛이 하나의 오묘한 맛으로 모아진다. 이른바 맛의 연금술이랄까.

오순도순 대화를 나누며 맛있게 테린을 먹는 노부부를 보며, 문득 부부라는 관계와 테린이라는 음식이 묘하게 닮아 있다는 생각을 했다. 사람과 사람이 만나 서로의 부족한 점을 채우고 어려운 일을 도우며 그렇게 좀더 완전한 사람으로 거듭나는 것, 그것이 부부라는 관계가 만들어내는 사소한 기적이 아닐까. 그런 의미에서 테린은 그 노부부에게 무척이나 잘 어울리는 음식이었다.

친밀감은 만나는 횟수와 비례하는 법. 조금 시간이 지나자 노부부와 가까워지게 됐는데, 그들은 마치 피붙이를 대하듯 나를 진심으로 아끼고 위해줬다. 아마 하나뿐인 아들이 미국에서 공부중이었기에 나를 아들처럼 생각했던 것도 같다. 다른 손님들이 선호하지 않는 자리를 굳이 골라서 앉거나, 예약 없이 들어왔다 빈자리가 없어 돌아가려는 손님을 보면 허겁지겁 식사를 마치고 자리를 비워주곤 했다. 모르는 사람이 그 모습을 봤다면 손님이 아니라 가족이라고 착각했을 것이다. 그들은 또한 매번 내 안부와 가게 사정을 살뜰히 물었고, 혹시나 좋지 않은 일이 있으면 자신들의 일처럼 걱정해주기도 했다.

특히 그들은 나의 프랑스 유학시절 이야기를 듣는 것을 참 좋아했다. 올 때마다 파리에서 생활했던 이야기, 미슐랭 스타 레스토랑에서 일할 때 있었던 에피소드 등을 꼬치꼬치 물었고, 호기심 어린 두 눈으로 열심히 들어주곤 했다. 나 역시 그 시간을 꽤 즐겼던 것 같다. 혹시나 이야기의 밑천이 떨어질까 싶어 재미난 일화가 생각나면 수첩에 적어두고, 그들이 찾을 때마다 하나씩 꺼내놓던 기억이 아직도 생생하다.

"파리의 센 강은 석양이 질 때 봐야 가장 예뻐요. 몽마르트르 언덕에서 바라보던 붉은 석양은 아직도 잊지 못하겠어요. 강변을 걷는 연인들, 석양을 머금어 반짝거리던 물결이 얼마나 환상적인지, 한 폭의 그림 같다니까요."

"진짜 멋있겠네. 또 어디가 좋았어?"

"산책을 자주 했는데, 퐁네프 다리도 좋았어요. 다리를 지나가는 파리지앵들 쳐다보는 것도 재미있었고요. 퐁네프 다리 아시죠? 영화 〈퐁네프의 연인들〉로 유명한 그 다리요. 귀에 이어폰을 꽂고 샹송을 들으면서 다리를 건너면 얼마나 분위기 있는데요."

"아, 그래, 맞아. 기억나네. 그 영화 당신이랑 보면서 파리에 꼭 한번 가보자고 했는데, 아직까지 못 갔구먼. 미안해."

"아니에요, 여보. 앞으로 가면 되죠. 당신이 일로 바빴잖아요. 미안해하지 마요."

"……"

일순간 이유 모를 어색한 침묵이 흘렀다. 나는 분위기를 띄우려 그녀의 이야기에 맞장구를 쳤다.

"아직 기회가 많은데요, 뭘. 나중에 꼭 가보세요."

하지만 한번 침체된 분위기는 좀처럼 회복되지 않았고, 그날 가게 문을 나설 때까지 그의 표정은 굳어 있었다.

이후로도 노부부는 계속 레스토랑을 찾았지만, 교수님의 표정과 행동은 전과 같지 않았다. 좀처럼 웃는 모습을 보이지 않는 것은 물론, 왕성한 식욕을 자랑하던 그가 주문한 음식을 남기는 일도 부쩍 많아졌다.

"교수님, 왜 이렇게 조금밖에 안 드세요? 음식이 별로인가요?"

"아냐. 요즘 내가 입맛이 좀 없어서. 계절 타는 거니까 걱정하지 마. 좀 있으면 괜찮아질 거야."

처음에는 입맛이 없으신가보다라고 대수롭지 않게 넘기다가, 가게를 찾는 빈도가 줄어들자 슬슬 걱정이 되기 시작했다. '건강이 안 좋으신 건가? 혹시 내가 무슨 실수라도 한 건가?' 그렇게 불안 반, 걱정 반으로 고민하던 와중에, 그들이 몇 달 만에 다시 가게를 찾았다. 그런데 교수님의 모습이 심상치 않았다. 움푹 팬 눈과 상한 피부, 한눈에도 건강이 좋지 않다는 사실을 알 수 있었다. 표정 또한 어둡기 그지없었다. 안부를 묻기 위해 그에게 다가선 순간, 그가 다리를 저는 모습이 눈에 들어왔다.

"교수님, 괜찮으세요? 다리는 왜?"

"이셰프, 그간 못 와서 미안했어. 내 꼴이 지금 이래서. 여보, 나 좀 자리에 앉혀줘."

통풍이라고 했다. 온몸에 바람이 들어 뼈까지 시려오는 지독한 병. 2년 전부터 급격히 건강이 나빠지기 시작했는데, 얼마 전에 합병증까지 겹쳤다고 했다. 하루에도 몇 번씩 발작이 일어나는 통에 반년 전 교수직까지 사임할 수밖에 없었단다. 레스토랑을 찾기 시작한 지 얼마 되지 않아 그만두셨던 모양인데, 괜한 걱정을 끼칠까 봐 그간 숨겨오셨다고. 이제는 식이요법 때문에 먹는 음식보다 못 먹는 음식이 더 많아졌다는 말을 하며 그는 내게 미안해했다.

"체중조절을 안 하면 고혈압이나 당뇨 같은 합병증이 생길 수 있어서 식이요법을 하는 중이에요. 그런데도 이이가 자꾸 이셰프네 가게 가자고 재촉해서 힘들게 왔어요."

"아, 교수님. 그럼 제가 간을 좀 싱겁게 해서 샐러드를 만들어드릴게요."

사모님의 부축으로 간신히 바에 자리를 잡은 그는 더이상 내가 알던 중후한 노신사가 아니었다. 일거수일투족이 아내에게 의지해야만 가능한 듯했다. 사실 이전의 그는 아내에게 다정한 모습을 보이면서도 다소 꼬장꼬장하고 고집스러운 풍모도 내비쳤다. 평생 누군가에게 약한 모습을 보이거나 아쉬운 소리는 하지 않았을 것 같은 인상이었다. 그런데 이제는 자신의 몸을 마음대로 가눌 수 없다니, 그 심경이 어떠할지…… 상황이 이 정도라면 예전에도 고통이 심각했을 텐데, 전혀 내색하지 않았던 그의 강인함에 놀라기도 했다. 동시에 이제는 정신력으로도 극복할 수 없을 만큼 고통이 심해진 것이라 생각하니, 안타까움이 밀려왔다. 사모님이 샐러드를 포

크로 집어 입에 넣어주자 그가 천천히 이를 움직여 씹어 삼켰다. 그
마저도 힘들었던 것일까. 결국 몇 입 먹지 못하고 그가 자리에서 일
어설 준비를 했다.

"여보, 나 좀 일어나게 도와줘요. 그만 가야겠어."

"네, 여보. 무리하지 말고 천천히, 천천히 일어나요. 내가 잡고
있으니까 겁먹지 말고요."

나가서 그를 부축하고 싶었지만 자존심 강한 평소의 모습을 알
기에 차마 행동으로 옮길 수는 없었다. 그저 묵묵히 지켜보며 걱정
의 말을 건넬 수밖에.

"교수님, 괜찮으세요?"

"셰프, 사실 오늘은 그냥 얼굴 보러 온 거야. 너무 오래 못 봐서
셰프도 그립고, 루이쌍끄도 그립더라고."

"감사해요. 저도 뵙고 싶었어요. 어서 쾌차하세요."

"이젠 나이가 들어서 그런가. 몸이 안 받쳐주네. 아직은 쓸 만하
다고 여겼는데, 몸한테 배신당한 기분이야…… 앞으론 자주 못 올
지도 몰라. 그동안 항상 반겨주고 프랑스 이야기도 많이 해줘서 고
마웠어."

그렇게 마치 다시는 보지 않을 사람처럼 마지막 인사를 남기고
그가 떠났다. 왠지 모를 슬픔이 턱 밑까지 차올라 한참을 그들이 떠
난 자리만 바라봤다.

　그로부터 한 달이 지난 어느 날, 테린의 손질 작업을 하고 있을 때였다. 문득 테린을 즐겨먹던 노부부의 안부가 궁금해졌다. 늘 가게에서만 만나서 개인 연락처는 알지 못했기에 방법이 없을까 고민하다가 예약장부가 떠올랐다.

　'그래, 장부에는 이름과 연락처가 남아 있지.'

　찾아보자 정말 휴대전화 번호가 있었다. 예약은 늘 사모님이 하셨으니, 아마 그녀의 연락처이리라. 떨리는 마음을 달래며 조심스럽게 수화기를 들었다. 그런데 한참 동안 신호음이 울려도 받지 않았다. 설마 번호가 바뀐 것일까, 초조한 마음을 누르고 기다리는데 "여보세요"라는 반가운 목소리가 들려왔다. 그녀는 예상치 못한 전화에 당황하면서도 잊지 않고 연락을 했다는 사실에 무척이나 고마워했다.

　그리고 그녀를 통해 들은 교수님의 안부는 충격적이었다. 건강이 악화돼 얼마 전 중환자실에 입원했고, 그렇게 좋아하던 음식도 전혀 먹지 못한다고 했다. 병세가 갈수록 악화돼 마음의 준비를 하고 있다는 말도 덧붙였다.

　"한 달 전에 가게를 찾은 것도…… 나는 만류했는데, 꼭 가고 싶다고 하더라고요. 진통제 맞고 겨우 갔던 거예요. 그렇게 몸이 안 좋은데, 가끔씩 정신이 들 때마다 '어서 회복해서 당신이랑 이셰프 가게에 가야 할 텐데'라고 해요."

"……그랬군요."

"사실 2년 전 처음으로 병을 진단받았을 때, 나한테 하고 싶은 게 뭐냐고 물었어요. 그땐 나한테도 병을 숨겨서, 나는 아무것도 모르고 프랑스 여행을 가고 싶다고 말했거든요. 여행은 갈 수가 없으니까 프렌치 레스토랑을 찾는 걸로 미안함을 대신하려 했나봐요. 젊었을 때는 그이가 공부하고 일하느라 바빠 외식 한번 제대로 못 했거든요. 그게 내내 마음에 걸렸나봐요……"

차분히 상황을 설명하던 그녀가 끝내 눈물을 터뜨렸다. 그녀의 흐느낌이 수화기를 타고 들려온 순간, 나 역시 뜨거운 눈물 한줄기가 볼을 타고 흐르는 것을 느낄 수 있었다.

그제야 알았다. 왜 그가 가게를 찾을 때마다 그토록 프랑스 이야기를 청했는지. 평생 가고 싶은 여행도, 하고 싶은 일도 마음껏 할 수 없었던 아내에 대한 미안함 때문이었다. 내 이야기를 통해서나마 선물하고 싶었던 모양이다. 아름다운 프랑스의 정취를, 직접 누리지 못했던 그곳의 낭만을…… 그것이 아픈 몸을 이끌고서 가게를 찾은 이유였던 것이다. 그에게 음식은 말로 전하지 못한 마음이고, 지난 세월에 대한 보상이었으리라. 간신히 감정을 추슬렀는지 그녀가 다시 이야기를 이어갔다.

"결국 프랑스는 못 갔고, 아마 앞으로도 못 가겠지만…… 그래도 이셰프한테 프랑스 이야기 듣고, 맛있는 음식도 먹으면서 나도 그이도 참 행복했어요. 고마워요."

이럴 줄 알았으면 좀더 많은 이야기를 들려드릴걸, 프랑스에서
찍은 사진들도 보여드릴걸, 그들이 가지 못하고 보지 못한 그곳을
내가 좀더 생생히 전할 수 있었다면 좋았을걸, 온갖 생각이 머릿속
을 헤집어놓았다. 후회와 안타까움이 엉켜 머릿속이 하얗게 변했지
만, 이번이 아니면 다시는 전할 수 없을지도 모른다는 생각에 마음
을 가다듬었다.

"저도 두 분 덕분에 행복했어요. 프랑스에서 먹는 것보다 훨씬
맛있는 음식을 해드릴 테니 꼭 다시 오셔야 해요."

"그래요. 고마워요."

그후 다시는 전화를 걸지 않았다. 교수님의 안부가 궁금하긴 했
지만 그저 기다리기로 했다. 괜히 전화를 걸어 사모님을 더욱 힘들
게 할까 염려스러웠기 때문이다. 내가 할 수 있는 일이라곤 그의 쾌
차를 간절히 비는 것, 그리고 그가 다시 건강한 모습으로 가게를 찾
았을 때 그가 좋아하던 음식을 맛있게 요리해 내놓는 것일 뿐이지
싶다.

하여 오늘도 나는 그가 좋아하던 테린을 정성껏 만들며 기다린
다. 노부부가 손을 맞잡고 가게를 찾을 그날을. 그들의 사랑이 더
오래갈 수 있기를 기도하면서.

고소고소,
담백담백,
새콤새콤!

시간이 지날수록 깊어지는 사랑처럼 씹을수록 고소해지는
돼지고기 테린

재료(4인분 기준) 돼지 목살 300g, 돼지 지방 100g, 돼지 간 50g(혹은 닭 간 50g), 베이컨 1팩, 마늘 2개, 넛멕파우더, 레드와인 2큰술, 달걀 1개

---

1. 돼지 목살과 지방은 0.5cm 두께로 자르고, 마늘은 곱게 다져준다.
2. 믹서에 돼지 간과 레드와인을 넣고 곱게 간다.
3. (1)과 (2)를 합쳐 소금, 후추로 간한 뒤 소량의 넛멕파우더를 넣는다.
4. 달걀을 넣은 뒤, 손에 골고루 힘줘 반죽한다.
5. 사기로 만들어진 테린용기(오븐용 용기로, 넓고 깊은 그릇이면 무엇이든 가능)에 베이컨을 살짝 겹치도록 깔아준다.
6. 베이컨 위에 반죽을 넣고 잘 펴준 뒤, 베이컨으로 덮는다.
7. 용기 위에 뚜껑이나 알루미늄포일을 덮고, 오븐에서 2시간 동안 익힌다. 상온에서 충분히 식힌 뒤 냉장보관.

프랑스 시골에서 즐겨먹는 이 소박한 요리는. 시골 농가에서 남는 각종 고기의 부산물들을 재활용하기 위해 만들어진 메뉴다. 빵과 같이 곁들여 식사로 먹어도 좋고, 와인과 함께 하면 훌륭한 안주가 된다.

연애란,
스치듯 지나가는
찰나의 달콤함

난생처음 온 마음을 다해 사랑한 여자와
헤어진 30대의 플레이보이.
그녀와 나눠먹던 수플레는, 그에게
잊지 못할 사랑의 기억으로 남았다.

플레이보이에게
사랑의 달콤함을 안겨준
'수플레'

레스토랑이 위치한 압구정은 예로부터 '유흥'의 대명사로 꼽혔다. 청춘들의 쾌락이 난무하는 이곳에서 일하며 뜻하지 않게 '수많은' 커플들을 봐왔다. 굳이 '수많은'을 강조한 것은, 한 사람이 계속 여러 사람을 바꿔가며 만나는 모습을 본 것까지 포함했기 때문이다. 심야 영업을 하는 만큼 저녁에는 소개팅을 하거나 선을 보는 남녀가 많다. 밤 열한시 이후에는 최종 목적지(?) 전에 분위기를 잡으려는 커플들이 또 그렇게 많이 찾는다. 밸런타인데이, 화이트데이, 크리스마스 등등 각종 기념일엔 또 어떻고. 세상의 모든 커플이란 커플은 압구정으로 모여드는 것이 아닌가 하는 착각이 들 정도로, 무수한 커플들이 가게를 거쳐갔다.

사정이 이렇다보니 간혹 곤란한 상황에 처할 때도 있다. 오픈 초기, 단골인 O가 내게 만나는 사람이라며 한 여자를 소개했다. 그들은 식사 내내 손발이 오글거리는 애정표현을 주고받았는데, 그 모습이 서로 죽고 못 사는 관계 같았다. 며칠 뒤, 그 커플이 또다시 가게를 찾았다. 반가운 마음에 살갑게 말을 건넸다.

"또 오셨네요. 두 분, 정말 보기 좋아요~"

그런데, 일순간 일그러지는 남자의 얼굴. 그랬다. 옆에 있는 여자는 며칠 전에 함께 온 그녀가 아니었다. 다음 상황은 아마도 다들 상상이 가시리라. O는 셰프가 다른 사람과 착각한 거라며 분주히 변명을 늘어놓았지만, 여자는 자리를 박차고 나가버렸다. 이후 다시는 O를 볼 수 없었던 것은 물론이고. 늘 거하게 매출을 올려주던 소중한 단골을 잃으면서 깨달은 사실이 한 가지 있다.

'이곳에서는 봐도 못 본 척, 들어도 못 들은 척해야겠구나.'

'벙어리 3년, 귀머거리 3년, 장님 3년'이라는 시집살이의 법칙이 유흥가에 자리잡은 레스토랑의 셰프에게도 적용되는 셈이었다.

압구정의 속성을 몰랐던 '새내기 식당쟁이'로서 혹독한 신고식을 치르고, 이후로는 어떤 커플에도 관심을 두지 않았다. 그리고 얼마 뒤, K를 만났다. 30대 중반의 준수한 외모를 지닌 싱글남. 슬림한 몸매의 소유자답게 다소 몸에 딱 붙는 강렬한 색채의 정장을 선호하는 그는, 어딜 가나 주목받는 개성 넘치는 '패션피플'이었다. 외모만으로도 호감을 사기 충분한데, 제법 알아주는 의류 브랜드의 후계자라는 사실이 그를 더욱 빛나게 했다. 20대를 유럽과 미국에서 공부하며 보낸 K는, 현재는 아버지 회사에서 경영수업을 받는 중이었다. 그런 배경을 몰랐을 때도 검증된 사람에게만 발급해준다는 VVIP 카드로 계산하는 것을 보고, 꽤나 부자라는 짐작은 하고 있었지만.

대략 1년 반 전부터 레스토랑을 찾기 시작한 그는 바를 선호했다. 룸처럼 차단된 공간은 아니지만, 다른 손님들과는 어느 정도 단절된 공간인 바를 좋아하는 손님은 흔히 두 부류로 나뉜다. 혼자 고독을 즐기려는 사람이거나 연인과 은밀한 대화를 나누려는 사람.

당연히(?) K는 후자에 속했다. 올 때마다 여자가 바뀌었는데, 대부분 원 나이트 스탠드one-night stand로 끝나는 듯 보였다. 여자에게 잘 보이고 싶은 마음 때문인지, 매번 고가의 동 페리뇽Dom Pérignon 샴페인을 주문했는데 재미있는 사실은 정작 본인은 거의 마시지 않는다는 것. 자신은 살짝 입술만 적시면서 상대방에게 연신 술을 따라주는 모습에서 음흉한 속셈이 느껴지기도 했다. 좋은 샴페인은 대개 '이중적'이다. 빵을 구울 때 나는 고소한 향과 과일향을 함께 지니고 있는데, 동 페리뇽이 대표적인 경우다. 그 묘한 맛에 더해 놀랄 만큼 알찬 기포가 계속 마시라고 유혹하는 듯한데, 그렇게 빠져들어 마시다보면 어느새 취하기 일쑤다.

그의 첫인상을 정확히 기억한다. 자신감 넘치는 걸음걸이에, 화려한 미녀를 한 명도 아니고 무려 세 명이나 대동한 덕분인지 하늘로 치솟을 듯 높아진 콧대는 결코 잊기 힘든 모습이었다(나중에 알게 된 사실이지만, 세 명 모두 레이싱걸이었다). 말과 행동도 거침이 없었다. 당시엔 바가 아닌 테이블에 앉았기에 오가는 대화를 들을 수는 없었지만, 그가 줄기차게 외쳐대던 이 한마디만은 또렷이 들려왔다.

"오빠가 말이야~"

K는 누구와도 금세 친해지는 친화력이 정말 대단했는데, 나와 직원들에게도 그 능력을 유감없이 발휘했다. 다소 낯을 가리는 나 역시 그에게만은 무장해제될 정도였다. 누구에게나 편하게 다가가

는 그가 부러웠고, 자신만만하고 여유로운 태도에 호감이 갔다.

"셰프, 몇 살이에요?"

"서른두 살이요."

"앗, 그래요? 나랑 동갑이네! 그럼 우리 친구 해요. 다음부터는 말 놓는 거다~"

K는 참새가 방앗간을 지나치지 못하듯 근처에 오면 예고 없이 불쑥불쑥 가게를 찾았는데, 방문하는 횟수가 많아질수록 우리 사이도 점점 돈독해져갔다. 그러던 어느 날, 그가 가게로 전화를 걸었다.

"셰프, 나야. 나 내일 어떤 여자랑 갈 건데, 야경이 보이는 문 앞 창가 자리로 내줘. 음식도 평소보다 더 신경써줘야 해, 알았지? 내 잘됨, 은혜는 잊지 않을게."

들뜬 목소리에서 설렘이 느껴졌다. 워낙 주변에 여자가 많은 그인데, 도대체 누구이기에 이토록 신경을 쓰는 것인지 호기심이 일었다. 다음날 비워둔 자리를 쳐다보며 내심 어떤 여자와 올지 기대하던 순간, 문이 열리고 그들이 들어왔다. 매너 좋게 문을 열어주며 여자를 먼저 들여보내고 뒤이어 들어온 그의 표정은 지금껏 한 번도 보지 못한 것이었다. 긴장감이 역력한 얼굴에 세상을 다 얻은 것 같은 만족감이 더해져 있었다.

소개팅에서 만났다는 그녀는 마케팅 관련 일을 한다고 했는데,

화려하거나 세련된 스타일은 아니었지만 왠지 모를 매력이 넘쳤다. 큰 키에 하얀 피부, 가녀린 쇄골이 뭇 남자들을 설레게 만들기에 충분했다. 무엇보다 상대의 이야기에 귀 기울이며 배려하는 모습이 따뜻한 성품을 짐작하게 했다. 스테이크 코스를 시킨 그들은 후식으로 '수플레souffle'가 나갈 때까지 쉬지 않고 이야기꽃을 피웠다. 세 시간의 달콤한 식사를 마치고 자리를 나서며 그녀는 내게 감사를 전하는 배려도 잊지 않았다.

"셰프님, 모든 음식이 다 맛있었지만 그중에서도 수플레가 최고였어요."

그 말이 인사치레가 아니었는지, 이후로도 그들의 데이트 코스엔 늘 우리 가게가 끼어 있었다. 달콤한 것을 좋아하는 그녀는 올 때마다 프랑스 전통 디저트인 수플레를 시켰다. 그녀의 영향 때문인지 이전엔 잘 입에 대지 않던 K 역시 수플레를 즐겨먹기 시작했다.

입안 가득 퍼지는 달콤한 부드러움의 마력을 지닌 수플레, 그 맛은 어린 시절 소풍을 간 공원에서 엄마를 졸라 사먹었던 솜사탕 같다고 할까. 달달하면서도 부드러운 질감이 뾰족해진 신경마저 풀어지게 만든다. 수플레의 마법 덕분인지, K와 그녀의 사이는 날로 깊어졌고 그들은 수플레를 사이좋게 한 입씩 먹여주며 사랑을 속삭이곤 했다. 옷을 갈아입듯 여자를 바꿔가며 만나던 K가 무려 반년이 넘는 기간 동안 한 여자를 만나다니, 놀랍기도 했지만 그가 비로

수플레란 '부품다'라는 뜻의 프랑스어. 구워낸 즉시 먹어야 가장 맛있다.
막 시작한 연애가 가장 달콤하듯이.

소 진정한 사랑을 찾았다는 사실이 반갑기 그지없었다. 우리는 늘 진정한 사랑을 찾아 헤매지만, 사실 그 사랑이란 것이 그리 대단한 것이 아닐지도 모른다는 생각이 든다. 전기에 감전된 듯 순식간에 빠져드는 사랑, 내 모든 것을 주어도 아깝지 않은 절대적인 사랑 같은 것은 어쩌면 영화에서나 가능한 일이 아닐까. 우리가 살면서 만나는 사랑이란, 그저 만나면 마음이 편안해지고 기분이 좋아지는, 그래서 계속 만나고 싶은 그런 정도의 사랑이 아닐까 싶다. 그것으로 충분히 행복하고 기쁘다면, 그것이 진정한 사랑이 아닐까. K와 그녀의 사랑은 누구나 하는 연애와 다르지 않았지만, 그 평범함이 더욱 예쁘고 빛났다.

"셰프의 수플레는 진짜 최고야. 디저트 전문점을 가봐도 이런 맛은 없다니까."

K의 칭찬을 그녀가 이어받았다.

"어쩜 이렇게 잘 부풀어올랐을까요? 진짜 신기해요. 집에서 만들어보고 싶은데, 어떻게 하면 돼요?"

"어렵지는 않아요. 달걀흰자를 거품낸 다음에 생크림과 바닐라 에센스를 섞어 오븐에서 구워주면 되는데, 이때 주의할 점은 절대 중간에 오븐을 열면 안 된다는 거예요. 그러면 바로 주저앉아버리거든요. 정해진 시간까지 오븐과 수플레를 믿고 기다려야 해요. 아이러니한 건 이렇게 기다려서 음식이 완성되면, 그땐 뜸들이지 말고 바로 먹어야 한다는 거죠."

"아, 무르익을 때까지는 기다려주고 확인한 다음에는 뜸들이지
마라? 셰프, 이거 사랑이랑 비슷하네?"

"그러게요, 호호."

사랑을 단 한 번이라도 경험해본 사람은 안다. 오랜 시간 궁금
해하고 애태우던 마음이 상대와 통했을 때의 벅찬 희열을, 주체할
수 없이 빠져드는 감정을. 그런 점에서 수플레와 사랑이 닮았다는
K의 말에 공감할 수 있었다. 둘의 사랑이 그토록 행복했는지, 그들
은 애인이 없던 내게 소개팅을 시켜주겠다며 성화를 부리곤 했다.

"셰프, 어떤 스타일 좋아해? 빨리 애인 만들어서, 우리 더블데
이트하자!"

"나는 아직 연애에 관심이 없어서. 요리만 하기도 바쁜걸."

"셰프님같이 일밖에 모르는 분은 옆에서 부추기지 않으면 애인
못 만들 것 같아요. 그냥 다음에 제 친구를 데리고 와야겠어요."

"아, 네."

그냥 멋쩍게 웃고 만 내 태도가 서운했던 걸까. 그날 이후로 한
동안 두 사람은 가게를 찾지 않았다. 그리고 그들에 대한 궁금증이
사그라질 만큼 꽤 오랜 시간이 흐른 다음, K가 초췌한 모습으로 가
게를 찾았다. 그의 옆에 그녀는 없었다. 이별이었다. 그가 굳이 말
하지 않아도 알 수 있었다. 오랫동안 잠을 못 이룬 듯 퀭한 눈이, 푸

석푸석해진 피부가, 절망에 빠진 표정이 대신 말해주고 있었으니까. 나 역시 같은 상처를 겪어봤기에 더 빨리 눈치챘던 것도 같다.

3년 전이었다. 프랑스 파리에서 유학할 때 그녀를 만났다. 스물여섯 살에 무작정 비행기에 오른 뒤, 4년 가까이 현장에서 구르며 몸으로 일을 배우던 시절이었다. 당시 나는 아무리 열심히 일해도 좀처럼 나아지지 않는 상황으로 인해 좌절하고 있었고, 그녀 역시 국립요리학교를 졸업하고 첫 직장에서 힘든 하루하루를 보내고 있었다. 의지할 곳이 필요했던 걸까. 아니면 요리라는 공통점 때문이었을까. 우리는 빠르게 친해졌고 어느덧 연인이 됐다. 그렇게 서로에게 의지하며 관계를 키워가던 즈음, 갑자기 집안에 일이 생겨 급히 한국에 돌아왔다. 그리고 레스토랑 오픈을 준비하며 정신없이 뛰어다니고 있는데, 그녀가 8년간의 유학생활을 마치고 귀국했다는 연락을 해왔다. 여독도 안 풀렸을 텐데 그녀는 서울에 도착하자마자 나와 함께 레스토랑을 시작했다.

장밋빛 미래를 생각하며 찾아온 그녀의 기대와는 달리, 현실은 호락호락하지 않았다. 인테리어부터 직원을 뽑는 일까지 오픈 준비는 쉴새없이 돌아갔고, 오픈한 이후에는 매일 직접 장을 보고 재료를 다듬고 요리를 하는 강행군이 계속됐다. 당시엔 어떻게든 자리를 잡는 것이 최우선 과제라, 서로를 위로하고 돌볼 여유가 없었다.

디저트에 대해선 자신이 없던 나는 그녀에게 매일 새로운 디저트 메뉴를 만들어보라고 재촉해댔다. 그렇게 나온 메뉴 중 하나가 수플레였는데, 가게를 성공시켜야 한다는 강박관념에 사로잡힌 나는 고맙다는 말조차 제대로 하지 못했다. 그러던 어느 날.

"직원 좀 뽑으면 안 돼?"

그간 참을 만큼 참았다는 듯, 그녀가 불평과 불만이 섞인 한마디를 차갑게 내뱉었다.

"아직 가게가 정착도 못했는데, 어떻게 사람을 뽑아? 손익분기점을 넘을 수 있을지 없을지도 모르는데…… 조금만 더 참아봐."

"그것도 어느 정도지. 너무 힘들어서 죽겠단 말이야."

"점차 나아질 거야. 열심히 하면, 사정도 좋아질 거고."

"일단 내가 살고 봐야 열심히 하지. 더이상은 힘들어서 못하겠어. 진심이야. 나, 너무 힘들어."

직원 채용문제로 그녀와 참 많이 다퉜고, 싸움이 반복되자 점차 서로를 데면데면 대하기 시작했다. 하루종일 같이 일하면서도 한마디도 하지 않는 날이 많아졌다. 그리고, 정말 영화에서처럼 어느 날 갑자기 그녀가 가게에 나오지 않았다. 어떤 연락도 없었다. 그것이 그녀를 기억하는 마지막 장면이다. 이별을 슬퍼할 여유조차 허락되지 않았다. 그만큼 바쁘고 정신없었다. 몇 달 후, 비로소 스스로 마음에 드는 수플레 레시피를 완성시킨 후에야 그녀가 옆에 없음을 깨달을 수 있었다.

　"결혼하려고 부모님께 인사시켜드렸는데, 부모님이 반대를 하
셨어. 평범한 집안의 평범한 사람이라서, 우리 집안이랑은 어울리
지 않는다고. 우리 부모님, 한번 아니면 절대 아닌 분들이시거든.
정말 좋은 사람이라고 말씀드렸지만 들은 척도 안 하시더라. 그 여
자, 착하지만 자존심은 엄청 세잖아. 더이상 상처받기 싫다며, 연락
을 끊어버렸어. 난 자기랑 헤어지는 게 가장 큰 상처인데…… 그 여
잔 아닌가봐. 나쁜 년."

　내가 지난 추억에 젖어든 사이, K가 그간의 사정을 털어놓았다.
난생처음으로 진심을 다했던 사랑인 만큼, 이별이 남긴 내상이 큰
것 같았다. 그 마음, 충분히 이해할 수 있을 것 같아서 나 역시 가슴
이 저려왔다. 사랑이 지나간 자리엔 아쉬움과 상처, 배신감과 허무
함만이 남아 가슴을 할퀸다. 좀더 노력해볼걸, 그 사람에겐 내가 고
작 이 정도밖에 안 되는 존재였나, 이렇게 쉽게 끝날 수 있는 관계였
다니…… 순간순간 고개를 치미는 생각들이 상대를 원망하게 만들
기도 하고 스스로를 탓하게 만들기도 한다. 하지만 나는 알고 있었
다. 이 시간 또한 지나가리란 것을. 절대 지워지지 않을 것 같던 사
랑의 기억도 시간의 흐름과 함께 퇴색된다는 것을. 내가 그랬듯이.

　"기운내. 시간을 믿어보자. 좀더 시간이 지나면 괜찮아질 거야."

"그럴지도 모르지. 그래, 괜찮아지겠지. 그런데 그렇다고 지금이 안 아픈 건 아닌가보다. 요즘엔 매일 술만 마셔. 술이라도 취해야 생각이 안 나니까……"

홀로 바에 앉아 맥주를 마시는 그의 얼굴이 더없이 쓸쓸해 보였다. '하긴 상처는 언젠가 아문다는 사실을 안다고 해서, 지금의 상처가 아프지 않은 건 아니지.' 그 어떤 말도 위로가 될 수 없음을 알기에, 비워진 잔에 맥주를 따라주는 일 외에는 아무것도 해줄 수 없었다. 맥주병이 한 병, 두 병 늘어가고 마감시간이 다가올 때쯤, 묵묵히 술만 마시던 그가 입을 열었다.

"셰프, 수플레 해줄 수 있어?"

순간적으로 당황한 표정을 읽었는지, 그가 이내 말을 바꿨다.

"아, 아니야. 그냥 해본 말이야. 신경쓰지 마."

살짝 망설이긴 했다. 수플레는 만드는 데 시간이 오래 걸릴 뿐 아니라, 레시피가 최소 2인분 기준인지라 두 명 이상 주문할 때만 만들기 때문이다. 하지만 이내 내 손은 달걀을 깨고 빠르게 흰자로 거품을 내며 반죽을 만들고 있었다. '그래, 이걸로라도 위로가 된다면……' 얼마 지나 완성된 수플레를 그에게 건네며 말했다.

"다음에 수플레 먹고 싶을 땐, 같이 먹을 사람이랑 와야 해."

"……그래."

쓸쓸한 웃음을 머금으며 그가 말없이 수플레를 먹기 시작했다.

그녀와의 추억을 떠올리는 듯, 슬픔에 잠긴 표정으로. 그런 생각을 했다. 어쩌면 수플레와 연애의 진짜 공통점은, 한없이 달콤하지만 그 달콤함이 영원히 지속되지는 않는 데 있는 것인지도 모른다는.

달콤달콤,
폭신폭신,
뭉게뭉게!

막 시작한 연애처럼 한없이 달콤하고 부드러운 그 맛,
수플레

재료(2인분 기준) 달걀 2개, 설탕 60g, 바닐라에센스 1작은술, 생크림 3큰술

1. 달걀은 노른자와 흰자로 분리한다.
2. 흰자에 설탕 20g을 넣고, 거품기로 거품을 쳐서 머랭meringue을 만든다(너무 오래 치면 거품이 단단해져서 머랭의 모양이 깨질 수 있으니 유의하자).
3. 노른자에 생크림, 설탕 20g, 바닐라에센스를 넣고 잘 섞어준다.
4. (2)가 거의 완성돼갈 때, 설탕 20g을 추가로 넣어준다.
5. 거품기를 끄고, (3)을 넣어준 뒤 고무주걱으로 조심스레 섞는다.
6. 수플레용 오븐그릇에 담은 뒤, 220도로 예열된 오븐에서 6분간 구워주면 완성.

희망이란,
마음의 생채기 위에
앉은 딱지 같은 것

몸 바쳐 일한 회사와 가정에서 하루아침에
소외된 기러기 아빠.
그에게 라면은, 지나간 시간들의 추억이자
앞으로 지낼 시간들의 희망이었다.

실직과 이혼으로 주저앉은
기러기 아빠의 새로운 희망,
'라면'

   자정이 넘은 시각, 압구정의 라멘가게. 김이 모락모락 나는 돈
코츠라멘豚骨ラーメン 두 개를 받아든 뒤, 한참을 말없이 먹기만 했다.
나야 워낙 말이 없다 치고, 평소엔 활달한 그 역시 좀처럼 입을 열
지 않았다. 입맛이 없는지 반도 채 먹지 않고는 젓가락을 내려놓더
니 김이 다 빠진 맥주를 한 모금 들이켰다. 그리고 다시 침묵. 계속
되는 정적이 어색했는지 그가 말을 건넸다.
   "이셰프, 내 면 좀 더 들겠어? 난 입맛이 별로 없네."
   "아니에요. 저도 배가 찬걸요."
   맥주잔을 멍하니 응시하던 그가 다시 말을 이어갔다.
   "이 돈코츠라멘을 처음 먹은 게 95년도에 도쿄 출장을 갔을 때
였어. 야밤에 출출해서 바람도 쐴 겸 숙소를 나섰거든. 신주쿠 가봤
어? 거기는 낮과 밤이 구별이 안 돼. 한밤에도 불야성이야. 그 빛에
취해 정처 없이 거니는데, 라멘가게가 보이더라고. 야식은 역시 라
면이잖아? 그래서 들어갔지. 근데 맛도 밍밍하고 별로더라고. 처음
엔 괜히 입만 버렸다 싶었는데, 이게 이상하게 먹으면 먹을수록 맛
있는 거야. 결국 한 그릇을 뚝딱 비웠지."
   그는 그때의 맛을 기억해내려는 듯, 반도 넘게 남은 라면 그릇
을 들고 국물을 늘이마셨다.
   "아내를 만난 것도 거기서였어. 나야 일본말을 할 줄 모르니 어
리바리 주문도 못하고 있는데, 옆자리에 앉은 그녀가 '혹시 한국분

이세요?' 하고 묻더라고. 내가 혼잣말하는 걸 들었던 모양이야. 그러더니 '저랑 같은 거 시키세요. 이 가게에선 이게 제일 유명해요'라고 웃으면서 말하더라. 순간 가슴이 찌릿했지."

"와, 우연이 인연이 된 거네요~"

"응, 그랬지. 이런저런 얘기하면서 다 먹고 나왔는데, 헤어지기가 싫더라고. 이대로 보내면 안 될 것 같다는 생각이 계속 드는 거야. 그래서 '오늘 맛있는 라멘 소개해주셔서 감사한데, 제가 내일 보답하면 안 될까요?' 하고 물었지. 처음에는 당황하는 것 같더니 그래도 싫다곤 안 하더라. 그래서 만났어. 다음날도, 그다음날도. 그리고 내가 귀국하고 두 달 뒤에 유학중이던 그녀가 방학을 맞아 한국을 찾았는데, 그때 다시 만났지."

나는 그를 '정과장님'이라고 부른다. 그는 1년째 거의 매일 밤마다 꾸준히 찾는 단골손님인데, 예약 없이 열한시쯤 들어와서는 맥주 두어 병과 간단한 요리 하나를 먹고 조용히 계산하고 나가곤 했다. 머리가 반 이상 벗어져 50대 초반으로 보였는데, 정확한 나이는 알 수 없었다. 두 번 정도 거래처 사람과 같이 온 적이 있는데, 그때 다른 이들이 '정과장'이라고 부르는 것을 듣고 나 역시 '정과장님'이라고 부르게 됐다. 처음 호칭을 들었을 때, 그의 또래면 차장이나 부장이어야 할 텐데라는 생각을 했던 것도 같다.

몇 달 전, 혼자 찾아와 바에 걸터앉았을 때 그는 이미 대화가 불가능할 정도로 인사불성이 된 상태였다. "인생이 너무 힘들다"며 푸념을 늘어놓기도 했고, 잠시 자신에게 화를 내기도 했으며, 나중에는 눈물까지 보였다. 간신히 그를 달래 택시에 태워보내느라 진땀을 뺐던 기억이 생생하다. 그랬던 그가, 자정이 넘은 시각 또다시 혼자 찾아왔다. 마지막 주문시간을 넘긴 터라 내가 난처해하자 맥주 한 병만 금방 먹고 나가겠다며 자리를 잡았다. 어느덧 손님이 모두 나간 뒤, 홀로 앉아 있는 그를 슬쩍 쳐다보는데 휴대전화에 배경화면으로 설정된 가족사진을 보고 있었다. 그 모습이 무척이나 쓸쓸해 보여, 넌지시 말을 건넸다.

"정과장님, 무슨 안 좋은 일 있으세요? 요새 안색이 영 안 좋으시네요."

"음. 셰프, 신경써줘서 고마워. 그냥 집에 좀 안 좋은 일이 있어서 말이야. 어이쿠, 이런 다들 나갔네. 미안, 나 때문에 못 가고 있었구나."

자신이 가게에 홀로 남은 손님이라는 사실을 깨닫고는 그가 서둘러 서류가방을 챙겼다. 그런데 계산을 마치고도 한참을 서서 망설이더니, 용기를 낸 듯 말문을 열었다.

"셰프. 혹시 라멘 좋아해? 저번에 술 취해서 실수한 것도 그렇고, 괜찮으면 내가 한 그릇 사고 싶은데 말이야. 근처에 새벽 세시까지 하는 데가 있거든."

왠지 그의 제안을 거절해서는 안 된다는 생각도 들었고 마침 속도 출출해, 함께 가게 문을 닫고는 라멘가게로 간 것이었다. 그런데 정작 라멘을 먹자고 한 그는 입맛이 없다며 도통 먹질 않고, 불현듯 아내와의 만남 이야기를 들려주고 있었다.

그리고 이야기는 어느덧 최근까지로 흘러오고 있었다. 5년 전에 캐나다로 딸아이를 유학 보냈다고 했다. 그의 아내 역시 딸의 뒷바라지 때문에 캐나다로 간 상태였다. 그리고 5년간, 그는 월급의 대부분을 모녀의 생활비로 보내면서 기러기 아빠 생활을 해온 참이었다. 그런데 석 달 전, 갑자기 회사에서 지방발령이 났다. 강남에 위치한 본사에서 성남의 작은 영업점으로 발령을 받은 것이다. 그로서는 무척 당혹스러운 일이었다.

"말이 발령이지 그건 좌천이고, 회사에서 그만 나가라는 얘기였지. 참나……"

지금 생각해도 분하고 억울한 듯 그가 긴 한숨을 토해냈다.

"성실하게 살아왔는데, 이렇게 되니 허망하더라고. 집에 가도 반기는 사람도 없고, 좌천되면서 월급도 좀 깎였는데 영업에 대한 부담은 더 늘었으니 정말 힘들더라고. 한동안 술만 엄청 마셨어. 그러다보니 그만큼 늘어난 술값 때문에 주머니 사정도 안 좋아지고 말이야."

캐나다에 보내주던 생활비가 한두 달 밀리자 평소 연락이 없던 그의 아내가 독촉전화를 걸어왔다. 힘겹게 좌천 이야기를 털어놓았는데, 글쎄 다음날 바로 이혼을 요구했다고 한다. 아무리 좌천을 당했다고 해도 이혼이라니, 믿기지도 않고 너무하다 싶어서 딸에게 조심스럽게 물어봤더니 충격적인 답이 돌아왔다. 엄마가 한인교회에서 만난 중년의 사업가와 사귀고 있는 것 같다는 이야기였다. 남은 맥주를 마저 비운 그가 새로 한 병을 주문했다.

"다음주면 와이프가 한국에 잠깐 들어와. 2년 만에 얼굴을 보는 건데, 그렇게 오랜만에 만나서 이혼하게 될 줄 누가 알았겠어. 참 대단한 선물을 들고 오네, 그 여자. 이혼서류라니……"

믿었던 사람에게 배신당하는 일만큼 아프고 참담한 일이 또 있을까. 어떤 말을 건네야 하나 고민하는 와중에, 그가 더욱 충격적인 말을 꺼냈다.

"사실 말이야. 오늘 회사에 사표를 냈어."

"네? 사표요?"

"내 젊은 시절을 몽땅 다 바친 회사인데, 막상 관두니 슬프면서도 한편으로는 뭔가 후련하더라고."

에써 무덤덤한 듯 말했지만, 쓸쓸함은 쉽게 감춰지지 않았다. 그의 눈망울에는 회한이 가득해 보였다.

"그럼, 앞으로 어떻게 하시려고요?"

"친구 놈이 지방에서 펜션 사업을 시작했는데, 마침 일손도 부족하다고 해서 거기 가려고. 방도 하나 내준다니까, 이혼절차 마무리되고, 집도 정리되면 강원도 봉평으로 내려갈까 해. 공기 좋은 곳에서 바람이나 쐬며 노후를 보내지 뭐."

"결정하신 거예요? 강원도라…… 그럼 이제 자주 못 뵙겠네요."

그는 대답 없이 고개만 끄덕였다.

두어 달이 지나, 크리스마스가 다가오는 12월의 어느 날이었다. 다소 분주했던 목요일 영업을 마치고, 출출한 속을 달래고자 정과장이 소개해준 뒤로 자주 가게 된 라멘가게로 발길을 옮겼다. 눈이 내린 뒤라 바닥이 꽤 미끄러웠는데 혹여 넘어질까 조심하며 걷다보니, 어느덧 가게 앞에 당도해 있었다. 연말을 맞아 평소보다 손님이 많아진 덕에 고단한 하루였다. 저녁도 건너뛰고 정신없이 하루를 보내고 난 직후라, 가게에서 풍겨오는 맛있는 냄새에 허기와 함께 왠지 모를 안도감이 밀려왔다.

문을 열고 라멘가게에 들어서니 따뜻한 온기가 제일 먼저 반겼다. 온몸이 사르르 녹는 기분. 늘 앉던 자리를 향해 걸어가는데, 낯익은 얼굴이 눈에 띄었다. 정과장이었다. 한쪽 구석에 홀로 앉아 라멘을 먹고 있었다. 두 달만의 조우였다. 반가운 마음에 옆자리에 앉으며 인사를 건넸다.

"오랜만에 뵙네요. 잘 지내셨어요? 근데, 어떻게 되신 거예요? 저는 봉평에 계실 거라 생각했는데."

"응. 그게 그렇게 됐어."

그가 쑥스러운 듯 웃어 보였다. 답을 기다리며 늘 먹던 돈코츠라 멘과 생맥주를 주문했다. 내가 주문을 마치자 그가 그간의 자초지종을 털어놓았다.

"결국엔 그때 아내랑 합의하에 이혼했지. 다행히 내 사정을 아니까 위자료는 요구하지 않더라고. 그 사업가란 놈이 돈이 많아서 그런지도 모르지만. 하여간 계획대로 봉평에 갔어. 그곳에서 남은 인생 조용히 살아보려고 했지. 그런데 딸아이한테 연락이 온 거야. 한국에 가서 아빠랑 살고 싶다면서. 눈에서 멀어지면 마음에서도 멀어질까 정말 많이 걱정했었는데, 다행히 우리 딸은 아빠를 잊지 않았더라고. 그 길로 짐 싸서 서울로 왔지."

"아, 정말요? 잘됐네요. 그럼 지금은 어떻게 지내시는 거예요?"

잠시 뜸을 들이는가 싶더니, 그가 이내 말을 이어갔다.

"음, 그게…… 딸아이랑 같이 살 생각하니깐 막막하더라고. 녀석이 곧 대학에 가야 하는데 등록금도 걱정되고. 비록 호강은 못 시켜줘도 후진 아빠가 되진 말자고 결심했어. 뭘 할까 고민하다가 분식집을 하나 해보려고 요새 준비중이야."

"근데, 식당일이란 게 만만치 않을 텐데, 괜찮으시겠어요?"

"허허, 이제 와서 내가 못할 게 뭐 있겠나. 토끼 같은 딸내미도 곁에 있는데."

"장소는 알아보셨어요?"

"응, 종로 쪽에 봐둔 데가 있어. 내가 식당일은 경험이 없지만, 이래 봬도 라면 하나는 기똥차게 잘 끓이거든, 그래서 라면을 주종목으로 해볼까 하는데 말이야. 이셰프 생각은 어때?"

솔직히 걱정이 되긴 했지만, 그의 희망에 찬 눈빛을 보고 있노라니 염려보다는 응원을 해주고 싶다는 생각이 강하게 들었다.

"정과장님, 아니 정사장님. 식당개업 준비하시면서 도움 필요한 일 많을 거예요. 그때, 잊지 말고 꼭 연락주세요. 비록 제가 분식업은 잘 모르지만 요식업에 먼저 몸담은 사람으로서, 힘 닿는 데까지 도와드릴게요."

"이거, 이셰프한테 신세만 지네. 말만으로도 얼마나 힘이 되고 격려가 되는지 몰라. 나야 기술이 없어서 여기 라멘가게처럼 직접 면을 뽑아 만드는 건 아니지만, 그래도 이셰프가 우리 분식집 올 때는 내가 아주 특별히 신경써서 만들어줄게. 꼭 찾아줘야 돼."

대화에 빠져 있다보니, 어느새 잊고 있던 라멘 한 그릇이 내 앞에 이미 놓여 있었다. 아직 뜨거운 김이 모락모락 나는 게 역시나 먹음직스러웠다. 살짝 불은 면을 후후 불며 한 젓가락을 입으로 가져갔다. 입안 가득 느껴지는 쫄깃한 면발의 향연을 나는 어떤 고급

요리보다 사랑한다. 거기에 곁들여지는 뜨끈한 국물까지 마시노라면, 추운 겨울밤 더 바랄 게 무엇이겠는가.

　어린 시절 즐겨봤던 만화 〈은하철도 999〉의 주인공 '철이'는 힘든 순간을 이겨내거나 혼자밖에 없다고 느껴질 때 늘 라면을 먹었다. 아직도 소년이 눈밭을 하염없이 걷다가 돌아와 라면을 끓여먹었던 장면이 생생히 떠오른다. 나 역시 허하다는 기분이 들 땐 라면을 먹었다. 가장 간단한 조리만으로 손쉽게 완성되는 라면을 만들어 먹노라면, 사는 게 그리 어렵고 힘든 일만은 아니라는 위로가 됐기 때문이다. 꼬들꼬들한 면발을 오물오물 씹어먹고, 얼큰한 국물을 후루룩 마시다보면, 어느덧 몸과 마음이 후끈후끈 데워지곤 했다. 순식간에 한 그릇을 뚝딱 해치우고 나니 그가 뿌듯한 표정으로 바라보고 있었다. 맥주 한 모금으로 입가심을 하며 내가 물었다.

　"그래도 예전보단 덜 적적하시겠어요."

　"딸아이가 한국에 혼자 남은 아빠가 불쌍하다고, 아빠랑 같이 살겠다고 돌아온 게 얼마나 고맙던지."

　"정말 다행이네요. 자식이 곁에 있으니, 얼마나 좋아요."

　"응, 그렇지. 집에 들어가면 토끼 같은 딸아이가 반겨주니, 왜 안 좋겠어? 역시 가족은 살을 부대끼며 같이 살아야 하는 것 같아. 어이쿠, 그나저나 벌써 시간이 이렇게 됐네. 난 딸아이 도시락 재료를 미리 챙겨야 해서 그만 가야겠네."

"그래요. 이렇게 다시 봬서 반가웠어요. 도움 필요하면 연락 꼭 주시고요."

"고마우이…… 여튼, 난 이만 가볼게. 이셰프 담엔 우리 분식집에서 봅시다. 그때 내 라면 먹어보고 평가 좀 해달라고."

그가 사람 좋은 웃음을 남기며, 문을 열고 가게를 나섰다.

그와 헤어지고 집으로 향하는 길, 오만 생각이 머릿속을 휘저어놓았다. 그는 잘할 수 있을까, 자신의 바람대로 멋진 아빠가 될 수 있을까. 모르겠다. 인생은 각오와 의지만으로 꾸려가기엔, 예측할 수 없는 변수가 너무도 많으니까.

그래, 삶은 분명 호락호락하지 않다. 내 뜻이나 바람과는 어긋나는 경우가 허다하고, 노력만큼의 보상을 내놓지 않을 때도 많다. 하지만 그럼에도 나는 그가 잘할 수 있을 것이라고 결론을 내렸다. 어려울 것이다. 힘들 것이다. 하지만 아무리 어렵고 힘들어도 용기, 희망, 의지, 노력 같은 삶의 기본들을 지켜나가면, 인생이 조금은 맛있어지는 것 같다. 가장 기본적인 레시피에 충실할 때 제일 좋은 맛을 내는 라면처럼 말이다. 라면을 끓이는 방법은 사람마다 다르지만, 결국 가장 많은 사람의 입맛을 충족시키는 것은 레시피 그대로 끓인 라면이 아닐까. 라면도, 인생도 정직하게 기본을 지킨다면 결코 배신하지 않는다고 믿는다.

후룩후룩,
짭짭,
뜨끈뜨끈!

얼큰한 국물과 쫄깃한 면발의 환상궁합,
라면

재료(4인분 기준) 돼지고기 등심 200g, 전복 1개, 조개관자 3개, 죽순·김·파 약간, 국물용 재료(닭발 600g, 마늘 6쪽, 생강 3쪽, 사과 1/4개, 당근 1/2개, 다시마·양배춧잎·돼지비계 기름 약간), 면발용 재료(밀가루 600g, 소금 20g, 소다수 1작은술, 달걀 6개), 편육용 재료(간장 50g, 건고추 5g, 통마늘 2쪽, 생강 1/2쪽, 정종 2큰술, 다시마 약간)

1. 물 6000cc와 국물용 재료를 넣고 중불에 3시간 동안 끓인다.
2. 면발용 재료에 물 50cc를 넣고 골고루 반죽한 다음, 비닐에 감싸 2시간 정도 서늘한 곳에서 숙성시킨다.
3. 반죽된 밀가루를 밀대로 얇게 민 다음 가늘게 썬 뒤, 끓는 물에 2분 정도 삶아 건진다.
4. 편육용 재료에 돼지고기 등심을 넣고 약한 불에 50분 정도 삶는다. 다 삶은 뒤에는 먹기 좋은 크기로 자른다.
5. 죽순, 전복, 조개관자는 살짝 데친다.
6. 면발에 육수를 붓고 데친 해산물과 편육을 올린다. 먹기 전에 참기름, 후추, 다진 마늘을 넣고 김과 채 썬 파로 마무리한다.

외로움이란,
누구에게나 공평히
주어지는 감정, 고로
누구도 피할 수 없는

대중의 시선을 한몸에 받고 살지만,
때론 대중의 시선을 피해야만 하는 스타들.
그들에게 맛있는 음식은, 버거운 일상에서
벗어나게 하는 잠시의 탈출구였다.

톱스타의
외로움을 달랜
달콤한 취미,
'마카롱'

"바쁘다고 해서 안 외로운 거 아니고, 돈 많다고 해서 안 외로운 거 아니다. 인간은 원래 다 외로워."

같은 영화, 같은 드라마를 여러 번 반복해 보는 것을 좋아한다. 그중에서도 특히 많이 본 드라마를 꼽자면 〈그들이 사는 세상〉인데, 바로 위의 대사 때문이다. 극중 가난한 드라마 PD로 나오는 주인공 지오(현빈 분)가 유명한 중견배우 민숙(윤여정 분)과 이야기를 나누던 장면에서 등장한 이 대사는 그야말로 인생살이를 압축해놓은 듯했다.

"선생님, 왜 그렇게 투덜대세요? 재산 있으시지, 명예 있으시지, 인기 있으시지. 세상에 부러울 게 없는데 늘 뵈면 별로 행복해 보이질 않아요."

"재산, 명예, 인기. 그거 있으면 다 행복해? 누가 그래? 인생이 그렇게 단순하다고."

"아니, 뭐, 누가 그런다기보다 강남에 10층이 넘는 빌딩이 한두 채 있고, 속 썩이는 자식도 없고, 매일 쇼핑이나 하고 살면 좋지 않아요?"

"돈밖에 없고, 살가운 자식은커녕 속 썩이는 자식 하나 없고, 매일 할 일이라곤 쇼핑밖에 없다고 생각해도 행복해? 인산에 대해서 그렇게 단순하셔서 무슨 인생에 대한 드라마를 찍으시겠다고……"

참 이상하게도 이 대화를 들으면서 마음이 평온해졌다. 산다는 게 다 공평하다는 생각이 들었기 때문이다. 나는 기를 쓰고 일해서 간신히 버티는데, 신문에서 또래의 재벌2세가 성공했다거나 나보다 나이가 어린 연예인이 광고로 수억을 벌었다거나 하는 기사라도 보면 사무치게 억울한 것이 사실이다. 20대 청춘을 주방에 바쳤다. 하루에 열 시간도 넘게 혹독한 고생을 하고 받은 월급이라곤 고작 100만 원. 좋아하는 일을 한다는 보람도, 최선을 다하고 있다는 자긍심도, 그런 기사 하나에 쉽사리 고개를 숙였다. 하지만 내가 부러워마지않는 그것으로 인해 그들 역시 힘겨울 수 있다니, 그들도 외롭고 아프다니, 부끄럽지만 꽤나 위안을 받았다.

그리고 실제로 그들을 만났다. 1년 전, 유난하지 않은 봄이었고 그중에서도 평범한 어느 날이었다. 검은 모자를 푹 눌러쓰고 캐주얼한 복장을 한 키 큰 남자가 가게로 들어왔다. 톱스타 A였다. '세상에, 이런 유명인이 우리 레스토랑에 오다니!' 신기하기도 하고 감격스럽기도 했다. 레스토랑이 나름 유명해졌다는 방증인 것 같았다. 하지만 기쁨도 잠시, 그가 미식가라는 이야기를 들은 기억이 떠올라 일순간 부담이 밀려왔다.

그는 룸에 먼저 도착해 있던 친구들과 함께 와인을 마시러 온 터였다. 자리에 앉은 그에게 메뉴판을 건네자 와인리스트부터 살피더니, 부르고뉴의 '본 로마네 Vosne Romanée'를 주문했다. 와인의 빈티지vintage. 생산 연도를 꼼꼼히 따지는가 싶더니, 깐깐한 선택만큼 마시는 모습 또한 예사롭지 않았다. 눈으로 색을 느끼고 코로 향의 변화를 음미하는 모습이 마치 일본의 유명 만화 『신의 물방울』의 한 장면 같았다. 그날 그는 와인에 곁들일 안주로 스페인의 전통음식인 '하몽 이베리코jamón iberico'를 택했다. 와인과 훌륭한 마리아주mariage를 이루는 하몽은, 정열적인 스페인 사람들의 민족성처럼 강렬한 향과 짠맛이 특징이다. 남다른 아우라를 내뿜는 그와 절묘하게 어울리는 음식이었다. 그렇게 그가 친구들과 와인과 음식을 즐기는 두 시간 동안, 긴장감과 설렘으로 어찌나 가슴이 쿵쾅대던지 내 심장박동 소리에 스스로 놀랄 정도였다.

그로부터 며칠 뒤, 전화 한 통이 걸려왔다. A의 매니저였다. A가 그날 음식과 분위기가 기억에 남는다며 내일 다시 오고 싶어한다는 내용이었다. 예약장부에 시간과 이름을 적고 전화를 끊으려는데, 그가 급하게 한 가지를 더 물어왔다.

"셰프님, 내일 문 몇시에 여세요?"

"저희 오픈시간은 여섯시지요. 저녁 영업만 하거든요."

"아, 그럼 그전에 준비는 안 하세요?"

"스태프는 세시에 출근하고 저는 한시쯤 나와요. 근데 왜 그러시죠?"

"잘됐네요. 와인 디캔팅decanting. 침전물을 가라앉힌 다음 깨끗한 와인만을 디캔터에

^{옮기는 작업}을 미리 해야 해서요. 제가 세시쯤 찾아가서 와인을 맡겨도 될까요?"

몇 시간 전에 디캔팅하는 것이 가장 맛있는지까지 계산하는 치밀함이라니, 놀라울 따름이었다. 더욱이 다음날 매니저가 가져온 와인은 『신의 물방울』에서 소개된 전설의 와인이었다. 그다음부터 종종 들를 때도 그는 직접 희귀 와인들을 가져왔는데, 그중에는 수년간 레스토랑에서 일한 나조차 처음 보는 것도 많았다. 귀한 와인을 마시며 황홀경에 빠진 그의 모습은 TV에서 보는 것과는 사뭇 달랐지만, 가까이하기엔 뭔지 모를 벽이 느껴지기도 했다. 지인들과의 식사자리에서도 주된 대화는 와인과 음식 이야기였다. 테이블로 음식을 낼 때마다 그는 일일이 재료와 조리법에 관해 물었고, 일행과 맛에 관한 토론(?)을 벌이기도 했다. 어느 날에는 여섯시에 찾아와 새벽 한시까지 와인을 즐겼는데, 마감할 때가 돼서 조심스럽게 이야기를 하니 그제야 시계를 보고는 시간이 그토록 흘렀다는 사실에 깜짝 놀라는 것 같았다. 좋은 사람들과의 수다에 시간 가는 줄 모르는 것은 일반인이나 연예인이나 마찬가지인 모양이다.

재미있는 사실은 룸에서는 친구들과 소탈하게 수다를 떨고, 맛있는 음식 하나에 해맑게 기뻐하던 그가 룸 밖으로만 나오면 갑자기 연예인으로 돌변한다는 것이었다. 편안했던 얼굴이 어느새 굳어지고, 혹시나 누가 알아볼까 몇 번이고 모자를 눌러쓰는 모습에서 얼굴이 알려진 채 살아야 하는 연예인의 고단함이 엿보였다. 하여 그는 룸 밖에 있는 화장실을 가는 일조차도 조심스러워했다. 그짧은 순간에도 그를 알아본 홀 손님들은 "OOO이다"라며 웅성거렸고, 그는 고개를 푹 숙인 채 황급히 룸으로 들어가곤 했다. 화려하고 휘황찬란할 것만 같은 연예인의 삶이었지만, 언제 어디서나 긴장을 놓을 수 없는 모습을 직접 확인하고 나니 부러움의 자리에 연민이 들어섰다.

카리스마 강한 여배우 B의 경우도 마찬가지였다. 지인의 소개로 처음 온 그날, 홀을 지나칠 때만 해도 주변 시선을 의식하던 그녀가 룸에서는 흐르는 음악에 맞춰 춤을 추며 자유롭게 움직였다. 음식을 가지고 들어갔다가 그 모습에 무척 당황했는데, 동행한 사람들은 자주 본 듯 다들 신경쓰지 않고 식사를 즐기고 있었다. 그녀의 춤은, 참 쓸쓸했다. 춤이라기보다는 몸짓에 가까웠는데, 한 손에 와인잔을 들고 흐느적흐느적 룸을 배회하는 모습에서 왠지 모를 외로움이 묻어났다.

그렇게 한참을 음악에 몸을 맡겼던 그녀는 자리에 앉자마자 괴로움을 토해냈다. 자세한 이야기는 들을 수 없었지만 "나는 그게 아닌데……"라는 말을 반복했던 걸 보면 자신을 향한 대중의 오해에 힘겨워하는 듯했다. 대중의 사랑을 먹고 사는 연예인은 필연적으로 대중의 오해나 질시도 받을 수밖에 없음을 알기에, 그날 그녀의 "나는 그게 아닌데……"라는 말이 퍽 애달프게 들렸다.

대중의 시선을 한몸에 받기 위해 갖은 애를 쓰면서도, 정작 일상에서는 대중의 시선을 피하기 위해 또다른 애를 쓰는 사람들…… 연예인이란 직업이 갖는 이중성을 그들을 통해 확인하며, 하나를 갖기 위해 하나를 버려야 하는 삶이란 모두가 마찬가지라는 생각도 품었다. 무엇을 얻고 무엇을 잃을지가 다를 뿐, 결국 사람의 삶이란 매한가지인 모양이다.

얼마 전 출연한 영화가 개봉하며 왕성한 활동을 하고 있는 청순한 이미지의 여배우 C는, 다른 연예인과 달리 룸을 고집하지 않는 편이다. 이미지 관리가 생명인 직업임에도, 그녀는 늘 화장기 없는 민얼굴에 청바지와 티셔츠만 입고 와서는 홀 한쪽에서 친구들과 몇 시간씩 수다를 떨곤 했다. 대개 친한 친구들의 근황이 주된 화제였는데, 오가는 대화만 듣자면 평범한 나와 다를 바 없는 30대의 삶이었다. 그녀는 음식에 대한 평도 솔직한 편이었는데, 가령 체리와 블루베리가 들어간 치즈샐러드를 내놓으면 약간 호들갑스러울 정도로 좋아하곤 했다.

"제가 좋아하는 것만 들어가 있어서, 진짜 맛있었어요. 셰프님, 최고!"

최근에는 그녀가 창백한 표정으로 혼자 가게를 찾았다. 무슨 일인가 싶어 자리에 다가가 물으니 속이 안 좋아서 아침부터 아무것도 먹지 못했다고 털어놓았다. '셰프가 해준 어니언수프를 먹으면 괜찮을 것 같아서 혼자 왔다'는 이야기에, 정성을 쏟아 대접했는데 마치 아픈 딸을 위해 요리하는 엄마가 된 기분이었다.

사실 그녀를 만나기 전까지, 여자 연예인은 모두 샐러드 같은 다이어트 식단만 먹는 줄 알았다. 하지만 C를 비롯해 빼어난 몸매를 자랑하는 여자 연예인들 대부분이 그릇 바닥이 보일 때까지 음식을 싹싹 비우곤 했다. 추후 연예계에 종사하는 지인에게 들으니, 평상시에는 소식小食을 하면서 가끔씩 외식으로 다이어트에 대한 스트레스를 푸는 경우가 많다고 한다. 최근에 영화가 크게 흥행한 톱스타 D가 동료 여배우 E와 함께 왔을 때도, 둘이서 네 시간 동안 폭풍 수다를 나누며 3인분용 음식을 깨끗이 먹어치웠다. 그 둘은 음식이 하나씩 나올 때마다 박수까지 치며 반겼는데, 그날 평소에 마음껏 먹지 못하는 한을 풀었던 건 아닐까.

미식가로 소문난 톱스타 F 역시 1년 전부터 이따금 들르는 VIP 손님이다. 그의 작품을 모두 봤을 만큼 워낙 그를 좋아했던지라 볼 때마다 늘 떨렸다. 그가 남자임에도 불구하고 말이다. 롤모델처럼 생각했던 배우였고, 그만큼 친해지고 싶은 마음도 있었다. 넉 달 전, 그가 예약을 하고 가게를 찾았다. 설레는 마음으로 기다리는데, 예약시간보다 한 시간이나 일찍 도착했다. 혼자 룸에 있는 그가 신경쓰이기도 하고 친해지고도 싶어 이야기를 청했다. 마침 그도 할 이야기가 있었는지 나를 반기는 눈치였는데, 다른 날과 달리 쭈뼛거리며 말을 꺼낼 듯 말 듯 했다.

"일찍 오셨네요."

"네. 근데 셰프님, 저 뭐 하나 물어봐도 되나요?"

"그럼요, 말씀하세요."

"부끄럽긴 하지만, 제가 한 달 전부터 마카롱macaron에 빠졌는데, 집에서 몇 번 만들어봐도 잘 안 되더라고요. 다 금이 가고 부서져요."

전혀 예상 못했던 의외의 모습이 재미있어서 나도 모르게 빙그레 웃음이 번졌다. 그의 모습이 마치 선생님에게 조언을 구하는 학생 같았기 때문이다. 수많은 팬을 울리고 웃기는 톱스타가, 고작 마카롱 하나 때문에 저렇게 천진난만한 소년의 표정을 짓다니!

"온도 때문일까요? 뭐가 문제일까요?"

속상한 표정으로 묻는 모양이 영락없이 애인에게 줄 쿠키를 만들다 망친 20대 여대생 같았다.

"음식에 조예가 깊으신 건 알았는데, 이제 디저트까지 도전하셨어요? 어떻게 하셨는데요? 설명 좀 해주세요."

"아몬드가루랑 슈가파우더를 믹서에 넣고 간 다음, 달걀흰자를 볼에 담고 거품을 냈지요. 거기다 설탕을 반쯤 넣고 좀 휘핑하다가,

다시 설탕을 넣고 슈가파우더를 두 번에 걸쳐 넣었어요. 이걸 거품기에 넣고 돌린 다음……"

"혹시 흰자와 설탕을 섞은 다음에, 어느 정도 휘핑하셨어요?"

"몇십 번 정도요? 시간은 잘 모르겠고요."

"거품이 반투명 상태가 아니라 흰색이 될 때까지 저어주셔야 해요. 그리고 아몬드가루와 슈가파우더를 믹서에 간 다음에도 분말을 따로 채에 걸러줘야 나중에 식감이 껄끄럽지 않고 부드러워요. 마카롱이 재료는 참 단순한데, 조리법이 은근히 까다롭죠?"

"네, 그러네요. 제가 요즘 요리하는 낙으로 사는데, 제대로 안 돼서 어찌나 속상했는지 몰라요. 감사해요."

'요리하는 낙으로 산다.' 그건 적어도 내가 TV에서 봐온 그의 입에서 나올 이야기는 아니었다. 돈도 많고 인기도 많고, 얼마든지 호사스럽고 다양한 취미생활을 누릴 수 있을 텐데…… 하지만 바로 그 점에서 그가 한결 가깝게 느껴지기도 했다. 요리가 우리 사이에 징검다리를 놓아준 기분이랄까. 무엇보다 바삭한 겉과 보드라운 속이 대비되는 마카롱이라니, 화려한 외양과 달리 나름의 고충을 안고 사는 연예인과 퍽 비슷하지 않은가. 그날 다른 일정 때문에 평소보다 일찍 자리를 뜬 그는 멋쩍은 듯 내게 다가와 또 한번 놀라운 이야기를 꺼냈다.

"셰프님, 남은 음식 좀 싸주실 수 있나요?"

"네?"

그건 레스토랑을 열고 처음 듣는 이야기이기도 했다. 프렌치 레스토랑이 주는 어떤 선입견 때문인지, 음식이 남아도 싸달라는 부탁을 하는 손님은 전혀 없었던 것이다.

"음식이 너무 맛있어서, 남기기가 아까워서요."

"싸드리는 건 어렵지 않은데, 데워도 원래 맛은 안 나올 거예요. 괜찮으시겠어요?"

"괜찮아요. 혼자 살아서 뭐 만들어 먹기도 귀찮고, 밤에 출출할 때 먹으려고요."

남은 안주나 음식을 포일에 싸달라고 부탁하는 톱스타 F, 거리낌 없이 술을 마시고 춤을 추는 여배우 B, 친구들과 몇 시간 동안 수다를 떨며 음식을 싹싹 먹어치우는 여배우 C를 보고 있노라면 스포트라이트 이면의 모습을 떠올리게 된다. 그들 역시 우리와 같은 고민이 있고 비슷한 취미가 있으며 친구들의 고민에 함께 아파하는 평범한 일상이 있음을…… 그들 역시 혼자 사는 집에서 외로움에 몸서리치기도 하고, 늦은 밤 마음이 허한 것인지 배가 고픈 것인지 헷갈려하며 냉장고를 뒤지고, 좋아하는 사람들과의 대화로 묵은 감정들을 풀기도 한다. 외로운 거, 쓸쓸한 거, 아픈 거, 그것들 모두 사람이라면 누구나 피할 수 없는 숙명인가보다. 그들을 보며 다시 한번 드라마 속 민숙의 읊조림을 떠올렸다.

"바쁘다고 해서 안 외로운 거 아니고, 돈 많다고 해서 안 외로운 거 아니다. 인간은 원래 다 외로워."

동글동글, 바삭바삭, 보들보들!

바삭한 겉에 둘러싸인 보드라운 달달함,
마카롱

재료(4인분 기준) 달걀흰자 100g, 아몬드가루 120g, 슈가파우더 220g, 난백파우더 (달걀흰자를 익혀 가루로 만든 제품) 100g, 설탕 30g, 생크림 150ml

1. 아몬드가루와 슈가파우더를 두세 번에 걸쳐 체에 내린다.
2. 달걀흰자와 난백파우더를 거품낸 뒤, 설탕을 두세 번에 나눠 넣으면서 단단한 머랭을 만든다. 머랭을 거품기로 뒤집었을 때 꼬리가 살짝 휘는 정도가 적당하다.
3. (1)과 (2)를 두세 번에 걸쳐 나눠 넣으며 섞는다. 이때 너무 많이 휘저으면 머랭의 거품이 꺼지므로 재빨리 섞는다.
4. 팬에 기름칠을 하거나 유산지(반죽이 들러붙지 않도록 기름을 먹인 종이)를 깔아 둔다.
5. 원형깍지를 끼운 짤주머니forcing bag에 반죽을 담아 지름 3.5cm 정도로 짠 다음, 실온에서 30분 정도 말린다.
6. 160도로 예열한 오븐에 12분간 구운 후, 식힌다.
7. 핸드믹서로 거품낸 생크림을 마카롱의 납작한 면에 바른 다음, 다른 마카롱으로 덮으면 완성.

추억은 **맛으로** 기억된다

〈스페니시 아파트먼트The Spanish Apartment〉라는 영화가 있다. 주인공인 대학생 '자비에'가 모국인 프랑스를 떠나 스페인에서 교환학생으로 지내며 일어나는 일을 다룬 작품이다. 스물다섯 살의 건강한 청년은 작가를 지망하지만, 아버지의 친구로부터 스페인어 자격증과 경제학 석사를 따야 어딜 가도 꿀리지 않는다는 충고를 듣는다. 이에 그는 교환학생 프로그램을 통해 1년간 스페인에서 공부하기로 결심한다. 사실 영화는 특별한 사건이나 극적인 드라마를 담아내진 않는다. 그저 어렵사리 숙소를 구한 주인공이 영국, 독일, 이탈리아 등에서 온 혈기왕성한 학생들과 함께 지내면서 벌어지는 웃지 못할 해프닝을 그릴 뿐. 하지만 그들이 서로의 차이를 인정하면서 점점 우정을 싹틔우는 과정은 참 따뜻했던 풍경으로 기억된다. 아마도 나의 추억과 맞닿아 있는 풍경이기 때문인 듯도 하다.

2009년, 3년 반가량 이어진 프랑스에서의 유학생활에 지칠 때쯤 새로운 활로를 찾고자 무작정 스페인으로 향했다. 당시엔 나름 파리의 유명 미슐랭 스타 레스토랑을 돌며 실력을 쌓았기에 자만심이 하늘을 찌르고 있었다. 프랑스어도 유창해져서 심각한 자아도취에 빠져 있던 스물아홉 살의 나는, '프랑스에선 더이상 배울 게 없다. 다른 나라에서 잠깐 견문이나 넓히고 서울로 가야지'라는 어이없는 착각의 늪에서 허우적대고 있었다. 내게 스페인을 추천해준 사람은 바로 임정식 셰프였다. 지금은 서울과 뉴욕에서 유명 한식 레스토랑인 '정식당'을 운영하며 최고의 셰프에 오른 그이지만, 그도 당시에는 스페인에서 요리수업중이었다. 친형처럼 따랐던 그의 조언에 따라, 새로운 도전을 위해 스페인행 비행기에 몸을 실었다.

그런데 막상 스페인의 동부, 지중해를 바라보는 알리칸테 주의 작은 마을에 도착하자 자신감은 순식간에 두려움으로 바뀌었다. 전혀 새로운 환경이 주는 압박감이 예상보다 컸던 것이다. 미리 근무하기로 정해진 레스토랑에서는 숙소를 제공하기로 약속했었다. 나름 스카우트였기에 내심 고급 아파트는 아니더라도 좋은 숙소를 마련했으리라 기대했다. 하지만 웬걸. 묻고 물어 당도한 곳은 우리나라의 달동네를 연상시키는 허름한 아파트촌이었다. 외관은 허름해도 내부는 다를지 모른다는 기대감도 잠시, 부서질 것 같은 계단을 조심조심 오르니 외관 못지않게 낡은 복도가 등장했다. 문을 열고 들어간 숙소는 기껏해야 18평쯤 돼 보였고, 그 공간에 무려 세 개의 방과 작은 화장실 하나가 사이좋게 들어차 있었다. 현관에는 미처 신발장에 들어가지 못한 신발들이 너저분하게 널려 있었고, 베란다에는 수십 벌의 옷들이 다닥다닥 걸려 있었다. 그랬다. 그곳은 무려 열한 명의 외국인들이 생활하는 공동 숙소였다. 그것도 중남미에서 온 아홉 명과 포르투갈과 이탈리아에서 온 두 명으로 구성된 '남녀'가 함께 지내는 숙소였다.

하지만 당혹스러움을 느낄 틈도 없이, 열렬한 환영에 혼이 빠져나갔다. 나와 마찬가지로 요리를 하는 그들은 한 사람도 빠지지 않고 거실로 나와 반갑게 맞이해주더니, 작은 집 이리저리를 구경시켜주느라 바삐 몸을 움직였다. 하여 기대와 달리 허름한 숙소에 둥지를 틀게 된 스스로를 애처로워하지도 못한 채 그들에게 끌려다니는 수밖에 없었다. 그리고 마침내 어떤 방 앞에서 걸음을 멈췄다. 그들이 문을 열어 보여준 방 안에는 2층 침대가 빼곡히 들어서 있었다. 내가 지낼 공간이었다. 하지만 침대는 나사가 다섯 개나 빠져 몸을 움직일 때마다 신음처럼 삐걱삐걱 소리를 냈다. 침대가 무너질지도 모른다는 공포감에 며칠을 잠들지 못했고, 결국 얼마 지나지 않아 소파 신세를 지게 됐다.

숙소에 짐을 풀고 다음날, 본격적으로 시작한 스페인에서의 첫날은 욕심만 버리면 나쁠 것 없이 순조롭게 흘러갔다. 이를테면 이런 거다. 걸어서 왕복 한 시간 반을 다니는 출퇴근길도 처음에는 불편했지만, 교통편이 없으니 별수 없다고 포기하자 곧 익숙해졌다. 샤워를 하는 동안에는 여러 명이 연신 노크를 해댔는데, 그러다보니 오 분 만에 씻는 법을 터득하게 됐다. 레스토랑에서의 일도 손님이 그리 많지 않았기에 혹독한 정도는 아니었다. 무엇보다 같은 집에서 생활하는 친구들이 도와준 덕분에 빨리 적응할 수 있었다.

하루하루 생활하면서 알게 된 사실은, 아홉 명의 중남미 친구들 대부분이 20대 초반의 젊은 나이로, 제대로 요리를 공부해본 적도 없이 '스페니시 드림'을 찾아 무작정 날아온 초보요리사들이라는 점이었다. 그렇기에 그들은 쥐꼬리만한 급여를 받으면서도 요리를 배우며 일한다는 사실에 만족하는 듯했다. 부족한 생활비를 충당하기 위해 '투잡'을 뛰는 사람도 있었는데, 열 시간 넘게 일하고 돌아와서도 피곤한 내색은 하지 않았다. 늘 밝고 긍정적인 그들과 섞여 생활하자니 짜증, 불만 같은 것이 비집고 들어올 틈이란 없었다.

그중에서도 베네수엘라에서 온 뚱보 '리카르도'와 포르투갈에서 온 '다비드'는 같은 방을 쓰면서 더욱 친해진 친구들이었다. 우리는 삼총사처럼 언제 어디에서나 붙어다녔는데, 말이 안 통한다는 것쯤은 그리 큰 문제가 아니었다. 어차피 많은 대화가 필요한 것은 아니었으니까. 영화 〈대부〉에 출연할 당시의 젊은 알 파치노를 쏙 빼닮은 다비드는, 언젠가 내가 숫돌에 칼을 가는 모습을 보고는 그날부터 강아지처럼 뒤를 쫓아다녔다. 칼을 가는 방법을 가르쳐달라는 것이었다. 유럽에서는 대부분 쇠막대기에 세차게 날을 스치듯 튕기는 방법만 사용했기에, 돌에다 칼을 가는 모습이 신기했던 모양이다. 뭐가 어렵나 싶어 알려줬더니, 다음부턴 나를 형처럼 따르곤 했다. 떡 본 김에 제사 지낸다고, 다비드에게 칼 가는 법을 알려준 다음날, 우리 삼총사는 시장으로 향했다. 그리고 몇 마리의 생선을 구입해 숙소로 돌아와서는, 각자 자기 나라의 조리방식으로 세 가지 생선요리를 만들어 나눠먹으며 작은 파티를 열었다. 고단한 일상에 간만에 단비가 내린 날이었다.

그러던 어느 날 올 것이 오고야 말았다. 스페인의 날씨는 평소에는 맑다가 어느 날 갑자기 폭우가 쏟아지곤 했는데, 예고도 없이 기록적인 폭우가 내린 것이다. 도로에 50센티미터 가까이 물이 차올라 교통이 거의 마비상태였다. 당연히 레스토랑은 문을 열지 않을 것이라는 예상과는 달리 정상적으로 영업한다는 연락이 왔다. 그렇게 평생 잊지 못할 위대한(?) 출근이 강행됐다. 허벅지까지 올라온 빗물을 헤치며 힘겹게 길을 가는데, 다비드가 한 가지 묘책이라며 아이디어를 냈다. 200미터 앞의 해변 쪽으로 돌아서 가자는 것이었다. 본인 말로는 모래사장이 있으니 도로보다 물이 잘 빠져 걷기가 수월할 거란다. 폭우가 쏟아질 때, 해변 쪽으로 간다는 발상 자체가 어이없는 것이었음은 그곳에 도착했을 때에야 뒤늦게 알아차렸다. 영화에서나 봤을 법한 높은 파도가 내륙을 삼키듯 올라오고 있었다. 도로와는 차원이 다른 '물폭탄'이었다.

'오, 맙소사. 저 녀석을 믿고 따라온 내가 바보지.'

속으로 다비드 욕을 하면서 배꼽까지 올라온 물을 헤치며 한 걸음 한 걸음 앞으로 나아갔다. 자칫 잘못하면 지중해로 휩쓸려갈 수도 있는 상황이었다. 쉬지 않고 한 시간가량 가다보니 저 멀리 레스토랑이 눈에 들어왔다. 문득 걱정이 들었다. 이미 출근시간을 훌쩍 넘겨 세 시간이나 지각한 상태였고, 몰골은 마치 지중해를 수영으로 횡단이라도 한 듯 엉망이었기 때문이다. 하지만 기우였다. 먼저 도착해 있던 동료들은 일하던 것을 그만두고 이산가족이라도 상봉한 듯 진심으로 따뜻하게 맞이해줬다. 준비할 것도 많은데 늦었다고 혼내지는 않을까 걱정하며 딱딱해진 마음은 그들의 배려 덕분에 스르르 풀어졌다. 안도의 한숨을 내쉬는데 누군가 큰 목소리로 말했다.

"비 오는데 이렇게 무사히 온 우리를 위해 오늘 점심은 따뜻한 마늘수프garlic soup로 하면 어떨까?"

로커 룸에서 비에 흠뻑 젖은 옷을 유니폼으로 갈아입고 나오는데 자극적인 음식냄새가 코를 찔렀다. 왠지 익숙하면서도 낯선 향이었다. 어느새 식탁에 김이 모락모락 나는 마늘수프 열 그릇이 놓여 있었다. 키다리 선배 '홀리안'이 나를 자리에 앉히더니 보기만 해도 따뜻해지는 그 수프를 담아줬다. 빨간 국물을 한 숟갈 떠먹는 순간, 긴장했던 몸이 풀리면서 마음과 얼굴까지 붉게 달아올랐다. 스페인의 전통수프 중 하나인 마늘수프는 한국의 육개장과 비슷한 맛

 알리칸테는 스페인의 주요 항공도시이자
유럽인들이 사랑하는 휴양도시다.

이 났다. 타국에서 느끼는 아늑한 고향의 맛. 당분간은 외롭지 않을 만큼 따뜻한 그런 맛이었다.

그후로 그들과 가족처럼, 친구처럼 편하게 지냈다. 하지만 석 달쯤 지난 어느 날 또다른 도전을 결심하게 됐다. 이왕 배울 거라면 좀더 큰 도시에서 요리를 공부해야 한다는 생각이었다. 그들에게 정을 느낄수록 그들의 음식에 더 큰 애정이 생긴 것일 수도 있겠다. 프랑스에서 스페인으로 향할 때 비행기에서 다짐했던 계획대로 바르셀로나로 떠났다. 정들었던 그들과 이별하는 것은 쉽지 않았지만 용기를 냈고, 그들 역시 슬퍼하면서도 진심으로 응원해줬다.

어찌 보면 무모한 선택. 하지만 용기를 가지고 스페인 제2의 수도이자 축구로 유명한 바르셀로나로 향했다. 레스토랑과 협의가 된 상태였지만, 일이 틀어져 주방에 빈자리가 날 때까지 기다려야 한다는 소식을 바르셀로나에 도착하고야 들었다. 허탈했지만 누구 탓만 하고 있을 수는 없었다. 그것도 또다른 기회려니 싶어 돌아다니다 바르셀로나의 명물인 보케리아 시장을 찾았다. 마치 우리나라의 화개장터 같았다. 없는 게 없었다. 지중해에서 잡힌 싱싱한 해산물과 그곳에서 자란 가축의 젖으로 만든 수많은 종류의 치즈들, 스페인의 유명 햄인 하몽 이베리코까지. 일을 구할 때까지 매일 시장에 출근하기로 결심했다. 한 나라 음식문화의 껍데기가 아닌 알맹이를 들여다보려면 그 나라의 재래시장에 가야 한다고 생각했기 때문이다. 서민들의 삶이 묻어나는 공간에서 진짜 음식을 만날 수 있으리라는 기대도 있었다.

초라한 행색에다 터무니없이 부족한 스페인어 실력을 갖춘 나를 그곳 상인들이 반겨줄 리 없던 터. 목에는 카메라를 걸고, 손에는 수첩을 든 채 이것저것 물어보는 내게 돌아오는 것은 철저한 무관심뿐이었다. 그럼에도 매일 만나는 상인들에게 서툰 스페인어로 "여기 식자재를 공부하러 한국에서 온 요리사예요"라고 소개하는 노력을 잊지 않았다. 그리고 식자재 하나하나의 맛과 그것으로 가능한 음식을 열심히 물어봤다. 그러면 그들은 스페인 사람들 특유의 그 크고 검은 눈으로 위아래를 훑어보고는 자기네들끼리 쑥덕거리곤 했다.

그러기를 꼬박 삼 주. 이상한 일이 벌어졌다. 미운 정도 정이어서일까. 처음에는 귀찮아만 했던 그들이 점점 길게 대답하고 어감도 한층 부드러워진 것이다. 미묘한 차이였지만 명확히 느낄 수 있었다. 처음에는 눈길조차 안 주던 정육점 주인 '파블로' 아저씨는 "어이, 오늘은 고기에 대해 뭐 안 물어봐?"라며 인사를 건넸고, 딸과 함께 작은 생선가게를 꾸리는 '카르멘' 아줌마는 "그렇게 구경만 하지 말고, 가서 동양인 손님들 좀 모아서 데리고 와"라며 익살스런 농담도 해왔다. 과일가게의 '티토'는 생과일주스 한 잔으로 끼니를 때우는 나를 위해 가끔씩 팔다 남은 주스를 떨이로 주곤 했다.

그러던 어느 날이었다. 시장 한 귀퉁이 허름한 식당에서 시금치 볶음 한 접시로 끼니를 해결하고 있는데, 막상 계산할 때가 돼서야 지갑을 하숙집에 두고 왔다는 사실을 깨달았다. 하숙집까지는 걸어서 사십 분 이상 걸리는 거리. 조마조마한 마음으로 식당 주인에게 "죄송하지만 지갑을 두고 와서 돈이 없는데, 이따 가져다드리면 안 될까요"라고 말했다. 그는 영 불편한 표정을 지으며 큰 소리로 다그쳤다. 귀를 쫑긋 세우고 들어보니 "친구나 누구 없어? 돈이 없으면서 음식을 먹었단 말이야?" 하는 것이었다. 다급하면 말도 잘 나오지 않는 법. 두 손을 모아 위아래로 비비면서 곧 돈을 가져오겠다고 했지만, 주인은 멱살을 잡고 막무가내였다. '이를 어쩐담, 단돈 5유로가 없어서 이런 상황에 놓이는구나'라는 생각에 설움이 밀려들 때였다.

"뭐야, 무슨 일 있어?"

낯익은 목소리가 들려왔다. 왼쪽 어깨에 고기를 둘러메고 지나가던 정육점 주인 파블로였다. 그는 식당 주인에게 자초지종을 듣더니, 주머니에서 꼬깃꼬깃한 5유로 지폐를 한 장 꺼내어 그에게 툭 건네며 말했다.

"저 동양인, 내가 좀 아는데 이상한 사람 아니야."

사례라도 하고 싶어 다음날 감사인사를 하러 그에게 찾아갔다. 5유로를 내밀며 고개 숙여 인사하자 그는 씩 웃으며 괜찮다고 했다.

그러더니 한마디를 덧붙였다.

"그렇게 감사하면 내 가게에서 며칠 일 좀 거들어주든가."

전혀 예상 밖의 제안이었다. 말이 일을 거들어달라는 부탁이었지, 그것은 기술을 배울 수 있는 기회를 준다는 의미였다. 다음날부터 파블로의 정육점으로 출근했다. 혼자서 운영하는 작은 곳이었지만, 나름 역사와 전통을 자랑하는 곳이었다. 그때까지 보지 못했던 제법 다양한 육류들을 다루고 있었다. 그래도 직업이 요리사인지라 웬만한 육류는 꽤나 잘 손질한다고 자신했는데, 파블로 앞에서는 그것이 자만이었음을 깨달았다. 그에게 혼나기도 했지만 몰랐던 기술들을 배울 수 있었던 것과 마치 살아 숨 쉬는 듯 역동적이며 활기가 넘치는 보케리아 시장의 일원이 된 것이 뿌듯하고 즐거웠다.

특히 파블로를 비롯해 주변 상인들과 식사를 함께한 것이 기억에 남는다. 주변 상인들이 요일별로 돌아가면서 식사를 준비했는데, 질보단 양으로 승부하는 꽤나 푸짐한 상차림이었다. 숯불에 대충 그을린 오징어구이나 이것저것 닥치는 대로 넣고 볶은 파에야 paella. 쌀과 고기, 해산물 등을 함께 볶은 스페인의 전통요리 등 변변치 않은 메뉴였지만, 나눠먹는 재미가 쏠쏠했다. 함께 밥을 먹고 이런저런 얘기를 나누면서 비로소 그들의 일원이 된 것 같은 끈끈한 정도 느낄 수 있었다.

한 달가량 시간이 흘렀을 때, 이력서를 넣고 까맣게 잊고 있었던 스페인 중부 라만차 지방의 유명 레스토랑 셰프에게서 연락이

왔다. 자리가 났으니, 원하면 오라는 것이었다. 놓치기 싫은 기회였기에 아쉽지만 파블로에게 상황을 설명했다. 어느덧 정이 들었던지 아쉬운 기색이 역력했지만 좋은 기회라며 흔쾌히 허락해줬다. 정육점에서 일하는 마지막 날. 마무리를 하고 돌아갈 준비를 하는 내게 파블로가 그 두툼한 손을 내밀었다. 손에는 큰 비닐봉투가 들려 있었는데, 그곳에서 취급하는 온갖 고기가 골고루 담겨 있었다.

"자넬 위한 거야. 집에 가서 잘 요리해서 먹어봐. 요리사니까 알아서 잘하겠지만……"

애정이 느껴지는 이별선물 앞에서 코끝이 찡했다. 짧은 시간이었지만, 그곳에 어떤 연고도 없는 이방인을 마치 가족같이 대해준 그가 더없이 고마워 견딜 수 없었다. 보답할 방법이 없을까 고민했지만, 답은 하나였다. 요리인 것이다. 하숙집에 돌아온 나는 주인인 한국인 아주머니께 간장을 좀 얻은 뒤 마늘과 양파를 넣고 불고기 양념을 만들었다. 그리고 선물로 받은 고기 중에 부드러운 쇠고기만을 골라내 얇게 저민 다음, 양념에 재워뒀다. 다음날 아침 평소처럼 보케리아 시장을 찾았다. 파블로는 전혀 예상하지 못한 등장에 반가우면서도 놀란 눈치였다.

"일은 어제 끝났는데 무슨 일로 온 거야?"

"아저씨한테 드릴 게 있어서요."

아침 일찍 조리한 불고기를 담은 통을 그에게 건넸다.

© Jordiferrer

보케리아 시장은 유럽에서 제일 큰 규모를
자랑한다. '보케리아에서 구할 수 없는 식재료는
그 어디에서도 구할 수 없다'는 말도 있다.

"한국의 유명한 요리예요. 한번 드셔보시라고 가져왔어요. 이름은 불고기라고 해요, 그간 맛있는 스페인요리 많이 먹여주셔서 감사의 뜻으로 만들어봤어요."

파블로는 어떤 맛인지 궁금했던지, 뚜껑을 열자마자 맨손으로 집어 바로 입으로 가져갔다. 몇 번 오물거리더니, 이내 동그래진 눈으로 감탄사를 연발하기 시작했다.

"이거 진짜 자네가 만든 거야? 세상에나. 진짜 요리사 맞구먼. 한국음식 난생처음 먹어보는데, 정말 맛있어. 최고야!"

그는 주변 사람들에게도 맛보라며 불고기를 건네줬다. 센스 넘치게도 내가 만든 한국의 유명 음식이라는 설명도 잊지 않았다. 맛있다는 찬사와 동시에 불고기가 순식간에 동나버렸다. "다음에 와서 또 해줘"라고 말하며 아쉬워하는 그들에게 다시 한번 작별인사를 했다. 등뒤로 파블로의 목소리가 들렸다.

"꼭 다시 놀러 와. 자넨 언제든 환영이네, 내 친구~"

그런 그를 향해 나 역시 환하게 웃어 보이며 답했다.

"Hasta luego, mi amigo(나중에 봐, 내 친구)."

파블로의 모습이 점점 작아졌다. 또다른 출발을 앞뒀던 20대 끝자락의 잊지 못할 추억은 그렇게 여물어가고 있었다.

두번째 이야기

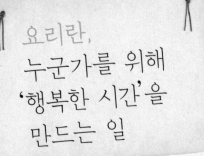

요리란,
누군가를 위해
'행복한 시간'을
만드는 일

매일 음식에 치여 사는 셰프들.
그들에게 요리란 지긋지긋한 밥벌이,
동시에 세상에서 가장 즐거운 일이다.

매일 음식을 만들면서도
정작 먹지 못하는
셰프들의 소울푸드,
'감자튀김'

"난 카메라만 보면 놀란다니까. 완전 카메라 노이로제야."

"형도 그래요? 나도 그런데. 요즘은 거의 실시간으로 올리지 않아요? 블로그다 트위터다 뭐가 그리 많은지. 찍어서 바로 올리니까, 한시도 긴장을 늦출 수가 없다니까요."

"그러게. 요리하다가도 찰칵 소리만 나면 신경이 곤두선다니까. 은근한 협박처럼 들리기까지 해."

'비스트로 드 욘트빌'의 타미리 셰프의 말에 '라 카테고리'의 이형준 셰프가 맞장구를 쳤다. 손님들이 찾아와 음식 사진을 찍는 것에 대한 대화. 요즘 레스토랑 풍경 중 이전과 가장 많이 달라진 점이 있다면, 바로 카메라의 등장이다. 손님들의 대다수가 스마트폰과 DSLR로 음식을 사정없이 찍어댄다. 그것들은 또 순식간에 인터넷에 올라가고. 사실 셰프 입장에서는 홍보에 대한 감사함도 있지만, 어쩔 수 없는 부담을 느끼는 것도 솔직한 심정이다.

"서비스 달라는 사람은 또 어떻고……"

"파워블로거 지인이라면서 으스대는 사람들, 솔직히 좀 짜증나지 않아요? 대놓고 서비스를 요구한다거나 오만한 표정과 자세를 하고는 마치 마패처럼 카메라를 들고 과시하잖아요."

"맞아, 그러면 잘해주고 싶은 마음이 싹 사라진다니까."

"'친한 파워블로거 B의 소개로 왔다' 같은 얘기는 들어서면서부터 왜 하는지 몰라. 재미있는 건 B랑 내가 친분이 있는 걸 몰랐다는 거지. 그 자리에서 전화해서 물어보니까, 누군지 전혀 모른다는 거야. 근데 B는 한 달에 몇 번이나 그런 전화를 받는다고 하더라고. 정작 그는 우리 식당에 와서 한 번도 서비스를 요구한 적이 없는데 말이야."

우리 가게는 종종 셰프들의 모임 장소로 활용되곤 한다. 아침에는 재료 준비, 점심과 저녁에는 서비스를 하느라 정신없는 셰프들은 일을 마치고 나면 딱히 갈 곳이 마땅치 않다. 밤 열시가 넘어서까지 운영하는 레스토랑은 많지 않기 때문이다. 셰프라고 하면 다양한 음식을 즐길 것 같지만, 정작 대부분의 셰프들은 야식이 가능한 메뉴로 겨우 허기를 달래곤 한다. 아, 맛있는 음식을 만들면서 자신은 쫄쫄 굶어야 하는 고충이란! 심야까지 영업을 하는 레스토랑이 많지 않다보니, 자연스레 우리 가게가 셰프들의 집합소가 됐다. 손님들을 상대하느라 진이 빠져 혼자서 조용히 술을 마시고 싶어하는 셰프나 삼삼오오 모여 그날의 고단함을 달래고 싶어하는 셰프들이 주로 찾아온다.

한번은 금요일 늦은 밤이었는데, 두 눈으로 보면서도 믿기 힘든 풍경이 펼쳐졌다. 가게의 전 테이블이 셰프로 꽉 찬 것이다. 문가에는 청담동 이탈리아 레스토랑 '뚜또베네'의 총괄 셰프가, 그 옆 테이블엔 압구정 이탈리아 레스토랑 '그라노'와 청담동 프렌치 레스토랑 '비스트로 드 욘트빌'의 셰프들이 앉아 있었다. 룸에는 강남 파인

다이닝의 양대 산맥이라고 할 수 있는 '리스토란테 에오'의 어윤권 셰프와 '라싸브어'의 진경수 셰프까지. 모든 손님이 셰프와 홀 지배인으로 구성되다니, 쉽게 보기 힘든 진풍경이었다. 마치 셰프들의 단합대회라도 열린 기분이었다. 서로의 상황을 누구보다 잘 이해하는 사람들이 모여 있다보니 대화가 끊이지 않았다. 특히 그날은 앞에서도 이야기했듯, 몇몇 얄미운 손님들에 대한 성토(?)가 이어졌는데 나 역시 비슷한 경험이 많은지라 한마디 거들었다.

"맞아요. 그런 손님들 오면 오기로라도 서비스를 안 주게 되지 않아요? 돈이 아까워서가 아니라 얄미워서 말이에요. 서비스는 그야말로 마음에서 우러나 자발적으로 드리는 건데, 왜 그들은 마치 서비스 받을 권리라도 있는 것처럼 강요하는 걸까요?"

사실 셰프들이 손님으로 오는 것을 꺼리는 셰프도 있다. 음식을 다루는 전문가 손님이다보니, 혹시나 흠이 잡히진 않을까 하는 부담감 때문이다. 하지만 나는 아니다. 누구나 편히 찾아와 약간이라도 위로를 받고 가는 가게를 꿈꾸기에, 늦은 밤 제대로 된 식사를 하기 힘든 셰프 역시 환영할 손님인 것이다. 그들이 힘든 오늘을 털어내고 새로운 내일을 맞이할 수 있다면, 셰프로서의 자존심 싸움 같은 부담감 정도는 기쁘게 감수할 수 있다. 가장 불평이 없는 손님 역시 셰프다. '음식'이 아닌 '대화'를 목적으로 찾는 경우가 많기 때문이다.

　그렇기에 셰프들에게 인기 있는 메뉴는 스테이크 같은 고급 메인요리가 아니다. 맥주와 잘 어울리는 안주로, 고소한 감자튀김을 가장 선호한다. 감자튀김 위에 치즈가루나 매콤한 칠리파우더라도 뿌려주면 다들 그 맛에 어찌나 열광하던지! 그들에게는 일을 끝내고 홀가분한 시간에 먹는 감자튀김이 곧 스테이크이고 푸아그라인 모양이다. 이 시간만은 세상에서 가장 맛있는 음식인 감자튀김을 입에 넣으며 한 셰프가 말을 꺼냈다.

　"서비스 때는 바빠서 이런 감자튀김 하나 먹을 시간이 없지 않아요? 경황이 없어서 아무것도 못 먹겠어."

　"형도 그래요? 저도 서비스 중간에는 음식이 안 넘어가요. 내내 굶었다가 밤에 폭식하고…… 결국 속을 다 버려서 위장약을 입에 달고 산다니까요."

　"야, 위염은 셰프의 숙명이야. 내 가게인데도 가게 안에 있는 시간이 너무 힘들 때도 있어. 솔직히 친한 지인이나 가족은 안 왔으면 좋겠다. 힘든 모습, 안 보여주고 싶거든."

　"그러게, 나도 몸이 고장난 지 오래네. 카메라를 무서워하는 직업병까지 얻었고."

　직업병이란 표현이 맞는지 모르겠지만, 내게도 비슷한 것이 하나 있다. 가게 문을 열고 들어오는 손님의 얼굴만 봐도 호의적인 손님인지 아닌지를 단번에 알아맞히는 것이다. 심리학 용어 중 '블링크blink'라는 것이 있다. 눈을 깜빡거리는 찰나에 이루어지는 인간의 본능적인 판단이 중요한 역할을 수행할 수 있음을 의미하는 용어다. 나 역시 손님의 인상과 표정, 몸짓을 잠깐만 봐도 그가 우리 가게의 음식을 좋아할지 아닐지를 대략 짐작할 수 있다. 신기하게도 그 짐작이 정말 잘 맞는다. 첫인상이 좋은 손님은 십중팔구 오랜 단골이 되고, 첫인상이 왠지 꺼림칙한 손님은 식사중에 진상으로 돌변하거나 인터넷에 악평을 올리곤 한다. 워낙 많은 사람들을 상대하다보니 생긴 본능적인 육감인 것 같다.

이 새로운 재능(!)은 심지어 손님의 종사업종까지 맞히는 능력으로 발전했다. 그중 가장 정확도가 높은 경우는 당연 동종업계 사람들이다. 그들은 가게 문을 열고 들어올 때부터 일반 손님들과 확연히 다르다. 일반 손님은 빨리 자리를 잡고 앉아서 즐거운 시간을 보내려고 하는 반면, 동종업계 사람은 눈을 굴리며 홀과 주방의 동선부터 재빨리 살피고, 메뉴판을 분석이라도 하듯 오랫동안 읽는다. 얼굴에는 어떤 기대나 흥분의 표시도 없다. 오는 시간대도 퇴근 직후인 밤 열시 이후가 가장 많다. 인원수대로 각기 다른 메뉴를 시킨다는 것도 그들만의 특징. 벤치마킹하려는 의도로 인기 있는 메뉴를 모두 하나씩 골고루 시키며, 와인은 절대 삼가고 각자 맥주 한 병씩만 주문한다. 식상하리만치 다들 똑같은 패턴이다.

　한번은 ○○레스토랑의 홀 종업원들이 늦은 밤 우리 가게에 왔다. 지치고 까칠해 보이는 표정부터 예사롭지 않았다. 아니나 다를까, 그녀들은 그날 가게에서 당한 일을 우리에게 풀 작정이었는지 자리에 앉자마자 트집을 잡기 시작했다. 첫 타깃은 매니저였다. 마치 청문회라도 하듯 꼬치꼬치 서비스에 대해 묻기 시작했고, 온갖 불평을 늘어놓았다. 그래도 성이 풀리지 않았는지 화살이 나에게까지 돌아왔다. 음식에 대해 할 이야기가 있다고 해서 테이블로 나가니 다짜고짜 비난을 쏟아냈다.

　"테린에 푸아그라가 전혀 풍미가 없는데, 왜 그래요?"

　"프랑스 본토에 비하면 간을 좀 약하게 했습니다. 손님분들이 간이 세면 안 좋아하시더라고요. 그래서 간을 약하게 한 대신에, 옆에 소금과 으깬 후추를 따로 곁들여드린 거예요."

　"프랑스에서 먹었을 때는 이런 맛이 아니었는데, 셰프님 맘대로 음식을 창조해도 되나요? 그리고 푸아그라는요, 소금, 설탕, 후추가 들어가야 되는 거예요. 그거는 알고 만드시는 거예요?"

　"네, 한국인들 입맛에 맞게 음식을 만든 것뿐이지, 그 정도 기초도 모르진 않습니다."

　"저도 프랑스에서 유학했었어요. 셰프는 프랑스에 몇 년이나 있었어요?"

　한참이나 실랑이가 오갔다. 좋은 게 좋은 거라고, 잘못도 없으면서 죄송하다고 말하고 다시 주방에 들어왔는데, 갑자기 서러움이 밀려왔다. '동종업계에 있다면 서로의 고충을 누구보다 더 잘 알 텐데, 이해해주지는 못할망정 꼬투리만 잡을 생각을 한다'는 마음이 들자 섭섭함도 느껴졌다. 그런데 이번에는 아까보다 훨씬 더 큰 소리가 들렸다. 매니저에게 표정이 마음에 들지 않는다며 또다시 시비를 건 것이다. 이번엔 도저히 참을 수 없다 싶어, 결국 음식값도 받지 않은 채 그들을 내쫓고 말았다. 진작 그랬어야 했는데…… 나 이상으로 흥분한 매니저를 달래며, 분을 삭였다.

그런데 더욱 황당한 일이 며칠 뒤에 벌어졌다. 중년남자가 늦은 밤 가게를 찾았다. 들어오면서부터 눈을 크게 뜨고 인테리어와 주방의 세세한 곳을 쳐다보는 것이, 같은 업계 사람이라는 사실을 쉽게 알아차릴 수 있었다. 기분이 영 찜찜했는데, '혹시나'가 '역시나'였다. 며칠 전 행패를 부리다 쫓겨난 그녀들의 복수를 하러 온 사장이었다. 그 사장에 그 직원이라더니, 매니저와 나에게 별다른 이유도 없이 고래고래 소리를 지르며 온갖 진상을 부리고 떠났다. 20만 원이 넘게 나온 음식값도 한 푼도 받지 못했다. 아직은 피가 끓는 30대 남자인지라 당장이라도 맞서 싸우고 싶었으나, 기가 센 압구정에 자리를 잡아 혹독한 텃세를 당한다 여기며 간신히 참았다.

동종업계 사람들 말고도, 첫인상부터 불편한 경우가 또 있다. 특권의식을 갖고 있는 소위 '강남사모님'들이다. 휘황찬란한 명품을 휘감은 이들은 각각의 기사를 대동하고 하나같이 똑같은 표정으로 문을 열고 들어온다. 그들의 눈빛에는 한결같은 메시지가 담겨 있다.

'셰프, 당신이 해봤자 뻔하겠지. 내가 얼마나 대단한 음식들을 먹어온 줄 알아? 어디 얼마나 잘하는지 지켜보겠어. 실망시키기만 해봐.'

우월감에 가득 찬 거만한 눈빛을 보노라면, 요리를 하기 전부터 손님의 반응에 대한 어떤 기대감은 자취를 감춘다. 서비스를 하는 내내 긴장을 늦출 수 없는데, 그들은 최고의 서비스, 즉 특별대우를 바라기 때문이다. 한번은 그런 무시무시한 강남사모님 일곱 명이 룸을 예약했다. 예약명조차 '청담동 모임'이라고 했다. 그런데 당일, 갑자기 룸에서 큰 소리가 터져나왔다. 그중 한 명이 생일이었던 모양이다. 본디 외부음식 반입 금지가 원칙인데, 그들이 떡하니 케이크를 테이블 위에 올려둔 것이다. 좋은 날 괜히 흥을 깰까 싶어, 매니저가 나름 애교를 섞어 이야기했다고 한다.

"원래는 원칙상 안 되는데, 생일이신 것 같으니 양해해드리겠습니다. 즐거운 시간 되세요~"

그런데 갑자기 한 명이 불같이 화를 내며 고함을 쳤다.

"감히 어따 대고 안 된다는 거야? 우리가 먹겠다는데 당신이 왜 양해를 해?"

그렇게 사모님들은 매니저를 세워두고 이십 분 동안 혼을 냈다.

맛집 블로거들 역시 티가 많이 난다. 처음 들어설 때는 일반 손님들과 다르지 않은데, 메뉴판을 잡는 순간부터 예사롭지 않은 눈빛으로 돌변한다. 그리고 주문한 음식이 나오면 레시피나 재료들에 대해 꼬치꼬치 묻는다. 이때 대답을 제대로 못하거나 음식맛이 별로면 블로그에 응징(?)한다. 시식이 끝나면 포토타임이다. 어느 순간 카메라를 등장시켜 연신 사진을 찍어댄다. 모두가 그런 것은 분명 아니지만, 간혹 음식을 제대로 즐기지 못하고 사진과 평가에 골몰하는 사람들을 보면 안타까움이 느껴진다. 분명 음식을 좋아해 블로그까지 운영하는 것일 텐데, 주객이 전도된 모습이랄까.

동종업계 사람들, 강남사모님들, 맛집 블로거들은 음식을 '평가의 대상'으로 바라본다는 공통점이 있다. ABCD로 등급을 나눠 레스토랑과 음식에 점수를 매기곤 한다. 그들에게 나는 마치 학생처럼 철저히 평가해야 할 대상이다. 이런 손님들이 찾은 날은 그 어느 때보다 더 지치는 이유가, 아마도 그 때문일 것이다. 처음 가게를 시작하고는 이런 손님들 때문에 참 힘들었다. 평가를 염두에 두고 음식을 만들다보니, 요리의 재미도 떨어졌고 의욕도 사라졌다. 점차 손님들이 무서워지기까지 했다.

그런 생각을 하면 할수록 요리에 대한 자신감이 사라졌다. 나를 비롯해 대다수의 셰프들이 손님을 위해서는 맛있는 음식을 만들면서 정작 자신은 챙기지 못하는 경우가 많다. 나 역시 서비스 중간중간 쉽게 집어먹을 수 있는 감자튀김 정도로 끼니를 때운 일이 한두 번이 아니다. 음식이 좋아서 시작한 셰프의 일이 오히려 음식을 즐기지 못하는 족쇄가 됐다는 사실에 숨이 턱턱 막혔다. 이러려고 요리를 시작했나 하는 후회까지 밀려왔다. 슬럼프가 찾아온 것이다. 답답한 나날을 보내다 평소 멘토로 생각하는 힐튼호텔의 박효남 상무에게 전화를 걸었다.

"상무님은 어떻게 30년간이나 요리를 하셨어요? 저는 벌써 이렇게 힘든데요."

"허허, 무슨 일 있니?"

"네…… 손님들한테 평가받는 것 같아서 힘들어요. 발가벗겨진 채 주방에 서 있는 기분이에요. 요즘은 미식가들이 워낙 많아서 음식을 조목조목 평가하는 사람들이 많거든요."

"흠, 아마 그럴 거야. 그런데 유석아, 넌 왜 요리를 하는 거니?"

"그냥 음식 자체가 좋았어요. 지치고 우울한 날도 어머니가 해주신 맛있는 밥 한 끼면 기운이 나잖아요. 제가 만든 음식이 다른 사람에게 그런 힘을 준다면 좋겠다고 생각했고요."

"그래. 근데 너는 지금 몇몇 손님을 신경쓰느라 다른 손님들에게 건넬 소중한 기회를 놓치고 있잖아. 음식에 대한 조언엔 분명 귀를 기울일 필요가 있지만, 그렇다고 휘둘릴 필요는 없어."

"아……"

"완벽하지 않아도 돼. 네가 만든 음식이 모든 사람을 만족시켜야 한다는 생각 자체가 오만이야. 나는 요리를 30년 동안 했는데, 아직도 어려운걸. 욕심부리지 마."

그랬다. 시작은 지친 사람들을 맛있게 위로하고 잠시나마의 행복을 선사하고 싶다는 소박한 바람이었는데, 어느새 욕심을 부리고 있었다. 미식가들에게 최고의 평가를 받고 싶다는 욕심. 그 욕심 때문에 정작 중요한 것을 놓치고 있었던 것이다. 요리를 하고 있다는 행복 자체를 말이다. 미국 드라마 〈키친 컨피덴셜Kitchen Confidential〉은 제목에서도 짐작할 수 있듯, 셰프가 주인공으로 등장한다. 어느 날 그의 레스토랑에 스승이 방문하자, 그는 평소와는 달리 유독 긴장을 한다. "완벽한 요리를 내서 그를 만족시켜야 해." 하지만 정작 평소보다 훨씬 부족한 결과가 나오자, 그는 낙담하고 허탈해한다. 잘 만들어야 한다는 부담감이 오히려 요리에 집중할 수 없도록 만든 것이다. 나 역시 그와 같은 실수를 범하고 있었다니. 스스로가 즐겁지 않은데 다른 사람을 즐겁게 해줄 수는 없는 일이었다. 당연한 사실을 왜 잊고 있었던 걸까.

최근에 〈스시 장인: 지로의 꿈Jiro Dreams Of Sushi〉이라는 영화를 봤다. 주인공인 '지로'는 여든다섯 살의 스시 장인이다. 그는 도쿄의 빌딩 지하에서 작은 스시집을 운영하고 있다. 그곳은 5년간 미슐랭에서 별 세 개를 받은, 작지만 강한 식당이다. 그가 스시를 만들기 시작한 것은 열다섯 살 무렵. 무려 70년간 스시를 만들었지만, 그는 죽을 때까지 스시를 만들고 싶다고 말한다. 하루 열여섯 시간이 넘게 일하지만, 일하는 시간이 가장 행복한 시간이라고도 한다. 모든 손님을 다 존경하고 좋아하지만, 유일하게 반기지 않는 손님이 있다. 바로 미슐랭스타Michelin stars 조사관들이다. 미슐랭스타를 받는다는 것은 곧 가게의 성공으로 이어지는 일인 만큼, 어찌 보면 가장 신경써서 대접해야 할 그들에게 그는 한 번도 직접 스시를 만들어주지 않았다. 지로에게 모든 손님은 동등하며 특별대우란 없는 것이었다. 무엇보다 감동적인 장면은 그가 손님들을 위해 배려하는 모습이었다. 왼손잡이 손님이 오면 그가 집기 편한 위치로 그릇을 옮기고, 여자 손님에게는 먹기 좋게 작은 크기의 스시를 만들어준다. 영화를 보고 나오는데 가슴이 먹먹했다. 그의 이야기가 계속 머릿속에 맴돌았기 때문이다.

"난 꿈에서도 스시 아이디어가 떠올라 잠에서 깨요. 손님들이 와서 맛있게 먹는 모습을 떠올리면 흐뭇하죠. 아버지와 함께 왔던 아들이 나중에 커서 아버지가 돼 찾아올 때만큼 감사할 때가 없어요. 그들에게 내 음식은 추억으로 기억되는 것이죠."

가게로 돌아와 서비스를 하는데, 유독 맛있게 먹는 가족 테이블이 눈에 들어왔다. 문득 이런 생각이 들었다. 음식은 단순히 주린

배를 채워주고 미각을 만족시켜주는 것이 아니라는. 함께 먹는 사람들, 나누는 대화들까지 더해져 비로소 하나의 음식이 완성되는 것이라는 사실을 알았다. 그러니까 요리란, 그저 재료들을 조리해 음식을 만드는 일이 아니라 누군가를 위해 '행복한 시간'을 만드는 일이었다. 그날 이후 비로소 오랜 슬럼프에서 벗어날 수 있었다. 어떤 맛을 내느냐도 중요하지만, 어떤 마음을 담느냐가 더 중요하다는 사실을 배웠기 때문이다.

바삭바삭,
고소고소,
우걱우걱!

바쁜 일상에 허락되는 잠깐의 짭짜래한 휴식,
감자튀김

재료 감자 큰 것 150g, 식용유 600ml, 가는소금 약간

1. 껍질을 벗긴 감자는 정방 1cm 두께로 길게 채 썬다.
2. 전분을 제거하기 위해 채 썬 감자를 물에 헹궈낸다.
3. 키친타월이나 마른 면포로 감자의 물기를 완전히 제거한다.
4. 튀김용 냄비에 식용유를 붓고 160도로 열이 오르면, 감자를 넣고 노릇하게 두 번 튀긴 후 소금에 살짝 버무려 그릇에 낸다(기호에 따라 파슬리가루, 카레가루를 넣는 것도 좋다).

가족이란,
그 어떤 순간에도
내 뒤에 서 있는 존재

아내를 암으로 떠나보내고 홀로 딸을
키워온 50대 가장.
한때 아내가 만들어주던 '오믈렛'은
이제 딸의 몫이 돼, 그들 가족의 사랑을
확인시켜주고 있었다.

사별한 아내에 대한
그리움을 달래준
폭신한 부드러움,
'오믈렛'

자연다큐멘터리를 보는 것이 취미다. 처음 보기 시작한 것은 레스토랑을 시작한 직후였다. 수많은 손님들을 대하며 때론 사람에 치이고 때론 사람에 부대끼다보니, 쉬는 시간만은 사람으로부터 완전히 고립되고 싶었다. 하지만 아이러니하게도 동식물의 생태를 보면 볼수록 사람의 그것과 닮았다는 생각이 들었다.

최근 가슴을 먹먹하게 만든 다큐가 있었다. 기온이 영하 80도까지 내려간다는 남극의 이야기를 다룬 〈남극의 눈물〉이었다. 남극에서도 1년 중 가장 춥다는 3월. 얼음 위에 수컷 황제펭귄 무리가 서 있다. 다른 동물들은 바람을 피해 제각각 흩어져 숨은 반면, 이들이 칼바람을 고스란히 맞으며 꿈쩍 않고 서 있는 이유는 단 하나. 알을 지키기 위해서다. 수컷들은 말 그대로 몸 바쳐 알을 보호하고 있는 것이다. 특이하게도 황제펭귄은 수컷이 알을 돌본다고 한다. 알을 낳은 암컷이 원기 회복을 위해 길을 떠난다. 그럼 그때부터 수컷은 암컷이 돌아올 때까지 눈과 얼음만 먹고 견디며 수많은 위험으로부터 알을 보호한다. 그러다 알이 부화되면 먹은 것을 다 토해내 새끼에게 먹인다. 마침내 암컷이 돌아오면, 할 일을 다했다는 듯 몇몇은 그 자리에 쓰러져 죽기도 한다. 눈물겨운 부성애에 감동하며, 새삼 한 사람을 떠올렸다.

유난히 비가 많이 오던 밤이었다. 가게 창문 밖으로 쏟아지는 비를 바라보며, 내심 집에 갈 걱정을 하고 있었다. 시계를 보니 어느덧 열한시 삼십분을 가리키고 있었다. 손님이라곤 바에 혼자 앉아 있는 S뿐. 오랜 단골이지만 나이도, 이름도, 직업도 알지 못하는 손님이었다. 미루어 짐작한 나이는 50대 중반이었는데, 평범한 외모에 단정한 옷차림을 한 어디서나 쉽게 볼 수 있을 것 같은 중년남자였다. 주문할 때 외에는 한마디도 하지 않아서, 그에 대한 더이상의 정보는 얻을 수 없었다.

그가 처음 왔던 날도 비가 내렸다. 흠뻑 젖은 채로 가게에 들어서던 모습이 기억난다. 자리에 앉은 그는 와인 한 병만 주문했다. 가져온 책을 안주로 삼는 듯, 와인 한 모금 마시고 책 읽고 한 모금 마시고 책 읽고를 반복했다. 이후로도 가게를 찾으면 늘 와인 한 병을 시켜 혼자서 조용히 마시다가 가곤 했다. 누구와 같이 온 적도 없고, 심지어 통화하는 모습마저 본 적이 없었다. 어쩌면 세상과 단절된 삶을 사는 사람일지도 모른다는 생각을 한 건 그 때문이었다. 그런데 그날은 그가 갑자기 내게 말을 걸어왔다.

"셰프님, 혹시 메뉴판에 없는 요리도 만들어주실 수 있나요?"

가게 규정상 금지였지만, 바로 거절하지 못하고 망설였다. 그의 눈빛에서 간절함이 엿보였던 탓이다.

"뭐 따로 드시고 싶은 거 있으세요?"

"아, 그게…… 혹시 오믈렛omelet을 해주실 수 있을까요?"

이미 주방은 마감할 시간이었지만, 그간 좀처럼 입을 열지 않았던 손님이 처음으로 건넨 부탁이기에 흔쾌히 수락했다. 물론 다른 손님이라면 정중히 거절했겠지만, 그의 부탁은 거절하기 힘든 무언의 힘이 있었다. 마침 남은 달걀이 몇 개 있기도 했고. 오믈렛은 무척 단순한 요리다. 달걀과 버터만 있으면 집에서도 손쉽게 만들 수 있다. 반면 '제대로' 만들기는 어려운 요리이기도 하다. 서양에서는 오믈렛을 만드는 것을 보고 요리사의 내공을 판단할 정도다. 탄탄한 기본기를 필요로 하는 요리인 것이다.

달걀을 푼 다음, 소금과 후추를 넣어 간한다. 아, 냉장고에 생크림이 있었지? 부드러운 맛을 위해 생크림 약간 투척! 이제 기름을 두른 팬을 살짝 달군 뒤 소량의 버터를 넣고, 버터가 다 녹을 즈음 준비한 달걀을 붓는다. 약한 불에서 팬을 앞뒤로 흔들며 젓가락으로 잘 섞어주는 것이 포인트. 살짝 익었다 싶으면 팬 위쪽으로 달걀을 몰고, 팬을 잡은 손목을 박자에 맞춰 위아래로 탁탁 친다. 계란이 스르르 말리면서 자연스럽게 뒤집어진다. 이 과정에서 초보자들은 어려움을 느낀다. 방법? 없다. 열심히 연습하는 수밖에.

내가 메뉴에도 없는 오믈렛을 만드는 게 신기했던지, 주방 막내 설석군이 옆에 착 붙어서 쳐다봤다. 이윽고 럭비공 모양으로 완성된 오믈렛을 접시에 담아 S에게 건네자 무척 고마워했다. 한참을 물끄러미 바라보더니 천천히 아껴먹었다. 음식이 줄어드는 것이 아까운 듯이 아주 천천히, 조금씩.

며칠이 흘렀다. 홀을 둘러보니 창가에 커플 한 쌍, 구석진 테이블에 젊은 여자 손님 둘이 남아 있었다. 정리할 때가 됐다는 신호였다. 남은 소스들을 통에 담고 설거지를 하려는데, 문에 걸어둔 모빌이 소리를 냈다. S였다. 마지막 주문이 끝난 시간이라 웬만해서는 손님을 받지 않을 때지만, 단골인 그를 그냥 돌려보낼 수 없었다. 무엇보다 그가 꽤 취해 있었기에 더더욱 그랬다. 상기된 볼과 코, 충혈된 눈이 그가 마신 술의 양을 짐작하게 했다.

그런데 그는 자리에 앉자마자 매니저가 따라준 와인을 단숨에 들이켰다. 그런 모습은 처음이었기에 나와 매니저는 놀란 표정을 주고받았다. 평소의 그는 와인 한 병을 다 마시긴 해도 오랜 시간 동안 천천히 그 맛을 음미했기 때문이다. 무슨 일이라도 있는 걸까, 벌컥벌컥 술을 마시는 그가 낯설고 걱정돼 계속 눈길이 머물렀다. 그렇게 몇 잔을 연거푸 마신 그는 정리가 한창인 주방을 바라보더니 다시 주방 위에 걸린 벽시계로 눈을 돌렸다. 이내 그가 이야기를 꺼냈다.

"제가 너무 늦게 왔죠? 포장마차에서 한잔했는데 집에 그냥 들어가긴 아쉬워서 들렀어요. 저 때문에 괜히 퇴근이 늦어지는 것 같은데…… 어쩌죠."

"괜찮아요, 저희야 매상 올려주시는데 좋죠."

미안해하는 그를 뒤로하고 주방으로 향했다. 손님이 없을 때마다 그가 나직이 부탁해오던 음식, 오믈렛을 만들기 위해서였다. 왠지 그날은 그에게 오믈렛이 필요할 것 같다는 생각이 들었다.

"안 해드리면 섭섭해하실 것 같아서요."

청하지도 않은 오믈렛이 테이블 위에 놓이자 그는 놀라면서도 기뻐하는 표정을 감추지 않았다. 약간 혀가 꼬인 소리로 감사하다는 인사를 몇 번이나 건넸다. 그리고 먹기 시작했다. 역시나 조금씩, 천천히. 삼십여 분 정도 흘렀을까. 남은 설거지를 마칠 때쯤, 갑자기 홀에서 '쿵' 하는 소리가 들려왔다. 달려나가보니 홀 직원 현동 군이 바닥에 쓰러져 있는 S를 부축하고 있었다. 자리에서 일어나려다 다리가 풀려 넘어진 모양이었다.

"미안해요, 미안. 내가 주책이지. 미안해요."

취한 와중에도 미안하다는 말을 거듭 반복하던 그는 때마침 도착한 대리기사의 부축을 받으며 가게를 나섰다. 그를 보내고 쓰러진 의자를 정리하는데 뭔가 눈에 들어왔다. 사진이었다. 가족사진인 듯했다. 40대 초반으로 보이는 여자와 교복을 입은 여학생, 그리고 그 가운데 S가 있었다. 사진 속의 그는 지금보다 10년은 젊어 보였고, 이전까지 잘 보여주지 않았던 환한 미소를 짓고 있었다. 다음에 그가 오면 건네줄 요량으로 서랍에 넣어두고는 서둘러 정리를 마치고 퇴근했다.

그를 다시 본 것은 그로부터 몇 주 뒤였다. 밤 열한시 정도였는데, 예전처럼 말쑥한 차림을 한 그가 역시나 책 한 권을 들고 가게를 찾았다. 무덤덤한 표정도 그대로였다.

"셰프님, 잘 지내셨죠? 저번엔 제가 실례했어요. 혹시 뭐 실수한 건 없었나요?"

"특별히 없었어요. 그날은 술을 좀 드신 것 같더라고요. 술 앞에 장사 있나요. 그래도 실수는 안 하셨으니까, 걱정 마세요."

한참 동안 메뉴판을 바라보던 그가 수프를 주문했다. 1년 가까이 된 단골이지만 와인 외에 다른 메뉴를 주문한 것은 처음이었다. 따끈하게 조리돼 나온 수프를 그의 앞에 놓고, 농담처럼 물었다.

"맛 괜찮으세요? 와인 말고 음식 주문하신 거, 이번이 처음인 건 아세요?"

"그랬나요? 허허. 속이 훈훈해지는 게 좋은데요. 진작 먹어볼걸 그랬어요."

그날따라 기분이 좋았는지, 늘 과묵하던 그가 이런저런 이야기를 건네더니 내게 넌지시 물었다.

"셰프님, 업무중이신 거 알지만 괜찮으시면 와인 한잔 하시겠어요? 제가 한잔 대접하고 싶은데……"

"저야 감사하죠."

사실 나는 술을 잘 못한다. 체질적으로 안 받는 이유가 크겠지만, 술을 많이 마셨을 때 스스로를 통제할 수 없는 기분도 별로다. 사람이 술을 먹는 게 아니라 술이 사람을 먹는 것 같다고 할까. 버거운 고민과 어려운 문제들로부터 도망쳐 술로 숨어들고 싶지는 않다. 그렇지만 와인은 예외다. 천생 프렌치 레스토랑을 할 운명이었는지, 예전부터 와인만큼은 좋아해서 즐겨 마셨다. 역시나 많이 마시지는 않지만 말이다.

"와인은 혼자 마셔도 좋지만, 이렇게 같이 마시니까 더 좋네요. 오늘따라 유독 맛있어요."

가볍게 건배하고 와인을 마신 뒤, 그가 미소를 지으며 말했다. 나 역시 간만에 맛보는 레드와인의 건조한 듯하면서도 깊고 씁쓸한 맛이 좋았다. 그렇게 주방 마감 전의 짤막한 여유를 즐기는데, 불현듯 머리를 스치는 것이 있었다. '아, 사진!' 서랍에 넣어뒀던 사진을 황급히 꺼내 S에게 내밀었다.

"지난번에 돌아가시고 난 다음에 자리에서 발견했어요. 떨어뜨리고 가신 모양이에요."

"아, 여기 있었구나……"

그는 말끝을 흐리며 사진을 받더니 한참을 묵묵히 바라보기만 했다. 대화가 끊긴 자리에 어색함이 맴돌았다. 무슨 말을 해야 할지도 모르겠고 그도 생각에 잠긴 것 같아, 마감을 준비하려 돌아서는데 그가 말문을 열었다.

"이 사진, 다른 곳에서 잃어버린 줄 알고 한참을 찾았어요. 왜 여길 생각 못했지. 동네방네 얼마나 헤매고 다녔는지 몰라요. 정말 고맙습니다."

"그렇게 찾으시는 줄 알았으면, 연락드릴 걸 그랬네요. 조만간 오실 줄 알고, 서랍에 넣어놓고는 저도 잊고 있었어요. 사모님이랑 따님 맞으시죠? 모녀가 참 미인이에요. 좋으시겠어요~"

"사실…… 지난번 여기 왔을 때가 아내 기일이었어요. 그 사람, 암으로 떠난 게 5년 전이에요. 1년 동안 암 때문에 그렇게 아파하더니, 결국 나랑 딸만 남기고 홀연히 떠나더라고요."

그는 마치 독백이라도 하는 듯 물끄러미 허공을 바라보며 말을 이어갔다.

"아내는…… 저랑 딸밖에 모르는 사람이었어요. 천생 여자였고, 아내였고, 엄마였죠. 음식솜씨가 좋아서 집밥밖에 모르는 제게 늘 도시락을 싸줬죠. 제가 일 욕심이 많아서 평소에는 늦게까지 일하고 주말에는 도서관에서 진급시험이다 자격증이다 준비하느라 늘 밖에 나갔거든요. 집에서 혼자 살림하랴 애 키우랴 고단했을 텐데, 외롭기도 했을 텐데, 싫은 소리 한번을 한 적이 없어…… 늘 정성스레 도시락을 준비해줬는데, 특히 오믈렛을 자주 해줬어요. 간편하게 먹으라는 배려였죠. 내가 달걀을 참 좋아하거든요. 술 한잔 걸치고 집에 늦게 들어가도 그 늦은 시간에 오믈렛을 만들어주곤 했죠.

그냥 자면 속 쓰리다고."

"아, 그래서 오믈렛을……"

"그때는 동료들 앞에서 도시락을 꺼내는 게 왠지 좀스러워 보이는 것 같아 창피하기도 하고, 또 도시락을 들고 다니는 자체가 귀찮아서 별로 반기지 않았는데, 지금 생각해보니 참 배부른 투정이었다 싶어요. 이제는 아무리 먹고 싶어도 먹을 수가 없으니……"

그에게 오믈렛은 아내와의 소중한 추억이었고, 아내의 애정을 느낄 수 있는 온기였던 것이다. 홀로 오믈렛을 먹으며 지난날에 대한 후회와 아내에 대한 미안함과 뼛속까지 시려오는 그리움으로 눈물을 흘렸을 그의 모습이 그려졌다. 음식이 지닌 소박하지만 위대한 힘을, 나는 이런 순간에 느끼곤 한다. 기본적으로 허기를 채우기 위한 도구로 존재하는 것이 음식이지만, 그 역할은 단순히 거기서 그치지 않는다. 누군가에겐 추억을 떠올리게 하는 매개로, 누군가에겐 마음을 전하는 선물로, 사람에 따라 상황에 따라 그 모습을 달리하는 것이 바로 음식이다. 그래서 누구나의 마음속 한편에는 저마다의 소중한 음식 하나가 자리하는 모양이다.

"아내가 떠나고 딸만 바라보고 살았어요. 아내한테 못해준 몫까지 딸아이한테 해주려고 최선을 다했죠. 혼자 집에 있을 녀석이 걱정돼 야근도 절대 안 했어요. 주말에도 무조건 아이와 함께 지내고. 집사람 살아 있을 때, 한 번이라도 그렇게 해줬음 좋았을 것을……

어쨌거나 녀석이 고맙게도 잘 자라줘서 이제는 대기업에 취직했어요. 녀석이 야근하고 늦게 들어오는 날이 많아지니까, 덩달아 나도 해방돼 이렇게 와인도 마시죠."

"혼자서 키우기 쉽지 않으셨을 텐데…… 대단하세요. 저, 괜찮으시면 제가 지금 오믈렛 하나 만들어드릴게요."

"아냐, 아냐, 괜찮아요. 요새 딸아이가 요리학원을 다니는데 지 아빠가 좋아한다고 오믈렛부터 배워와서는, 거의 매일 해주거든요. 솔직히 냉정하게 평가해서 맛있는 편은 아니지만, 그런데도 묘하게 아내가 해줬던 그 맛이 나긴 해요."

"다행이네요. 따님 잘 키우신 덕분에 이제 오믈렛은 원 없이 드시겠어요."

딸에 대한 칭찬이 기분좋았는지, 그가 너털웃음을 터뜨렸다. 사진에서 본 그 미소와 살짝 닮은 것도 같았다.

"허허. 아내와는 다르게 이 녀석이 솜씨가 별로예요. 얼마 전에 교제하는 남자가 있다고 털어놓길래, 냉큼 요리학원부터 등록시켰어요. 혹시나 음식 못한다고 구박받을까봐, 덜컥 겁이 나더라고요. 엄마 일찍 죽고 못난 아비 밑에서 커서 요리를 못 배웠다고 손가락질 받으면 안 되잖아요. 그 사람도 거기서 속상해할 것 같고……"

5년 동안 홀로 딸을 키우며 느꼈을 어려움, 혹시나 딸에게 채워주지 못하고 알려주지 못한 것은 없을지 전전긍긍하던 시간들이 그의 말 한마디 한마디에서 고스란히 전해졌다. 그리고 아내가 남기고 간 가장 큰 선물, 딸에 대한 무한한 사랑까지도.

"하하. 요리는 하면 늘어요. 학원도 다니신다니, 곧 맛있는 오믈렛 드실 수 있겠죠~"

"허허, 그러면 뭐해요. 며칠 전에 결혼한다고 인사시키던걸. 연말로 날짜도 잡았어요."

"사윗감은 마음에 드세요?"

"글쎄, 아직은 잘 모르겠어요. 그래도 우리 딸이 택한 녀석이니 허당은 아니겠지."

1년 가까이 셰프와 손님으로 만나면서, 그렇게 길고 많은 대화를 나눈 건 처음이었다. 아니, 대화라고 할 수 있을 만큼 이야기가 오간 적이 처음이었다. 항상 어렵게만 느껴지던 그가 그날은 마치 내 아버지처럼 가깝고 편안했다. 누군가의 든든한 아버지라는 사실을 알았기 때문이었을까.

"조만간 딸아이랑 사위될 놈이랑 같이 한번 올게요. 그때 오믈렛의 진수를 좀 보여주세요. 그 녀석 분발 좀 하게. 아참, 그리고 사윗감도 한번 봐주면 좋고요. 또래니까 내가 못 본 부분을 볼 수도 있잖아요. 사람은 좋아 보이는데 너무 말라서 걱정이야. 괜히 병치레해서 우리 딸 고생시키는 건 아닌지 몰라……"

그렇게 내게 하는 말인지 혼잣말인지 모를 중얼거림을 계속하며 그는 가게를 나섰다.

며칠 뒤, 가게의 유일한 휴일인 일요일 저녁이었다. 늦잠을 자고 일어나 오랜만에 TV를 보는데 드라마 속 대사 하나가 귀에 박혔다. 〈넝쿨째 굴러온 당신〉이라는 드라마였는데, 극중 오빠가 실종된 날 태어나 가족에게 제대로 사랑받지 못하고 자란 딸의 결혼식 장면이었다. 주례를 맡은 친정아버지가 그간의 미안함을 담아 딸의 앞날을 축복하며 말했다.

"사랑하는 딸아, 네가 살아가는 어떤 순간에도 가족들은 너의 뒤에 있을 것이다. 그러니 아무것도 두려워하지 말고 마음껏 사랑하고 사랑받거라."

딸에게 표현하지 못하고 고여 있던 사랑이 한번에 터져나왔는지 그가 울음을 터뜨렸다. 순간, 내 가슴속에서도 무언가 치밀었다. 가족이란 늘 그렇게 뒤에 서 있는 존재인 것을, 서운하고 섭섭한 순간도 분명 생기겠지만 그래도 서로에 대한 사랑은 결코 변치 않는 관계임을 생각하니 뭉클함이 번졌다. 갑자기 오믈렛이 먹고 싶어졌다. 즉시 거실에 계신 어머니께 달려갔다.

"엄마~ 저 오믈렛 만들어주세요. 사랑을 듬뿍듬뿍 담아서~"

"갑자기 느끼하게 왜 그래? 녀석, 나이 들더니 넉살만 늘어가고. 알았어. 조금만 기다려."

평소 같지 않은 멘트에 당황하면서도 기분이 좋으셨는지, 어머니는 살짝 미소를 지으며 주방으로 향하셨다. 그리고 오믈렛을 만드셨다. 천천히, 가만가만, 사랑과 정성을 담아가며, 그렇게.

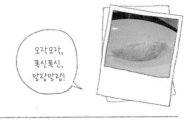

모락모락,
푹신푹신,
말랑말랑!

가슴속 빈자리를 온기로 채워주는
오믈렛

재료(2인분 기준) 달걀 6개, 버터 1큰술, 생크림 1큰술, 파슬리 약간

1. 달걀의 알끈을 제거한 뒤 소금, 후추로 간하고 거품기로 잘 섞어준다 (생크림을 조금 넣어주면, 씹을 때의 폭신함이 더 부드러워진다).
2. 달궈진 팬에 기름을 두르고, 키친타월로 닦아내기를 두 번 반복한다.
3. 팬에 (1)을 넣고, 나무젓가락이나 나무주걱으로 빠르게 저어준다.
4. 달걀이 살짝 익어갈 때쯤, 조금씩 익어가는 달걀을 팬의 위쪽으로 초승달 모양이 되게 밀어준다.
5. 달걀의 바닥이 노릇하게 익고 위는 살짝 덜 익은 상태일 때, 팬을 불판 위에서 조금 떨어뜨린 채, 오른손 주먹으로 팬을 든 왼쪽 손목을 톡톡 쳐준다. 팬이 잘 코팅되고, 팬을 든 왼손에 힘이 들어가 있지 않은 상태라면, 달걀은 팬 안에서 반 바퀴를 돌아 뒤집힐 것이다.
6. 뒤집힌 오믈렛은 바로 준비된 접시에 조심스레 옮겨담고, 키친타월로 표면을 덮은 뒤 양쪽 끝을 럭비공 모양으로 만져준다. 키친타월을 제거하면 완성.

가난이란,
'가진 것'은 없지만
'가질 것'은 많다는
가능성

어려운 형편 때문에 결혼식도 올리지
못하고 힘들어하던 후배.
우리는 쌀국수를 나눠먹으며 서로의
고단한 삶을 가만히 응원했다.

결혼식도 올리지 못한
가난한 후배를 위한 소박한 응원,
'쌀국수'

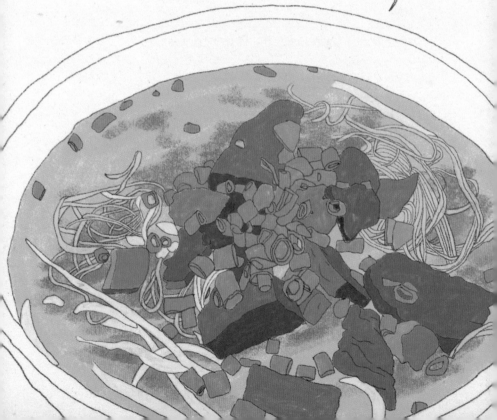

톨비악. 파리 제13지구의 중심지역에 있는 차이나타운이다. 프랑스 유학시절, 일주일에 서너 번은 그곳을 찾았다. 유독 그곳을 좋아했던 이유는 크게 두 가지다. 첫번째는 오만한 파리지앵들에 대한 일종의 소심한 항의 표시였다. 되도록 그들의 땅을 밟지 않겠다는 일종의 투지였을 게다. 주방에서 함께 일하는 동료들은 그나마 괜찮은 편이었지만, 대부분의 파리지앵들은 기본적으로 동양인에 대한 편견과 선입견을 갖고 있었다. 대놓고 무시하는 일도 종종 있었다. 하여 퇴근하고 혼자 집에 갈 때는 늘 긴장감을 늦출 수 없었다. 술에 취한 프랑스인들이 괜히 짓궂은 장난을 하거나 아무 일도 없는데 시비를 건 적이 몇 번 있었기 때문이다. 그들에 대한 경계심과 반감이 커지면서 좋아진 곳이 바로 톨비악이었다. 그곳은 늘 아시아인들로 넘쳐났다. 같은 피부색을 지녔다는 이유만으로도 친절하고 상냥한 사람들 덕분에, 그곳에 가면 고향을 찾은 듯 마음이 편해졌다.

두번째 이유는 'Pho 14'라는 쌀국숫집 때문이었다. 베트남이 프랑스의 옛 식민지였기 때문에 프랑스 곳곳에서는 베트남 쌀국숫집을 더러 볼 수 있었다. 그중에서도 Pho 14는 전통의 맛을 고수하는 덕분에 유독 인기가 많았다. 한참을 줄서야 간신히 먹을 수 있을 정도로 널리 알려진 곳이었다. 인기가 많다보니 다른 집보다는 가격이 좀 비싼 편이었다. 물론 여느 프렌치 레스토랑보다는 싼 편이었지만, 이것도 부담스러워하는 동양인 이민자들이 많았다. 주머니 사정이 빠듯했던 나 역시 한 달에 한두 번 정도 한국의 칼국수가 사무치게 그리울 때만 가곤 했다. 베트남의 피란민들이 이곳저곳 떠돌며 눈물과 땀으로 만든 음식이기 때문일까. 쌀국수에는 말로 설명할 수 없는 묘한 깊은 맛이 있는데, 특히 이 집의 쌀국수는 더욱 아련한 맛이었다.

어느 날 구수하고 시원한 국물이 먹고 싶어 Pho 14에 들렀다. 한참을 기다려 드디어 차례가 돼 자리에 앉았는데, 옆 테이블의 손님이 예사롭지 않았다. 베트남인들로 보이는 앳된 남녀였는데, 서로를 바라보는 눈빛이 애절하다못해 애처롭기까지 했다. 음식이 나왔는데도 서로에게 집중하느라 손도 대지 않았다. 그들이 쓰는 언어를 알아듣지 못해 무슨 이야기를 나누는지는 알 수 없었지만, 남자가 꺼내든 반지를 보고 대충 상황을 파악할 수 있었다. 그들은 음식 앞에서 서로에 대한 맹세를 하고 있었던 것이다. 아마 형편이 어려워 결혼식을 올리지 못하고 그들이 좋아하는 음식점에서 생애 가장 중요한 의식을 치르는 듯싶었다. 소박하지만 아름다운 장면이었다. 그날의 기억이 인상 깊어 훗날 사랑하는 사람이 생기면, 나역시 서로가 가장 좋아하는 음식을 나눠먹으며 청혼하리라 마음먹었다.

후배를 보자 그날의 쌀국수가 갑자기 생각났다. 어느 날 밤 후배 P가 연락도 없이 가게로 찾아왔다. 모자를 푹 눌러쓴 채, 꾸벅 고개를 숙이는 모습이 말하지 않아도 그날의 고단함을 보여주는 것 같았다. P는 인근 이탈리아 레스토랑에서 근무하는 스물아홉 살의 셰프다. 165센티미터가 안 되는 작은 키에 통통한 체격으로 다부진 인상이다. 예의가 무척 바른데다 업계에서 성실하기로 소문이 나 있어 무척 호감이 가는 후배였다.

"어, 오랜만이네?"

"네, 형님. 저 집에 가는 길에 형님 얼굴이나 보고 가려고 잠깐 들렀어요."

"그래. 그럼 바에 앉아 맥주 한잔 하고 가. 근데 무슨 일 있어?"

"그냥…… 요새 신경쓸 일이 많아져서요."

맥주 한 병을 건네는데, 그의 전화가 울렸다.

"어, 여기 유석 형님네 가게야. 기다리지 말고 피곤하면 먼저 자. 늦지 않게 갈게."

짧은 통화를 마친 뒤 그는 십여 분간 말도 않고 맥주만 홀짝거렸다.

"줄줄하면, 뭐 좀 만들어줄까?"

"아뇨, 괜찮아요."

무슨 할말이라도 있는지 한참을 망설이던 그가 간신히 말문을 열었다.

"형님, 저 곧 결혼하려고요."

"오, 그래? 축하할 일이네. 근데 왜 그리 죽을상이야?"

"사실은 여자친구랑 같이 산 지는 벌써 반년쯤 됐어요. 결혼식 같은 건 생략하고, 혼인신고만 하려고요."

"에이, 그러면 여자친구가 서운해할 텐데~"

"형님, 제 사정 아시잖아요. 결혼식 올릴 형편이 안 되니까 일단 동거만 하려고 했는데, 덜컥 임신이 됐어요. 작은 레스토랑에서 일해서 받는 돈, 어떤지 아시잖아요. 쥐꼬리만한 월급, 모아봤자 얼마나 모았겠어요. 지울까도 심각하게 고민했는데, 차마 못하겠더라고요. 그래서 그냥 혼인신고만 올리고 살려고요."

"아……"

아끼는 후배가 어려운 형편 때문에 결혼식을 올리지 못한다는 사실이 마음 아파 한참을 멍하니 서 있었다. 계획에 없던 아기까지 생겼다니, 그 부담은 또 얼마나 클까. 그의 처진 어깨를 보며 힘내라는 말밖에 할 수 없었다.

"그렇게 맥주만 들이켜면 속 쓰려. 나가서 쌀국수 먹을래? 여기 새벽 한시까지 하는 베트남 쌀국숫집이 하나 생겼어. 나도 오늘 손님이 별로 없어서 일찍 마감하려던 참이었거든."

"아, 괜찮아요. 형님."

"아냐, 내가 배고파서 그래. 같이 가자. 근데 늦게 들어가도 괜찮겠어?"

"네. 저 내일 쉬거든요."

가게에서 나와 오 분 거리에 있는 쌀국숫집으로 향했다. 오픈한 지 얼마 되지 않아서인지 입구에 축하화환들이 늘어서 있었다. 늦은 시간이라서 손님은 우리 둘밖에 없었다. 가운데 자리를 잡고 양지차돌 쌀국수 두 개를 주문했다.

"마음이 공허할수록 잘 먹어야 해. 여기 양지차돌 쌀국수 맛있어. 먹어봐."

"감사해요."

"뭐, 어찌됐든 결혼 축하해. 이제 너는 공식적으로 유부남이야. 이 형님보다 먼저 결혼을 하다니 배신인데~"

분위기를 풀어보려 이런저런 농담을 건넸지만, P는 그저 씁쓸한 미소만 지었다. 그러다 그가 담아뒀던 진심을 내뱉었다.

"여자친구한테 참 미안해요. 남들 다 하는 결혼식도 못 올리고 신혼여행도 못 가고. 미안해서 죽겠는데, 달리 해줄 수 있는 게 없다는 사실이 더 힘드네요."

그의 말이 끝날 즈음, 주문한 쌀국수가 나왔다. 힘겨워하는 후배를 염려하는 와중에도, 침이 꼴깍 넘어가는 본능적 반응은 어찌할 수 없었다. 생면과 고기국물이 빚어낸 쌀국수의 맛은 깊으면서

깔끔하다. 구수하고 시원한 그 본연의 맛은 물론이고, 어떤 소스를 넣느냐에 따라 매콤할 수도 상큼할 수도 있는 '가능성'도 좋다. 쌀국수는 어떤 소스가 들어가도 그것과 어우러져 조화로운 맛을 만들어낸다. 나는 매콤한 맛을 좋아해 칠리소스를 듬뿍 넣었다. 맛에 취해 열심히 먹는 나와 달리 P는 반도 채 먹지 못하고 이내 젓가락을 테이블에 내려놓았다. 왠지 음식을 남긴 것이 머쓱한지, 괜히 배를 만지며 속이 더부룩하단 이야기만 되풀이했다.

"근데, 프러포즈는 했어?"

그가 말없이 고개만 저었다.

"결혼식은 나중에 올린다고 해도 프러포즈는 하는 게 어때? 그건 때를 놓치면, 평생 못하는 거잖아."

그는 역시나 말없이 고개만 끄덕였다. 마음이 저려왔다. 고등학교를 졸업하자마자 직업전선에 뛰어든 그였다. 10년 넘게 누구보다 열심히 살아온 대가가 고작 이런 한숨과 눈물뿐인가라는 생각에, 누구를 향한 것인지 모를 화가 치밀어올랐다. 몇 년간 지켜보는 동안 그는 학벌이 좋지 않다는 이유로 큰 레스토랑이나 호텔에서는 번번이 미역국을 마셨고, 작은 가게에서 일하다가 월급도 받지 못한 채 해고된 적도 있었다. 사실 마스터 셰프를 제외한 다른 셰프들이 받는 월급은 정말 보잘것없는 수준인 경우가 많다. 그 적은 월급을 가지고 혼자 살기도 모자랄 판에, 한 가정을 책임져나갈 생각을 하면 당사자가 아님에도 한숨이 절로 나왔다.

"그래서 혼인신고는 언제 할 거야?"

어색한 침묵을 깨고 내가 물었다.

"모레, 같이 동사무소 가기로 했어요."

얼마 후 식당을 나와 작별인사를 나눴다. 그런데 힘없이 버스정
류장으로 향하는 그의 뒷모습이 내내 눈에 밟혔다. 그러다 문득 떠
오른 생각이 있어 P를 불러세웠다.

"내일 무슨 약속 있어?"

"아뇨. 집에서 그냥 쉬려고 하는데요."

"자네 커플, 내가 가게로 초대하고 싶어서 말이야."

"아…… 그러시지 않아도 되는데……"

"선배의 결혼선물이라고 생각해둬. 나중에 내 결혼식 때 꼭 오
는 걸로 갚아."

"아, 정말 감사합니다. 형님."

"내일 일곱시쯤 어때? 이 기회에 프러포즈는 꼭 하도록 해. 작
은 반지라도 준비하고~"

그는 연신 고맙다고 허리를 숙이며 인사하고는 떠났다.

문제가 있다는 것은 다음날 장부를 보다가 알아차렸다. 단골인
H그룹의 대표이사 K가 룸에서 식사하기로 예약돼 있었던 것이다.

60대 초반인 그는 음식이라면 자다가도 일어날 정도로 좋아하는 미식가로 유명하다. 늘 가게에 들를 때마다 최고의 매출을 만들어주는 VIP 손님 중 한 명이었다. 가게에 룸은 하나뿐인데, 그가 며칠 전에 예약하면서 반드시 룸으로 자리를 달라고 했기에 순간 머릿속이 복잡해졌다. 그야말로 '멘붕'인 상황. 후배와의 약속을 변경하자니 체면도 안 설뿐더러, 그가 괜히 미안함을 느껴 이후의 약속은 거절할 것만 같았다. 그렇다고 K의 예약을 취소했다간 중요한 단골을 잃을 수도 있었다. 머리를 쥐어뜯으며 고민하다, 결국 수화기를 집어들었다.

"여보세요."

K였다.

"저, 대표님, 오늘 오시는 거 맞죠?"

"아, 이셰프. 이따 일곱시에 갈 테니, 잘 좀 부탁해요. 오랜만에 맛있는 음식이 먹고 싶어, 내 친한 친구들 좀 불렀지. 좋은 시간 만들어줘요."

"네, 대표님. 알겠습니다. 그런데요…… 혹시 룸 말고 홀에 자리를 준비해드리면 안 될까요?"

"그게 무슨 말이에요? 분명 내 비서한테 룸으로 예약해놓으라고 지시해놨을 텐데."

떨리는 마음에, 모깃소리처럼 작아진 목소리로 대답했다.

"예약에 착오가 있었어요. 제가 한 달 전에 룸 예약을 받아놓은 손님이 있어서 말이에요. 글쎄 선입금까지 받고도 그만 깜빡했지 뭐예요. 정말 죄송합니다."

거짓말을 하자니 속이 쿵쾅거리는데, 언짢은 기색이 역력한 목소리가 들려왔다.

"이셰프, 그걸 나보고 믿으라는 거예요? 예약이 잘못된 게 아니라, 갑자기 귀한 손님이 들이닥친 건 아니고? 지금 내가 밀려난 겁니까?"

식은땀이 흘렀다. 후배한테 좋은 일 한번 하려던 게, 최고의 VIP를 잃게 되는 상황으로 번질 줄이야. 일순간 후회가 밀려왔다. '그냥 후배에게 전화할걸.' 후배야 프러포즈를 하루 이틀 미룬다고 큰일나는 것도 아니고, 사정을 잘 설명하면 이해 못할 일도 아니었다. 드라마나 영화를 보면 갑자기 손님이 예약을 다음으로 옮기거나 하면서 극적으로 해결이 잘만 되던데 현실은 왜 이럴까, 괜한 원망도 들었다. 짧은 순간에 오만가지 생각이 다 들었다. 그러다 결국 밀어붙이기로 했다. 이미 후배가 아닌 손님에게 전화를 걸었으니 별수 없었다.

"절대 그런 거 아닙니다. 대표님 같은 VIP가 어디 있겠어요. 자세히 설명드릴 수는 없지만, 이번 한 번만 양보해주실 수 없을까요? 대신 제가 누구에게도 선보인 적 없는 비장의 메뉴를 만들어드릴게요. 드셔보고 맛이 없으면 그때 저를 나무라시고, 다신 저희 가게 안 오셔도 좋습니다."

"이거 참, 알았어요. 이제 와서 다른 데로 변경하면 다른 사람들도 번거로울 것 같으니, 일단은 그냥 가지요. 하지만, 내 이번 일은 쉽게 넘어가진 않을 겁니다."

그의 냉랭한 목소리가 귓가에서 맴돌았지만, 이런저런 준비에 마음이 바빠 걱정은 뒤로하기로 했다. 아무래도 후배가 꽃까지 준비할 여유는 없을 듯해서 근처 꽃집에서 프러포즈용 부케를 샀다. 그리고 랍스터 한 마리를 구매했다. 이건 K를 위해서였다.

'이건 뭐, 소득 없이 돈만 깨지는 날이구나. 다 괜한 오지랖 때문일세.'

속으로 투덜거리면서도, 한 손에는 랍스터가 든 상자를 다른 한 손에는 부케를 들고 가게로 돌아오는 발걸음은 가벼웠다. 가게에 도착하자마자 예전에 프랑스에서 작성한 요리수첩을 뒤적였다. 최고의 랍스터요리를 만들기 위한 레시피를 찾기 위해서였다. 드디어 저녁 일곱시. 가슴이 쿵쾅거리기 시작했다. 다행히 후배 P와 그의 여자친구가 먼저 가게에 도착했다. 반갑게 인사를 나누고 그들을 룸으로 안내하면서 P에게 귓속말로 물었다.

"반지는 준비했어?"

"좋은 걸로는 못했어요."

하나뿐인 룸이 자신들을 위한 공간인 것을 알자 그들은 무척이나 놀라면서도 기쁜 표정이었다. 나올 요리를 설명하고 주방으로 향하는데, 왠지 서늘한 기운이 느껴졌다. 그랬다. K가 못마땅한 표정으로 들어오고 있었던 것이다. 애써 당황한 기색을 숨기며 반갑게 인사를 건넸다.

"대표님, 룸으로 준비를 못해드려 정말 죄송해요. 오늘만 좀 봐주세요."

"아까 전화받고 정말 황당했어요. 아무리 생각해도 너무 어이가 없어서. 도대체 나를 밀어낸 사람이 누군지 얼굴이나 좀 봅시다."

씩씩대며 룸으로 쳐들어가는 그를 서둘러 온몸으로 막고, 정말 죄송하다며 계속 머리를 조아렸다. 아무리 사정이 있다 해도, 약속을 어긴 것은 분명 잘못이었다. 그래도 그는 분이 풀리지 않는지 고개를 이리저리 돌려 문틈 사이를 살피더니 다시 말했다.

"둘밖에 없는데 우리를 밖으로 밀어낸 거야? 어디 재벌2세야? 아님 연예인이야?"

이제 피할 수 없다는 생각이 들었다.

"대표님, 정말 죄송해요. 룸 안에 있는 사람은 재벌2세도 연예인도 아니에요. 하루 열두 시간 이상 열심히 일하는 제 후배예요. 그렇게 일하고도 한 달에 150만 원밖에 벌지 못해서, 사랑하는 사람이 있어도 결혼식조차 못 올리고 혼인신고를 한다고 하더라고요.

선배로서 조금이라도 돕고 싶은 마음에, 프러포즈라도 하라고 룸을 내줬어요. 배 속에는 아이까지 생겼다는데 너무 안쓰러워서요. 내일 혼인신고를 한다기에, 오늘밖에 시간이 없겠더라고요. 정말 죄송합니다."

사정을 들은 K는 그제야 자리에 앉으며 말했다.

"허허, 이셰프도 참 미련한 사람일세. 아무리 그래도 손님 예약을 마음대로 변경하는 건 아니지. 다음번에도 이런 일 있음 그냥 넘어가지 않을 거예요. 일단 음식부터 내와봐요. 나머지 이야기는 먹어보고 합시다."

이제 남은 일은 최고의 요리를 만들어 그의 용서를 구하는 것뿐이었다. 어느 때보다 긴장되는 마음으로 혼신의 힘을 다해 특별요리를 만들었다. K의 테이블에 낼 요리는 평소 그의 식습관을 더듬으며 철저히 그의 입맛에 맞도록 만들었고, 후배 커플에게 낼 요리는 로맨틱한 분위기 연출을 위해 데커레이션에 신경썼다. 음식이 나가고 얼마 후, K가 나를 불렀다.

"이셰프, 음식 맛있더군. 친구들도 마음에 들어하네. 앞으로 랍스터요리는 내가 올 때만 해주는 걸로 약속해요. 그럼 이번 일 용서해주리다. 그리고 저 룸에 있는 커플, 형편이 좋지 않다고 했죠? 그럼 음식값도 부담스러울 텐데, 내가 계산하지."

나중에야 들은 이야기지만, 그에게도 지금의 모습에서는 상상도 하지 못할 만큼 가난한 시절이 있었다고 했다. 부인과 결혼식도 올리지 못한 채 몇 년을 살았을 정도였단다. 이를 악물고 일에 매달린 끝에 성공한 자수성가형 부자였던 것이다. 그래서 자신의 젊은 시절과 비슷한 처지에 놓인 P의 이야기에, 마음이 쓰였던 모양이다. 하지만 그날 식사는 선배로서 후배에게 주는 선물이었기에, K의 제안은 정중히 거절했다.

P 역시 스페셜 코스요리와 샴페인으로 한껏 로맨틱한 분위기를 연출했던 모양이다. 서빙한 직원 현동군에 따르면 그가 준비해둔 꽃과 반지를 전달했을 때 예비신부는 감격해서 눈물까지 흘렸다고 했다. 그 이야기를 전해 들으며 문득 이런 생각을 했다.

가난이란 것, 사람을 참 작게 만들기도 하고 비참함을 안겨주는 것임에 분명하다. 하지만 또한 아주 작은 것에도 감사하고 기뻐하게 만드는 것이기도 한 것 같다. 많은 것을 갖지 못했기에 내게 주어지는 사소한 것에도 크게 행복할 수 있는 게 아닐까. 많이 가진 사람은 '잃을 것'을 염려하지만, 적게 가진 사람은 '가질 것'을 기대하기에, 어쩌면 후자가 더 행복한 사람일지도 모르겠다. "가난이란 그리 고생스러운 것이 아니라는 것을 알았을 때, 사람들은 비로소 자기의 부를 마음껏 즐길 수 있다." 철학자 세네카의 말이다. '가진 것'보다 '가지지 못한 것'이 생각나 괴로울 때마다, 나는 이 말을 떠올린다. 지금 내게 '없는 것'을 갈구하느라 '있는 것'의 소중함을 잊을까 하는 염려에서다. 가난이란 것도, 결국 마음을 어떻게 먹느냐에 따라 좌우되는 게 아닐까. 물론, 그럼에도 평생 가난에 허덕이며 살고 싶진 않지만.

며칠 뒤, 자정이 넘은 시각에 P가 찾아왔다. 감사인사를 하러 온 모양이었다.

"그날 마음써주셔서 정말 감사해요. 오늘은 제가 쌀국수 한 그릇 살게요. 형님, 저번에 보니까 진짜 잘 드시던데~"

임신한 아내 기다리게 하지 말고 일찍 집에 들어가라고 핀잔을 줬지만, 어떻게든 보답하고픈 마음을 알기에 함께 가게를 나섰다. 이번엔 P도 한 그릇을 뚝딱 해치웠다. 음식의 맛은 혀가 아니라 뇌가 느끼는 것임을 다시 한번 깨달은 순간이었다. 기분 좋은 날에는 혀도 덩달아 모든 것을 너그럽게 수용한다. 무얼 먹든 맛있게 느껴지는 것이다. 반면 기분이 좋지 않은 날에는 함께 예민해진 혀 때문에 무슨 맛에든 만족을 하지 못한다. 그런 생각에 빠져 있는데 그에게 전화가 걸려왔다.

"응, 금방 들어갈게. 오늘 일이 늦게 끝나서 말이야. 나 배고파. 같이 야식 시켜먹자."

통화 내내 입가에 미소가 떠나지 않는 그의 얼굴을 보자 마음이 놓였다. 여전히 그들은 가난하고 그렇기에 앞으로도 삶은 녹록지 않

을 것이다. 서로가 서로를 '짐'으로 여기는 순간도 분명 있을 것이
다. 그럼에도 서로가 서로에게 기대어 버텨내길, 이겨내길…… 헤
어지고 집으로 향하는 후배의 뒷모습을 보며 나는 간절히 기도했다.

시큼시큼,
따뜻따뜻,
훌훌!

가난한 마음도 넉넉히 불려주는 뜨끈한 국물,
쌀국수

재료 쌀국수 70g, 쇠고기 양지 30g, 숙주 70g, 대파 1뿌리, 청고추 1개, 피시소스 1큰
술, 고수 약간, 소금 약간, 육수용 재료(쇠뼈 400g, 쇠꼬리 2토막, 양파 1개, 생강 2개, 팔각 1개,
정향 3개, 5cm 정도의 통계피 1토막)

1. 육수 재료를 물에 넣고 3시간 동안 푹 삶는다.
2. 육수에 피시소스를 넣고, 모자라는 간은 소금으로 맞춰 끓인다.
3. 숙주는 꼬리를 떼고 다듬어 씻고, 쇠고기는 삶은 후 한 입 크기로 썰어둔다.
4. 대파는 얇게 어슷썰고, 고추는 씨를 제거한 후 송송 썬다. 고수는 잘게 뜯
   는다.
5. 쌀국수는 끓는 물에 5분 정도 삶은 후 물기를 빼고 그릇에 담는다.
6. 쌀국수에 잘라둔 고기와 숙주를 얹고, 육수를 넉넉히 부은 후 고추와 고수
   를 뿌린다.

꿈이란,
'이룰 수 있는 것'을
실제로 이뤄가는 것

요리사를 꿈꾸는 아들과 그를
염려하는 어머니.
그들은 스테이크를 나눠먹으며,
앞으로의 험난한 여정을 위한
든든한 채비를 마쳤다.

요리사 지망생의
꿈을 향한 첫걸음,
'스테이크'

Non Je Ne Regrette Rien Non, Rien De Rien,

Ni Le Bien Qu'on M'a Fait, Ni Le Mal

Tout Ca M'est Bien Egal

Non, Rien De Rien, Non, Je Ne Regrette Rien

아니, 전혀, 난 아무것도 후회하지 않아

좋은 일도 나쁜 일도

모두 다 마찬가지

아니, 전혀, 난 어떤 것에 대해서도 후회 없어

작은 스피커에서 나직이 울려퍼지는 에디트 피아프Edith Piaf의
샹송이 가게 안을 촉촉이 적신 어느 늦은 오후. 영업시간을 앞두고
창밖에 소담소담 내리는 눈을 바라보며 커피 한 잔의 여유를 즐기
고 있는데, 가게 문이 천천히 열리며 가족으로 보이는 손님이 들어
왔다. 후덕한 인상의 중년여자와 아들로 보이는 20대 초반의 청년.
영업 시작까지는 삼십 분가량 남은 상황이었지만, 차마 조금 있다
가 오시라는 말을 할 수가 없었다. 한참을 걸어왔는지 볼과 귀가 새
빨개져 있었고, 겉옷에는 미처 털어내지 못한 눈이 수북이 쌓여 있
었기 때문이다. 꽁꽁 언 손에 연신 따뜻한 입김을 호호 불어대는 그
들을 직원이 난로 앞 가장 따뜻한 자리로 안내했다.
  자리에 앉은 그들은 레스토랑 내부를 둘러보기 시작했다. 아마

도 이런 레스토랑을 많이 다녀보지는 않은 듯했다. 마주 보이는 여자의 눈은 끊임없이 주변을 살피고 있었고, 등지고 앉아 정확하진 않지만 청년의 얼굴도 계속 움직이는 것으로 봐선 그 역시 마찬가지였던 것 같다. 천장을 향했던 네 개의 눈이 벽과 오픈된 주방을 거쳐 테이블을 훑을 때쯤, 직원이 그들에게 다가가 메뉴판을 놓아줬다. 메뉴판은 청년의 몫이었다. 그는 굉장히 진지한 표정으로 메뉴들을 하나하나 살피고 있었다. 몇 분 후, 직원이 다가가자 더듬더듬, 하지만 정확한 발음으로 음식을 주문했다.

"허브버터를 넣어 구운 달팽이요리와 채끝스테이크 주세요."

"네, 알겠습니다."

"아, 저기, 스테이크 굽기 정도는 안 물어보시나요?"

"네. 저희 레스토랑은 가장 적절한 상태로 구워져 나옵니다."

"아, 네……"

준비한 것을 보여주지 못했다는 듯 아쉬운 표정을 짓는 그를 중년여자는 대견하다는 표정으로 바라보고 있었다. 인기 메뉴만을 골라서 시킨 것이 아마도 오기 전에 인터넷에서 정보를 검색하고 온 것 같았다.

'안주라면 모를까. 성인 두 명이 식사로 먹기엔 부족한 양일 텐데……'

주문서를 보고 행여나 양이 부족하지는 않을까 걱정이 됐다. 평소보다 양을 조금 넉넉히 담았는데, 음식이 차려지자 모자는 삼십여 분 정도 아무런 대화도 없이 음식만 먹었다. 나온 음식의 70퍼센트 이상은 청년이 먹는 듯했다. 하지만 그녀는 전혀 배가 고프지 않은 듯 자신 앞에 놓인 음식마저 그에게 건네며 "이것 좀, 더 먹어봐. 어때? 맛있니?"라는 질문을 던졌다. 궂은 날씨 탓에 손님은 오직 그 두 사람뿐. 그래서인지 계속 그들에게 시선이 갔다. 따뜻한 물만 연거푸 마시며 청년을 바라보는 여자의 눈에는 흐뭇함과 더불어 뭔지 모를 걱정과 근심 또한 서려 있었다.

레스토랑을 운영하면서 생긴 직업병 중 하나가 '이야기 중독'이다. 손님들의 사연이 궁금하고, 그 사연을 들어야만 직성이 풀리는 이상한 병. 손님들의 이야기를 함께하며 울고 웃는 것 또한 음식을 만드는 것만큼 중요한 일상이 돼버렸다. 이 모자를 보면서도 몹쓸 호기심이 슬슬 발동하기 시작했다.

스테이크용 채끝을 손질하고 나면 팔기엔 양이 부족한 자투리 고기가 꽤 나온다. 대개 단골들에게 와인 안주용 서비스로 구워서 샐러드와 함께 내주곤 하는데, 오늘은 그들에게 선보여야겠다는 생각이 들었다. 팬에 살짝 오일을 두르고 연기가 나기 직전까지 달아오르길 기다린 뒤, 소금과 후추로 간한 고기를 올렸다. 고기가 팬에 닿자마자 놀랐다는 듯 '치익~' 하는 신음소리를 낸다. 잠시 소강상태에 접어들면 이제 고기를 뒤집을 차례. 한 번 뒤집은 다음 오븐에 넣어 미디엄 레어 medium rare. 선명한 붉은색으로, 자르면 피가 보이는 상태 로 익혀야 한다. 그래야 깊숙한 곳까지 골고루 익기 때문이다. 요리가 완성되고 서비스하려는 직원에게 괜찮다는 사인을 보낸 뒤 직접 테이블로 접시를 들고 나갔다.

"안녕하세요. 저는 여기 셰프입니다. 식사가 좀 부족하실 것 같아서 좀더 준비해드렸어요. 서비스니까 편히 드세요."

그들이 '서비스'라는 말보다 '셰프'라는 단어에 더 반응한다는 사실을 느낌으로 알 수 있었다. 특히 여자는 내 말이 끝나자마자 자리에서 일어나 고맙다는 인사를 건넸다.

"아이고, 셰프님. 어쩜 이리 솜씨가 좋으세요."

"맛있으시다니 다행이네요. 뭐 불편하신 건 없으시고요?"

다소 형식적으로 던진 질문에 그녀가 일 초의 망설임도 없이 대답했다.

"네, 없어요. 음식이 정말 다 맛있네요."

"감사합니다."

"이런 데는 처음이라 저는 뭘 시켜야 할지도 모르겠는데, 우리 애가 알아서 잘 시키더라고요."

"아, 네. 맛있는 요리만 잘 시키셨어요. 그럼, 남은 식사 맛있게 하세요."

이야기를 마치고 돌아서려는데 그녀가 다급한 표정으로 나를 붙잡았다.

"잠시만요, 셰프님."

"네?"

"얘가 저희 아들인데, 셰프님처럼 요리사가 되고 싶다고 해서요. 이곳 요리를 꼭 먹어보고 싶다고 해서 데려왔어요. 저희는 외식이라면 삼겹살이나 먹었는데, 아이가 유명한 곳에서 스테이크 같은 걸 먹어보면 도움이 될까 싶어서요. 얘, 어여 셰프님께 인사드려."

"아…… 안녕하세요, 셰프님."

살짝 긴장한 표정으로 인사를 건네는 청년이 왠지 낯설지 않았다. 그리고 그런 아들을 바라보는 어머니의 걱정스러운 표정 또한. 어느 날의 기억이 떠오르려는 순간, 머뭇거리는 아들이 답답한지 그녀가 이야기를 재촉했다.

"궁금한 거 없어? 이런 기회가 또 있겠니. 어서 아무거나 좀 여쭤봐."

한참을 망설이던 청년이 어렵게 말문을 열었다.

"스테이크요. 프라이팬으로 집에서 구워봤는데, 잘 안 되더라고요. 어떻게 하면 잘 구울 수 있을까요?"

"음, 가정집에선 사실 화력이 약해서 레스토랑 같은 맛을 내기가 쉽지 않아요. 스테이크용 고기는 적당히 얇게 썰고, 뜨겁게 달군 두꺼운 팬에서 단시간 내에 조리를 끝내는 게 좋을 거예요. 고기가

© 팻투바하

 스테이크라는 단어는 '구이roast'를 의미하는 노르웨이의 옛말
'스테이크steik'에서 유래됐다고 한다.

두꺼우면 겉은 먹음직스러워 보여도, 속은 덜 익는 경우가 많거든
요. 또 얇은 팬을 쓰면 열전도가 빨라서 고기가 쉽게 타고요. 너무
약한 불에 오래 익혀도 안 돼요. 육즙이 다 빠져나가 고기가 뻑뻑해
지거든요."

"아, 그렇구나. 감사합니다."

우리의 대화를 흐뭇한 표정으로 바라보던 어머니가 잠시 망설
이다 말을 건넸다.

"셰프님, 사실 얘가 보름 후에 군대를 가요. 계속 방황만 하던
녀석이 처음으로 뭘 해보고 싶다고 한 게 요리예요. 지금은 요리학
원만 다니는데 제대하면 본격적으로 시켜보려고요. 입대 전에 경험
삼아 한번 데리고 와본 거예요."

그녀의 이야기에, 대화를 나누느라 잠시 접어둔 옛 기억이 새록
새록 피어올랐다.

1999년 겨울. 딱히 공부를 잘하는 것도 아니고 운동이나 여타
분야에 재능이 있는 것도 아니었던 열아홉 살의 내겐 이렇다 할 꿈
이 없었다. 가난한 집안형편 때문에 아르바이트를 하며 하루하루를
보내느라 꿈을 고민해볼 시간도 마땅치 않았다. 그러다 우연히 눈
에 들어온 것이 요리였다. 워낙 먹는 걸 좋아하기도 했고, 가끔 집
에서 음식을 만들면 꽤나 재미있었다. 어차피 간절히 하고 싶은 일

이 있는 것도 아니라면, 그나마 재미를 느끼는 일을 하루라도 빨리 시작하는 것이 좋겠다 싶었다. 무엇보다 전문기술을 익히면 어디가서 굶어죽지는 않겠다는 생각도 들었다. 그날로 어머니에게 '요리를 하겠다'고 선언했다.

어머니는 내 결정을 한 번도 반대하신 적이 없었다. 늘 하나뿐인 아들에게 온화한 미소를 지어주시며, 어떤 의견이든 존중해주셨다. 고등학교 때 공부와는 담을 쌓고 지내는 내가 염려스러우셨을 법도 한데 그 흔한 '공부하라'는 잔소리도 하지 않았다. 그런 분이 요리를 하겠다는 말에는 쉽사리 찬성하지 않았다. 여자도 아닌 남자가, 주방에서 힘들게 일할 것이 걱정되셨던 모양이다.

"집안형편 생각하지 말고, 일단 좀더 고민해보는 게 어때? 엄마는 네가 어린 나이에 너무 고생을 많이 할까봐 벌써부터 속이 상하네……"

"괜찮아요, 잘할 수 있을 거예요. 걱정하지 마세요."

다가올 현실을 짐작조차 못하던 어린 나이. 패기와 열정으로 호기롭게 큰소리치긴 했지만, 사실 어떤 음식을 만들지도 정하지 못했고 심지어 어머니가 해주신 음식 외에 다른 음식을 먹어본 적도 많지 않은 나였다. IMF 이후 가계가 곤두박질친 뒤로는 변변한 외식 한번 해본 적 없던 시절이었다. 아마 어머니는 그래서 더욱 걱정하셨으리라.

그러던 어느 날 저녁, 늘 밤늦게 퇴근하시던 어머니가 일곱시에 지하철역 앞에서 만나자고 연락을 해왔다. 무슨 일인가 싶어 나가니, 근처에 있는 레스토랑으로 나를 데려갔다. 사실 말이 레스토랑이지, 허름한 경양식집이었다. 살짝 촌티나는 인테리어에, 걸을 때마다 바닥이 삐걱대던 오래된 가게였다. 그래도 서양음식을 먹으러 간 건 처음이었던지라 꽤나 긴장하긴 했다. 그때 시켰던 메뉴를 지금도 또렷이 기억한다. 양송이수프와 연어스테이크. 수프는 에피타이저를 시켜야 한다는 이야기를 들은 적이 있어 나름 격식을 맞춰 주문한 것이었고, 연어스테이크는 연어와 스테이크가 함께 나오는 줄 알고 주문한 것이었다. 그런데 아뿔싸. 연어스테이크는 두툼한 연어의 살을 스테이크처럼 구운 것이라는 사실을 음식이 나오고서야 알아차렸다.

두 사람이 먹기엔 턱없이 부족한 음식 앞에서 당황했는데, 먹는 과정도 순조롭지 못했다. 서툰 칼질 때문에 스테이크는 통조림 참치처럼 분해돼버렸다. 그래도 처음 먹는 '레스토랑 요리'라는 설렘으로 우걱우걱 먹어치웠는데, 어머니는 한두 점 맛을 보시더니 좀처럼 입을 대지 않으셨다.

"엄마는 왜 안 드세요? 좀 드셔보세요."

"아까 뭘 좀 먹어서 배 안 고파. 너한테 맛있는 거 사주려고 온 거니깐 신경쓰지 말고 먹어."

아마 어머니는 그렇게 나의 꿈을 응원해주셨던 것 같다. 그 소
박한 식사가 작은 경험이라도 되길 바라는 마음으로, 앞으로 일을
배우는 데 있어 조금이라도 도움이 되길 바라는 간절함으로, 어려
운 형편에 무리를 하셨던 것이다.

"셰프님, 셰프님."
"아, 네~"
과거의 기억을 헤매던 내게 청년이 말을 걸었다. 문득 그에게서
지난날의 내가 겹쳐, 물었다.
"왜 요리사가 되고 싶은지 물어봐도 되나요?"
"요리가 즐겁거든요. 제가 만든 음식을 다른 사람이 맛있게 먹
으면 제가 소중해지는 기분이 들어요. 나도 다른 사람에게 도움이
되는 괜찮은 사람이라는 생각이……"
그의 대답을 듣고 나니 조금은 마음이 놓였다. 그런 생각이라
면, 힘든 순간들도 잘 넘길 수 있으리라. 만약 그가 한식의 위대함
을 세계에 알리겠다거나 먹는 사람을 감동시키는 요리를 만들겠다
거나 하는 거창한 포부를 밝혔다면, 아마도 우려했으리라. 꿈을 크
게 갖는 일이 나쁜 것은 아니지만, 꿈이 클수록 현실에 좌절할 가능
성도 크기 때문이다. 원대한 목표를 갖고 도전하는 것보다는 자신
을 행복하게 만드는 일을 하는 것이, 더 오래 더 행복하게 꿈을 이

어가는 길이라고 생각한다. 꿈이란 '이룰 수 없는 것'에 대한 무모한 도전이 아니라, '이룰 수 있는 것'을 노력과 연습을 통해 이뤄가는 것이 아닐까. 적어도 내 생각은 그렇다.

솔직히 나는 '간절히 꿈꾸면 이루어진다' 같은 이야기를 별로 좋아하지 않는다. 세상은 그렇게 호락호락하지 않으니까. 내가 할 수 있는 것과 할 수 없는 것의 경계는 분명히 존재한다는 사실을, 사회에 나와 일하며 뼈저리게 깨달았다. 허황되게 할 수 없는 것을 꿈꿀 시간에, 할 수 있는 것을 고민하고 찾고 몰두하는 게 결국 나를 위한 길이라는 사실을 알았다. 그렇기에 그에게도 괜히 희망찬 격려를 건네고 싶진 않았다.

"주방일은 정말 쉽지 않아요. 요즘 방송에서 보는 것처럼 그렇게 낭만적이지도 않고요. 열심히 할 각오는 돼 있어요?"

그건 스스로에게 하는 질문이기도 했다. 누군가 '요리하는 것이 힘들지 않나요?'라고 물으면 나는 고민 없이 힘들다고 대답할 것이다. 매일 새벽에 일어나 장을 보고 식당 오픈 전까지 재료를 손질하며, 오픈 후에는 손님들의 주문에 맞춰 이리 뛰고 저리 뛰는 일상. 손목이 뻐근하다못해 감각이 없어질 때까지 반복적으로 칼질을 하고 나면, 칼을 놓고도 한참을 움직이지 못하곤 했다. 더운 여름철에는 또 어떤가. 용광로처럼 뜨거운 불 앞에서 땀 흘리며 일하다보면 온몸에 땀띠가 생기고, 밤마다 그걸 긁다가 잠을 설친 적이 헤아릴

수 없을 정도로 많다. 게다가 13년 전만 해도 요리사란 직업은 지금
에 비해 다소 비루한 기술직이란 인식이 강했다. 고급스럽고 전문
적이라는 인상을 풍기는 '셰프'라는 호칭이 쓰이기 시작한 것은 불
과 몇 년 전. 또한 남자가 요리사가 된다고 하면 이상하게 보는 시
선들도 있었다.

　지금이야 그런 곳이 거의 없지만, 내가 요리를 시작했을 때만
해도 도제식 시스템이 강해 선배의 말에 무조건 복종해야 했고, 부
당한 처우도 응당 감수해야 했다. 첫 주방에서는 전라도 출신의 성
질 급한 선배한테 단지 손이 느리다는 이유만으로 주먹으로 실컷
얻어맞은 적도 꽤 있다. 그렇게 흠씬 맞을 때면 맞아서 아픈 것보다
억울하고 서러워서 많이도 울었다. 화장실에서 애꿎은 변기를 붙잡
고 분한 눈물을 흘렸던 기억이 아직도 생생하다. 그런데 신기한 것
은 그렇게 힘든 일이 있던 날이면 어머니가 어떻게 알았는지, 늘 내
방에 들어와 기도를 해주셨다는 점이다. 기도는 한결같았다.

　"우리 아들이 건강하게 무사히 요리를 할 수 있도록 해주세요."

　그 기도가 효력이 있었던지, 험난한 과정들을 버텨내고 지금까
지 음식을 손에서 놓지 않고 있다. 기도하는 어머니를 보면서 한 가
지 결심한 것이 있다. 아무리 힘들더라도 포기하지 말자고. 그것이
나를 믿는 어머니를 실망시키지 않는 유일한 길이며, 스스로에게
당당할 수 있는 단 하나의 방법이라고. 그때부터 늘 음식을 만들 때

마다 어머니를 떠올렸다. 그러면 어느새 요리 앞에서 한없이 정직해지고 온순해졌다. 그렇게 요령을 부리지 않고 노력하자, 점점 많은 사람들이 내 요리를 찾게 됐고 말이다.

우리가 나누는 대화를 귀 기울여 듣던 청년의 어머니가 걱정 어린 눈빛으로 이야기를 꺼냈다.

"그렇죠? 요리가 쉽지 않죠? 그래도 셰프란 직업이 나쁘진 않죠? 어떠세요?"

"그럼요. 저희 부모님도 지금의 저를 얼마나 자랑스러워하시는데요. 요새는 셰프란 직업이 영화나 드라마에 좋게 나와서 이미지도 좋아졌고, 하고 싶어하는 사람도 많아졌어요. 요리학교도 많이 생겨서 전문적으로 배울 수도 있고요. 가뜩이나 취업난인데, 실력만 인정받으면 어느 나라를 가서도 쉽게 취업할 수 있으니 먹고살 걱정 없다니까요."

"셰프님, 이것도 인연인데, 요리 잘하는 비결 좀 알려주심 안 돼요? 얘, 뭐하니?"

그러자 청년도 얼굴에 수줍은 미소를 지으며 말했다.

"셰프님, 비결 좀 알려주세요. 셰프님은 요리솜씨를 타고나신 거예요? 어떻게 이렇게 음식이 맛있을 수가 있어요?"

"음, 이건 진짜 비밀인데…… 일본 영화 〈카모메 식당〉 봤어요?

거기에도 비슷한 대사가 나와요. 식당 주인에게 '커피를 맛있게 끓이는 방법을 알려달라'고 묻자 그가 답하죠. '한 사람을 위해 끓이면 맛이 더 좋아집니다.' 이 음식을 선물하고 싶은 한 사람을 떠올리면서 만들어봐요. 그럼 분명 점점 더 맛있어질 거예요."

"아……"

엄청난 비법을 기대했던 것인지, 얼굴에 실망한 표정이 역력했지만 그래도 진지하게 들었다.

"또 한 가지. 뻔한 말이지만, 연습밖에는 방법이 없어요. 예전에 『태백산맥』을 쓴 조정래 선생님 인터뷰를 본 적이 있는데, 그분이 타고난 재능이 없어 미련스럽게 노력했다고, 그 미련함 덕분에 소설을 쓸 수 있었다고 하시더라고요. 노력은 절대 배신하지 않는 것 같아요."

"네, 알겠습니다. 감사해요."

연거푸 고맙다는 인사를 받고 주방으로 돌아오자, 그들은 그제야 자리에 앉아 서비스로 내준 스테이크 조각을 오손도손 나눠먹었다. 손도 잘 대지 않던 그의 어머니 또한 포크를 여러 번 입으로 가져가는 듯했다. 추가로 들어온 다른 손님의 음식을 만드는 사이 그들은 어느새 자리를 떠나고 없었다. 모자가 아마도 다시 우리 가게를 찾지는 않을 것 같다고 속으로 생각하면서도, 이름도 모르는 그 친구가 열심히 해서 좋은 요리사가 되길 응원해주고 싶었다. 그래서 그의 어머니의 걱정도 덜어드릴 수 있기를. 창밖을 보자 다행히도 아까보다 눈발이 다소 누그러져 있었다.

꿈을 향한 첫걸음을 위한 든든한 응원,
스테이크

재료 쇠고기 안심 180g, 카놀라유 2큰술, 버터 1큰술, 마늘 1쪽

1. 냉장된 쇠고기는 키친타월로 핏기를 완전히 말린다.
2. 뜨거운 팬에 오일을 두른 뒤, 거의 연기가 날 정도로 팬을 뜨겁게 예열해둔다.
3. 고기의 양면에 소금과 후추로 간한 뒤, 한쪽 면을 팬에 올린다.
4. 불의 강도를 중불 정도로 유지하고, 밑면이 바삭하되 타지는 않게 5분여간 놔둔다.
5. 고기를 뒤집는다. 뒤집고 2분여 정도 후에 불을 아주 약하게 한 뒤, 살짝 손으로 으깬 마늘 1쪽과 버터 1큰술을 집어넣는다.
6. 녹은 버터를 고기 위에 빠르게 반복해서 1분여간 끼얹는다. 고기의 풍미를 더 좋게 해줄 뿐만 아니라, 속까지 더 빨리 익게 해준다.
7. 고기를 건져서 오븐용 팬 위에 놓은 뒤, 65도 정도의 따뜻한 온도에서 5분간 휴지시켜둔다. 뜨거운 불에서 순간 응축됐던 근육조직을 부드럽게 풀기 위해서다.
8. 200도로 예열된 오븐에 넣고, 원하는 정도의 굽기로 굽는다.

추억이란,
통증이 사라진 상처,
풀지 못한 방정식

실패한 첫사랑을 가슴속에 품고 사는
미모의 여성.
그녀에게 시저샐러드는, 박제된 사랑을
현재로 복원시키는 음식이었다.

첫사랑을 잊지 못한
미모의 여성,
그녀가 사랑을 추억하던 법,
'시저샐러드'

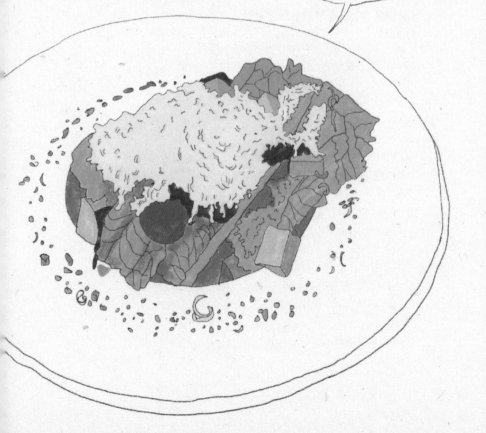

심리학 용어 중 '차이가르닉 효과 zeigarnik effect'라는 것이 있다. 인간은 완성되지 못한 일에 미련을 두기 때문에 그 일을 더욱 잘 기억한다는 것이다. 러시아의 심리학자인 차이가르닉이 어느 날 동료들과 한 식당을 찾았다. 그 식당은 손님들이 시킨 메뉴를 받아적지 않고도 정확히 기억하는 것으로 유명한 곳이었다. 차이가르닉의 테이블을 담당한 웨이터도 마찬가지였다. 신기한 나머지, 계산을 하고 나가며 "한 번만 더 우리가 주문했던 메뉴를 말해달라"고 하자 웨이터는 "계산이 끝났는데 그걸 왜 기억하냐?"며 제대로 기억하지 못했다고 한다. 즉 완료된 일은 쉽게 잊지만, 제대로 결말을 보지 못한 일은 좀처럼 잊지 못하는 현상을 뜻하는 용어가 바로 차이가르닉 효과다.

바에 혼자 앉아 이탈리아 와인 '파네세, 프리모 산지오베제 메를로Farnese, Primo Sangiovese Merlot'를 마시는 C를 보면서 떠올린 단어가 차이가르닉 효과였다. 그 연유에 대한 설명은 잠시 미루고 먼저 그녀에 대한 이야기부터 해보겠다. 20대 중반인 그녀는 놀랍도록 아름다운 외모를 가졌다. 순정만화에나 나올 법한 크고 맑은 눈망울과 가녀린 팔다리, 게다가 남자들의 로망(?)인 풍만한 가슴까지. 조각칼로 빚어놓은 듯한 그녀의 예쁜 얼굴과 볼륨감 넘치는 몸매는 남자들을 한순간에 매혹하기에 충분한 것이었다. 일례로 그녀가 문을 열고 들어와 자리에 앉을 때까지, 주위의 모든 남자들은 일순간 감전된 듯 하던 일을 멈추고 모두 그녀만 바라보곤 했다.

"오늘은 혼자 오셨네요?"

"네. 혼자서 와인 좀 마시고 싶어서요."

"속 쓰리진 않으세요? 안주랑 같이 좀 드세요."

"여기 시저샐러드 caesar salad 있잖아요."

"에이, 샐러드로 식사가 되나요. 그러다 속 버려요. 매번 그것만 드시는 것 같던데, 많이 좋아하시나봐요? 그래도 안주로는 좀…… 제가 조개관자라도 구워서 서비스로 드릴까요?"

"아니에요. 저는 이거면 돼요. 감사해요."

극구 사양하는 그녀에게 해줄 수 있는 일이 없다고 생각하며 관심을 덜 때쯤, 그녀가 뜻밖의 이야기를 건넸다.

"셰프님. 저랑 와인 한잔 하실래요? 혼자 마시기엔 양이 꽤 많네요. 이거 다 못 마실 것 같아요."

어느덧 자정이 가까워졌고 주방도 대충 마감이 돼가던 터라 그녀의 제안을 뿌리치지 못했다. 잔을 부딪치고 한 모금 삼킨 뒤 다시 물었다.

"이탈리아 와인도 좋아하세요? 늘 프랑스산 레드와인만 시키셔서 프랑스 와인을 좋아하시는 줄 알았어요. 사실 이탈리아 와인은 좋은 거 찾기가 힘들어서 잘 안 시키잖아요. 찾아보면 괜찮은 종류가 꽤나 있는데 말이죠."

"무난하게 마시기 편해서 프랑스 와인을 자주 시켰죠. 다른 사람들 앞에서 뭐 좀 있어 보이기도 하고요. 호호. 그런데 오늘은 이탈리아 와인이 마시고 싶어지네요."

그녀가 잔을 비우고, 다시 말을 이어갔다.

"셰프님은 오늘처럼 비가 많이 오는 밤에 생각나는 사람 없어요?"

뜬금없는 질문에 적잖이 당황해 우물거리자 그녀가 피식 웃었다. 그러더니 접시에 남은 샐러드를 포크로 찍어 입에 가져가며 작은 소리로 웅얼거렸다.

"나는 있는데…… 셰프님, 제가 오늘 왜 이탈리아 와인을 시킨 줄 아세요? 그 사람 때문이에요. 제가 사랑했던 그 사람."

그녀는 오랜 추억에 잠긴 듯 천천히 이야기를 꺼냈다.

"오랫동안 만난 남자가 있었어요. 저 좋다는 남자들이 시시해서 제대로 연애도 안 하다가 대학교 4학년 때 그 사람을 만났죠. 누군가를 보면서 그 사람의 외로움을 채워주고 싶다고 생각한 적 있으세요? 늘 사람들 곁에 둘러싸여 있지만 뭔지 모를 외로움이 묻어나는 사람. 그 사람이 그랬어요. 그리고 이상하게도 그만은 저한테 별로 관심이 없어 보였어요."

"그럴 리가요. 이렇게 아름다운 분을 안 좋아하셨을 리가 없는데……"

 시저샐러드는 이 요리를 만든 사람의 이름을 딴 메뉴다.
1924년 7월 4일에 '시저'라는 셰프에 의해 탄생했다는 일화가 있다.

그랬다. 평소 그녀가 눈을 감고 천천히 와인을 음미하는 모습은 마치 프랑스 영화 속의 한 장면 같다고 생각했다. 와인잔 끝을 핥을 때의 빨간 입술은 관능적으로 보이기까지 했다. 누구든 그런 그녀 앞에 앉아 있었다면 키스하는 상상을 했을 것이라 장담한다.

"아뇨, 그는 그랬어요. 그래서 더 많이 그에게 끌렸는지 몰라요. 그가 제게 마음을 열어주던 순간, 세상을 다 얻은 듯 정말 기뻤어요. 그만큼 누굴 좋아해본 적 없었으니 저에게는 첫사랑이었어요. 정말 많이 사랑했는데……"

그녀는 말끝을 흐리며 잠시 멍하게 허공을 응시했다. 살짝 눈물이 맺힌 것도 같았다.

"근데, 일에 대한 욕심이 너무 많은 사람이었어요. 음악을 하는 사람이었는데, 꿈에 대한 열정이 대단했지요. 결국 그가 이탈리아로 유학을 가면서 헤어졌어요."

들어본즉 사연은 이랬다. 열정적인 연애를 하다 남자가 유학을 가는 바람에 이별했다는 것. 같이 따라가고 싶었으나 상황이 여의치 않아 떠나보내고, 이후로도 가시지 않는 미련 때문에 아파하고 있다고 했다.

"그 사람 영향이었어요. 제가 시저샐러드를 먹게 된 계기 말이에요. 그 사람이 고기를 잘 소화 못 시키는 체질이라 어딜 갈 때마다 샐러드만 먹었거든요. 그중에서도 시저샐러드를 좋아했어요. 저도 같이 나눠먹다보니 좋아지게 되더라고요."

묵묵히 들어주기만 하던 내가 말을 건넸다.

"시저샐러드를 직접 해드린 적은 있어요?"

"아니요. 전 요리 잘 못하거든요. 관심은 있는데……"

수줍게 대답하는 그녀에게 다시 물었다.

"생각보다 쉬운데, 간단하게 설명해드릴까요?"

"잘할 자신은 없지만, 셰프님이 설명해주신다면 감사하죠."

"소스는 마요네즈 만드는 거랑 비슷해요. 달걀노른자를 큰 볼에 담고 거기에 머스터드와 앤초비, 마늘, 레몬즙을 넣고 믹서로 살짝 갈아줘요. 올리브오일을 아주 조금씩 천천히 넣어주면서 계속 갈아주면 돼요. 농도가 마요네즈처럼 걸쭉해질 때까지 말이죠. 그리고 소금과 후추로 간을 해주면 완성이에요."

"와, 생각보다 어렵지 않네요~ 저는 치즈의 고소한 맛과 앤초비의 살짝 비릿하면서도 짭조름한 맛의 조화가 너무 좋더라고요. 처음에는 낯설고 이국적이었는데, 묘하게 중독성이 있어요."

"맞아요. 묘한 중독성이 있죠."

내가 맞장구를 치자, 그녀가 싱긋 웃어 보였다. 그녀의 환한 미소에 낯설면서도 조금은 안심이 됐다. 반년 전부터 가게를 찾기 시작한 그녀는 늘 올 때마다 달라지는 옷차림처럼, 같이 오는 남자들도 바뀌곤 했다. 매번 달라지는 남자들과 진한 스킨십을 나누기도 했고, 다정하게 음식을 먹여주기도 했다. 재미있는 사실은 같은 남자와 한 번 이상 온 적이 없었다는 점이다. 그녀와 함께 오는 수많은 남자들은 경제적으로 여유 있어 보이거나 외모가 멀끔한 경우였다. 명품을 하나씩 걸치거나, 한 문장에 영어 단어를 한 개 이상 꼭 섞어서 말하는 그런 사람들. 메뉴판은 제대로 보지도 않고 '여기서 제일 비싼 음식'을 찾는 사람도 있었다. 계산은 어김없이 남자들의 차지였는데, 고가의 와인을 마셔 수십만 원이 나왔음에도 찡그리는 사람은 단 한 명도 없었다. 그중엔 아이돌 출신 연예인 K도 있었다. 바람둥이로 소문난 그조차도 그녀의 매력 앞에선 속수무책인 듯 보였다. 다른 테이블에서 주문한 마지막 음식을 만드는 사이, 와인을 홀짝이던 그녀가 우울한 목소리로 말을 걸었다.

"1년간 남자는 지겹도록 만났는데, 마음은 왜 더 공허해지는 걸까요. 남자는 많은데 괜찮은 남자는 없고, 내 마음을 채워줄 남자는 더 없는 것 같아요. 여자들이 좋아하는 값비싼 명품 선물도 많이 받았는데, 처음에는 좋았지만 이제는 허무하게만 느껴지네요. 다 지겨워졌어요."

그녀가 잔에 남은 와인을 마저 마셨다. 낯선 사람에게 속마음을 말했다는 부끄러움과 괴로움, 다양한 표정이 얼굴을 맴돌았다. 침묵과 침묵 사이에 느린 박자의 뉴올리언스 재즈가 흐르고 있었다. 그녀는 더이상 말을 하지 않았다. 흐르는 음악에 취해 삼십여 분간 눈을 감은 채 재즈에만 집중한 듯 보였다. 네번째 잔이 반쯤 남았을 즈음, 휘청거리는 몸을 조심스럽게 일으켜 계산대로 느릿느릿 걸음을 옮겼다. 직접 계산하는 모습을 처음 봐 낯설어하는 사이, 그녀는 눈인사를 살짝 하고는 모빌 소리와 함께 긴 여운을 남기고 가게를 나갔다.

C가 남긴 흔적들을 치우면서, 그녀가 완성시키지 못한 첫사랑 때문에 지독한 성인식을 치르고 있는 것은 아닌지 걱정이 됐다. 처음으로 찾아온 사랑을 제대로 완성하지 못했다는 죄책감과 아쉬움이, 사랑은 아무것도 아니라는 듯한 태도로 잘못 표출된 것은 아닐지. 문득 '집착'이란 단어가 떠올랐다. 누구나 미완성인 것에는 미련이 간다. 우리는 대개 미완성에 대해 집착한다. 그것이 사랑일 때는 더욱 그렇다. 힘들었던 기억도 아팠던 상처도, 시간의 흐름에 따라 '추억'이라는 이름으로 옷을 갈아입고 우리의 마음에 간직되곤 한다.

하지만 나는 과거의 상처에 머물지 않으려 노력하는 편이다. 미래에 대한 기대도 그리 크게 품지는 않는다. 이미 지난 일은 돌이킬 수 없고, 앞으로 다가올 일은 예측하기 힘들다. 바로 지금, 오직 내 노력과 의지로 얼마든지 다르게 만들어갈 수 있는 '현재'에 집중하려고 한다. 그렇게 조금이라도 좋은 오늘들을 만들다보면, 그 오늘들이 모여 더 나은 내일을 만든다고 믿기에. 사실 이것은 경험으로부터 얻은 깨달음이기도 하다.

사랑은 아니지만 내게도 C와 비슷한 기억이 있다. 7년 전, 풍운의 꿈을 안고 파리의 유명 레스토랑에서 첫 주방생활을 시작했다. 당시엔 셰프에게 "아무리 힘들어도 최소한 1년 이상 일하겠습니다"라며 큰소리치고 들어갔던 나였다. 하지만 일은 그렇게 녹록지 않았다. 매일매일이 전쟁터 같은 그곳에서 서툰 프랑스어와 부족한 요리실력을 가졌던 나는 셰프에게 온종일 욕을 먹는 존재였고, 그 많던 자신감은 날이 갈수록 줄어들고 있었다. 결국엔 몇 달 못 가서 포기하겠다며 일을 그만뒀다. 스스로 그만둔 것임에도 첫 스승에게서 인정받지 못했다는 사실은 다른 곳에서 일하는 내내 나를 괴롭혔다. 마음 한편에 불편함을 간직하고 3년을 보낸 어느 날, 다시 그 셰프를 찾아갔다.

"이젠 예전처럼 프랑스어가 서툴지도 않고, 나름 쟁쟁한 곳들에서 일했기 때문에 누구보다도 더 일을 잘할 자신이 있어요. 제게 다시 일할 기회를 주세요, 셰프."

"그때의 자네는 분명 햇병아리였네. 그리고 몇 년이 지난 지금의 자네는 분명 그때보다 많이 성장했을 테고, 다시 일을 한다면 훨씬 잘하겠지. 하지만 그렇다고 그게 내가 자네에게 다시 기회를 줘야 할 이유는 아니라네. 그때 내 주방에서의 인연은 끝난 것이니 더 이상 마음쓰지 말게나."

그후로도 몇 번이나 셰프에게 사정했지만 돌아오는 대답은 한

결같았다. 요리 인생 중 가장 후회로 남는 기억이지만, 그때 깨달은 것이 하나 있다. 끝난 인연에 연연하기보다 앞으로 새롭게 찾아올 인연에 집중하는 것이 현명하다는 사실이었다.

　그녀를 다시 본 것은 다섯 달가량이 흐른 뒤였다. 어둑해진 밤이었는데, 이번에는 혼자가 아니었다. 새로운 남자와 함께 왔는데, 평소 그녀와 함께 오는 외모가 뻔지르르하거나 경제적으로 여유 있어 보이는 사람이 아니었다. 지극히 평범한 외모의 30대 중반의 남자. 키도 크지 않았고 후덕한 인상과 넉넉한 몸매를 가진 사람이었다. 아이러니한 것은 C의 표정이었다. 지금껏 본 그녀의 모습 중 가장 평온해 보였고, 풍기는 느낌 또한 뭔지 모르게 달라져 있었다.

　늘 같이 온 상대방을 유혹하려는 듯한 그간의 행동과 달리 힘을 뺀 듯한 편안한 모습이랄까. 옷차림 또한 평소와는 다른 소탈한 모습이었다. 달라진 점은 또 있었다. 그녀가 그토록 고집했던 시저샐러드가 아닌 스테이크를 주문했고, 음료 역시 프랑스나 이탈리아산 레드와인이 아닌 달콤한 스파클링와인을 시켰다는 점이다. 두 시간여 동안 그들은 함께 와인을 마시며 진지한 얘기를 나눴고, 자정을 조금 넘겨서야 일어날 준비를 했다. 남자가 계산하고 화장실에 간 사이, 그녀가 바에 살며시 다가와 걸터앉았다. 샴페인을 세 잔 정도 마신 탓에 다소 꼬부라진 발음으로 말을 걸었다.

"셰프, 잘 지내셨어요? 못 본 사이에 좀 야위신 것 같네요."

"네, 저야 뭐 맨날 똑같죠. 오랜만에 뵙는 거 같은데, 그간 어떻게 지내셨어요?"

그녀는 잠깐 화장실 쪽을 응시하더니 고개를 돌려 말을 이었다.

"저 잠깐 이탈리아에 다녀왔어요. 사나흘 정도. 피렌체에만 쭉 있었어요. 만나야 했던 사람이 있어서요."

몇 초간의 어색한 침묵이 흘렀다. 이윽고 그녀가 혼잣말처럼 중얼거렸다.

"다 지난 일이더라고요. 시간이 지나면서 모든 게 다 변했어요. 그간 과거의 기억 속에 갇혀 있어서 힘들었는데, 한국으로 돌아오기 전날 깨달았어요. 이미 저도 그도 많이 변했다는 것을요."

소스를 정리하던 나는, 구리냄비에 남은 소스를 소스통으로 쏟아부으며 말을 받았다.

"그러게요. 모든 게 다 변하죠. 시간이 지나면 원래의 신선한 맛이 사라져버리는 요리처럼 말이죠. 누구나 음식이 갓 나왔을 때의 따뜻한 온기와 신선한 맛을 바라지만, 시간은 절대 그것을 허락하지 않잖아요. 사람이라고 별수 있겠어요?"

또다시 침묵이 흘렀다. 대화의 '끊김'은 시공간의 어색한 틈을 만든다. 화제를 돌리려 다시 입을 열었다.

"오늘 같이 온 분과 정말 잘 어울리세요. 솔직히 처음에는 외모

만 보고 안 어울린다고 생각했는데, 세세하게 챙겨주시는 모습을
보고 잘 어울린다는 생각이 들었어요."

"네. 외모는 좀 그렇죠? 호호."

그녀가 재미있다는 듯 웃음을 터뜨렸다.

"저도 처음엔 그렇게 생각했어요. 제가 그간 만나온 사람들과
다르니깐 어색했지요. 그런데 만나면 만날수록 외모보다는 저 사람
의 따뜻한 마음이 보이더라고요. 그리고 외모나 경제력에서 초점을
돌리자 그의 장점이 하나둘 보이기 시작했어요. 처음으로 결혼하고
싶다는 생각마저 들더라고요. 저 몇 달 후에 결혼해요. 결혼하면 시
애틀에 가서 살 거예요. 한국엔 꽤 오랫동안 안 돌아올 것 같네요.
가면 셰프의 음식도 그리워질 거예요."

그녀가 말을 마치기 무섭게 화장실 문이 열리며 남자가 나왔다.
그녀는 서둘러 인사를 하고 남자의 팔에 팔짱을 낀 채로 가게 문을
나섰다. 문이 통유리로 돼 있는 덕에 자신의 낡은 자동차 문을 열어
주는 자상한 남자의 모습을 볼 수 있었다. 그들을 보며 속으로 생각
했다.

'꼬릿꼬릿한 치즈와 짭조름한 앤초비처럼, 처음엔 안 어울릴 것
같은데 묘하게 잘 어울리는 연인이구나.'

그녀가 떠난 테이블엔 싹싹 비운 접시들과 텅 빈 스파클링와인
병이 남아 있었다. 마치 지나간 과거에 미련 따위는 더이상 없다는

듯이…… 차를 타고 떠나는 그녀를 보면서, 새로 만난 사람과 추억할 만한 음식을 하루빨리 발견하기를 바라고 또 바랐다.

이루어지지 않은 사랑처럼 쌉싸름한 맛,
시저샐러드

재료(4인분 기준) 로메인상추 4포기, 디종 머스터드 2큰술, 앤초비 6마리, 레몬 1/2개, 올리브오일 100g, 파마산치즈 40g, **크루통** crouton, 튀긴 빵조각 **약간**

1. 달걀노른자에 머스터드와 다진 앤초비 2마리, 레몬즙을 넣고 믹서로 갈아 준다.
2. 가는 중간중간, 오일을 조금씩 떨어뜨려 마요네즈 같은 상태가 되게 한다.
3. (2)에 소금, 후추로 간한다.
4. 손질된 로메인상추에 (3)을 잘 버무린 뒤, 남은 앤초비와 크루통, 파마산치즈를 뿌려주면 완성.

바르셀로나에서의 마지막 밤. 석 달간의 생활을 아쉬워하며 짐을 꾸렸다. 온갖 살림이 다 들어 있는 여행가방 두 개와 칼들이 담긴 가방 하나. 그리고 지갑에 들어 있는 얼마 안 되는 생활비가 당시의 전 재산이었다. 지하철을 타고 버스터미널 근처의 역에 내리자 시계는 밤 열시를 가리켰다. 버스터미널은 악명 높기로 유명한 바르셀로나 최고의 우범지대다. 그래서 평소 겁이 없던 나도 온몸의 촉각을 곤두세웠다. 새로운 곳으로 향한다는 두려움과 긴장감이 섞여 심장은 계속해서 두근두근거리고 있었다.

여행가방에 워낙 많은 살림살이를 쟁여놓은 탓에 무게가 보통이 아니었다. 계단을 낑낑대며 올라간 역내에는 고요한 정적만 흐르고 있었다. 마치 공포영화의 한 장면처럼 을씨년스러웠다. 뭔가 서늘한 기운을 느껴 서둘러 개찰구 밖으로 나가려는데 어디서 나타났는지 개찰구 앞에서 한 명, 뒤에서 한 명, 이렇게 두 명의 덩치 큰 아랍 남자들이 나를 에워쌌다.

"이봐, 짐이 무거워 보이는데 우리가 대신 들어줄게."

말이 도와준다는 거지, 명백히 짐을 노리는 행위였다. 위기감에 주위를 둘러봤지만, 지하철 직원은커녕 지나가는 사람조차 없어 도움을 요청할 수가 없었다. 어떻게든 빠져나가야 했기에 정신을 바짝 차렸다. 속으로는 잔뜩 겁을 먹었음에도 애써 내색하지 않으며 큰 소리로 외쳤다.

"당신들 도움 필요 없어요!"

그들의 손을 뿌리치며 빠르게 빠져나왔다. 순간 당황한 그들은 서로를 쳐다보며 눈짓으로 이야기를 하는 것 같았다. 그 틈을 노려 젖 먹던 힘까지 다해 계단 밑으로 내려왔다. 하늘이 도왔는지 플랫폼에선 다음 지하철의 도착을 알리는 안내방송이 들려왔다. 그렇게 반가운 목소리는 세상에 태어나 처음이었다. 결국 그들은 포기하는 듯 개찰구 밖으로 나가버렸다. 잠깐 숨을 고르자 지하철이 도착했고, 문이 열리자 승객들이 하나둘 빠져나오고 있었다. 그들 틈에 섞여 무사히 개찰구를 통과했다. 하지만 워낙 승객들이 적었던데다, 무거운 가방을 두 개나 들고 있던 탓에 그들과 보조를 맞출 수는 없는 노릇이었다. 어느새 또다시 어두운 지하철 복도에 혼자 남게 됐다. 그리고 결국 아까 가버린 줄 알았던 아랍 남자 둘을 다시 만나고야 말았다. 가슴이 철렁 내려앉는 듯했다. 아까보다 강도가 더 심한 긴장감이었다.

'아~ 난 이제 정말 큰일났구나.'

당연히 도와줄 사람도 없었고, 아까처럼 하늘이 또 도울 가능성은 희박했다. 그들이 성큼성큼 다가와 반경 1미터 가까이 침범해 들어왔다. '어쩌나' 하는 생각에 주위를 둘러보는데 무심결에 칼가방이 눈에 띄었다. 무의식적으로 길이 45센티미터짜리 회칼을 꺼내 들었다. 비록 보잘것없는 여행가방 두 개이지만, 전 재산을 지키기 위한 본능적인 행동이었다. 칼을 꼭 잡고 그들 앞에서 휘둘렀다. 더 다가오면 가만두지 않겠다는 필사적인 몸부림에, 방금 전까지도 위협적이었던 그들의 눈빛이 놀라움과 두려움으로 변하고 있었다. 그들은 서로를 마주보더니 천천히 뒷걸음치기 시작했다. 아마도 먹잇감이라고 생각했던 왜소한 동양인이 갑자기 무섭게 변신하자 꽤나 당황했던 모양이었다. 그들이 멀어진 틈을 타 다시 가방을 챙겨들고 최대한 빠른 걸음으로 출구 쪽으로 걸어나왔다. 복도를 지나 순찰을 도는 경찰을 보자 그제야 안심이 됐다. 다리에 힘이 풀려 털썩 주저앉았다.

한참 뒤 간신히 일어나 버스 대기실로 천천히 발을 움직였다. 대기실 의자에 앉아 있는데 자판기가 눈에 들어왔다. 동전을 넣고 맥주 한 캔을 사서 한 모금 마셨다. 맥주가 미지근한데다 흥분이 가시지 않았던 탓인지 맛이 전혀 느껴지지 않았다. 갑자기 서러움이 몰려왔다. 마침내 밤 열한시. 나를 포함해 승객이 세 명밖에 없는 라만차행 고속버스에 몸을 싣자 일순 긴장이 풀렸다. 열두 시간이 넘게 걸리는 장거리 주행. 하지만 흥분한 가슴은 여전히 쿵쾅대고 있었고, 환경조차 낯설어 잠시도 눈을 붙일 수가 없었다. 어두운 창밖으로 가끔 비치는 전경은 오직 들판뿐. 심란함과 긴장감이 더해져 다음날 오전 열한시까지 뜬눈으로 날밤을 새웠다. 브레이크를 밟지 않고 계속되는 질주에 익숙해질 때쯤 드디어 버스가 서서히 멈췄다. 황무지 벌판에 집 몇 채와 상점 하나가 전부인 부락 같은 곳. 드디어 목적지인 라만차에 도착한 것이다.

레스토랑을 찾는 것은 그리 어려운 일이 아니었다. 그 부락에 전혀 어울리지 않을 법한 건물은 오직 한 채밖에 없었기 때문이다. 황폐한 불모지, 풍차와 돈키호테의 동상들만 즐비한 이곳에 레스토랑이 있다는 것이 신기하면서도 그곳에서 두어 달을 보내야 한다는 사실에 한숨이 절로 나왔다. 푸념과 설렘을 안고 레스토랑 '라 레하스'로 쭈뼛쭈뼛 걸어갔다. 들어가자 내부 규모는 의외로 커 놀라웠다. 한참을 홀에 서서 둘러보는데 손님이 보이지 않았다. 시계를 보니 아직 식사시간 전인 듯싶었다. 조용한 내부에서 당황해하는데 주방으로 보이는 곳에서 사람의 목소리가 들려왔다. 문을 빼꼼히 열고 들어가자 식사 준비가 한창이었다. 손님들이 오기 전 직원들이 먼저 식사를 하려는지 주방에는 그릇과 숟가락이 인원수에 맞춰 놓여 있었다. 십여 명의 요리사들도 옹기종기 모여 있었다. 어찌할 바를 몰라 뻘쭘하게 주방 한편에 서 있는 내게 그들 중 가장 뚱뚱한 거구의 사나이가 웃으며 인사를 건넸다.

 스페인 라만차, 소설 『돈키호테』에 등장하는 배경이 바로 이곳이다.
역시나 풍차를 곳곳에서 볼 수 있다.

"혹시 파리에서 온다는 한국인 요리사인가? 내가 여기 수셰프 에르난이야. 자네 내일 도착하는 거 아니었어?"

그냥 하루 빨리 왔다고 대답하자, 그는 다른 요리사들에게 나를 소개했다. 몇 번을 경험했지만 언제나 어색한 순간이다. 여러 곳을 돌며 요리수련을 하자고 다짐했던 내게 빈번히 일어나는 순간이고 당연한 과정이지만, 아직도 익숙하지 않은 피하고만 싶은 시간이다. 수십 명이 둘러싸고 있지만 철저히 혼자라고 느껴지는 그런 순간이기도 하다. 그들과는 달리 철저히 이방인이라는 그 느낌이 늘 마음 한편을 공허하게 만들었다. 하지만 그런 과정을 겪으며 한 가지 깨달은 것은 있다. 그들이 환영하는지 아닌지는 인사를 한 다음 삼 초 안에 나타난다는 것이다. 환영한다는 말은 꾸며낼 수 있지만, 행동과 표정은 숨길 수 없는 것이기 때문이다. 다행히도 그들은 내가 겪었던 그 어느 곳의 요리사들보다 크게 환영해줬다. 사람을 보기 힘든 외진 곳에서 살고 있던 그들이었기에 더욱 그랬을 것이라 짐작했다.

전날 밤부터 긴장한 탓에 아무것도 먹지 못한 터라 서서히 긴장이 풀린 자리를 허기가 채우기 시작했다. 그런데 어디선가 익숙한 냄새가 났다. 직원식사로 나온 마늘수프의 걸쭉한 냄새였다. 막내 셰프로 보이는 사람이 마늘수프가 담긴 큰 통을 낑낑대고 들고 나오는 것을 보자, 일순간 타국에서 우리나라 음식을 만난 듯 반가운

© Dezidor

 마늘수프는 마치 우리네 김치처럼 지방에 따라
들어가는 재료도, 맛도 달라진다.

마음이 밀려왔다. 알리칸테에서 폭우를 헤치고 출근해서 먹은 마늘 수프도 생각이 나면서, 아련하게 그때의 추억들이 하나둘 머릿속을 채웠다. '음, 그때 정말 위험했었지. 그래도 리카르도와 다비드가 있어서 많은 힘이 됐었어'라고 생각하자 그들의 얼굴이 몹시도 보고 싶어졌다. 그때 막내 셰프가 말을 걸었다.

"혹시 이 마늘수프 먹어본 적 있어? 이 지방에서는 많이 먹는 수프야."

"네. 먹어본 적 있어요. 알리칸테 지방에서요."

"그렇군. 그나저나 식사했어? 배고프면 같이 좀 먹어."

그가 떠주는 한 그릇을 들고 자리에 앉아 한 수저를 떠서 입에 넣었다. 따끈하고 얼큰한 맛이 정말 매력적이었다. 다른 생각은 전혀 들지 않을 만큼 오감을 휘어잡는 강렬한 맛이었다.

"정말 맛있네요. 근데 알리칸테에서 먹던 것보다 마늘향과 훈제향이 더 강한 것 같아요."

"음. 이 지방에서는 마늘수프를 만들 때, 통마늘을 태워서 넣거든. 아마 더 매콤할 수도 있어. 그게 묘미지."

마치 우리네 김치가 지방별로 양념맛이 달라 각각의 특징이 있듯, 그들도 지방마다 마늘수프의 맛이 다른 것 같았다. 언젠가는 북부 바스크지방에서 온 요리사가 마늘수프를 해줬는데, 그는 수프에 매콤한 맛을 더하는 파프리카가루를 넣지 않았다. 하여 뽀얀 국물이 마치 설렁탕 같은 맛을 냈다. 하나의 음식이라도 지방색에 따라 맛과 스타일이 변한다는 단순한 진리, 그리고 그로 인해 다른 지역에서 그것을 추억한다는 것이 재미있다는 생각이 들었다. 두 번이나 청해서 받은 수프를 싹싹 먹어치우자 그들이 배정받은 숙소로 안내해줬다. 짐을 들어다주는 친절함도 잊지 않았다. 십여 명이 한집에 살던 알리칸테 때와는 달리 이번에는 방 하나를 통째로 제공받았다. 그러나 기뻐하기에는 일렀다. 이번에는 다른 문제가 있었던 것. 그때는 바야흐로 겨울이었는데, 난방이 잘 되지 않는 것이었다. 설상가상으로 도착한 지 일주일이 지났을 때는 폭설까지 내려 무릎까지 쌓인 눈을 치우며 레스토랑으로 출근해야 했다.

라만차에서의 하루하루. 그것은 외로움의 연속이었다. 바르셀로나나 알리칸테에서와는 달리 혼자 방을 써서 더 그랬던 것 같다. 알리칸테에서 한집에 열두 명이 살았던 그 지긋지긋했던 세월이 그리울 정도였다. 그래도 그때는 이렇게 철저히 혼자라는 느낌은 없었으니까.

외로웠다. 주위에 아무도 없다는 생각이 계속해서 괴롭혔다. 아침 아홉시까지 출근해 레스토랑에서 일하고 집에 오면 밤 열한시. 멍하니 방 안에 혼자 있다 잠이 들면 또 다음날 아침. 일상은 그런 식으로 흘러갔다. 컴퓨터와 TV도 없었다. 그러다 갑자기 너무너무 말이 하고 싶어졌다. 때마침, 인턴기간이 끝나서 본국인 영국으로 돌아갈 준비를 하고 있던 '에드워드'가 내게 자신이 기르던 열대어를 선물했다. 그는 불과 100원짜리 동전만한 크기의 열대어를 어떻게 구했는지, 작은 통에 기르고 있었다. 이름은 희다는 뜻의 '블랑코blanco'였다. 상당 시간을 그 녀석과 같이 보냈다. 온종일 혼자 떠들어도 잘 들어주는 유일한 친구였다. 너무 답답하겠다 싶으면 바깥 구경을 시켜준다는 생각으로 레스토랑에 가져다났는데, 그때 동료들이 예뻐하며 종종 먹이를 주곤 했다.

그러던 어느 날, 숙소에서 잠깐 쉬다가 저녁서비스를 위해 주방으로 돌아왔는데, 블랑코가 죽은 채 동동 떠 있었다. 내가 일하는 사이 동료들이 블랑코에게 먹이를 너무 많이 줬던 탓에 과식으로 죽게 만든 것이다. 운명한 블랑코를 조심스럽게 들고 인근 풀밭에 묻어줬다. 이제 다시는 외롭지 말라고 기도하면서……

결국 나는 또다시 혼자가 됐다. 락앤락통에 살던 블랑코처럼 갇혀 있는 느낌이었다. 그나마 위안이 돼주던 블랑코마저 없다고 생각하자 다음날부터 온몸에 힘이 빠지고, 딱히 병명은 알 수 없는 아픔에 시달렸다. 아마도 마음이 외로워 몸까지 전염된 것이었을 게다. 설상가상으로 날씨도 추워져 뼈마디가 시려 견딜 수가 없었다. 감기를 달고 살다 어느 날, 도저히 일어날 수 없을 정도로 아팠고 레스토랑에 전화도 하지 못한 채 방에 쓰러져 누워 있었다.

얼마나 더 자고 일어났을까. 어디선가 익숙한 냄새가 코를 찔렀다. 그 냄새에 정신이 깨 눈을 뜨니 동료 '필리프'가 김이 모락모락 나는 마늘수프를 들고 나를 지켜보고 있었다. 늘 삼십 분 일찍 출근하는 내가 연락도 없이 지각하는 게 이상해 집에 왔다가 내 상태를 보고 놀랐다고 했다. 병원까지는 차로 한 시간을 가야 해 엄두를 못 냈다고. 감기라는 생각이 들어 내가 평소 좋아하던 마늘수프를 끓여 왔다는 것이다. 독일에서 온 그는 같은 섹션을 담당했기에 늘 의견충돌이 있어서 나를 싫어하는 줄만 알았었다. 그런데 그가 이렇게 생각해준다는 것에 놀랍고 또 고마웠다.

수프를 한 입 떠서 입에 넣었다. 알싸한 마늘의 맛. 목을 타고 넘어간 수프가 온몸 구석구석으로 퍼져 따뜻함을 불어넣어주고 있었다. 문득 엄마가 해주신 음식이 생각났다. 한국에서도 마늘을 많이 넣기 때문이었을까. 한국요리와 방식도 맛도 달랐지만, 그 사소한 익숙함에 순간 위안을 얻었다. 그리고 그 덕분에 외로움에서 조금은 벗어날 수 있었다. 우리가 외로움에서 벗어나는 방법, 마음을 놓는 일은 그다지 특별한 것이 아닐 수도 있겠다는 생각이 들었다.

그후 마늘수프는 내게 최고의 보양식이자 유일한 감기약이 됐다. 한국음식점은커녕 한국 식재료조차 찾을 수 없어 향수병에 시달릴 때도 눈을 감고 마늘수프를 먹었다. 수프를 담당하는 동료는 나를 위해 팔고 남은 수프를 몰래 싸주곤 했는데, 그것을 들고 퇴근해 추운 겨울날 방 안에서 조금씩 떠먹곤 했다. 특유의 얼큰하고 칼칼한 맛이 마치 육개장을 연상케 해 조금은 안정을 찾았다. 그렇게 추운 겨울날 맛본 라만차에서의 마늘수프는, 매일매일 비가 그치는 날이 없었던 알리칸테에서의 마늘수프와는 또다른 의미에서 나의 마음과 속을 달래줬다.

한국에 귀국해서도 한동안 그 맛을 잊지 못했다. 하여 레스토랑을 오픈한 뒤 겨울 메뉴에 마늘수프를 넣었는데, 생각보다 많이 팔리지 않았다. 하긴 한국에는 마늘로 만든 요리가 워낙 많기에 특별하지 않을 것이란 판단도 들었다. 그래서 매일 남은 마늘수프는 직원식사용으로 전락하곤 했다. 그러나 그건 크게 중요하지 않다고 생각했다. 모든 사람에게 사랑받진 못할지·모르지만, 분명 지치고 배고픈 누군가에게는 최고의 음식이 돼줄 것이라 의심치 않았기 때문이다. 겨울이면 어김없이 마늘수프를 끓이며 다짐한다. 이 음식이 외로움에 시달리는 누군가에게 조금이나마 힘이 돼주면 좋겠다고. 언젠가 그런 손님이 오면 최고의 마늘수프를 건네주고 싶다.

세번째 이야기

각자 바쁘다보니 점점 소원해지던 한 가족.
그들에게 음식은, 함께하는 시간의
소중함을 일깨워준 계기였다.

대화에 서툰 한 가족에게
소통의 계기가 돼준
'부야베스'

문제 하나. 레스토랑을 찾는 횟수가 가장 적은 손님층은 누구일까. 회사 선후배? 친구 사이? 아님 연인? 정답은 바로 가족 손님이다. 오픈 초기, 가장 많이 찾아올 것이라 예상했던 가족 손님이 오히려 가장 적게 찾는다는 사실을 깨닫고 꽤나 놀랐다. 설사 레스토랑에 온다고 하더라도 식사시간은 다른 손님들에 비해 월등히 짧다. 정말 밥'만' 먹고 가는 것이다. 왜일까.

한번은 가게에 뜻밖의 전화가 왔다. 본인을 10대 그룹 안에 속하는 모 재벌 총수의 비서라고 소개한 그는, 회장님 가족이 식사를 할 계획이니 가게를 하루 동안 빌릴 수 있느냐고 물었다. 물론 하루 매상에 육박할 만큼의 돈을 지불한다고 했다. 매상도 매상이었지만, 그들의 가족은 어떻게 식사를 할까 내심 궁금한 마음이 일어 허락했다. 어마어마한 부를 누리는 사람들은 어떤 모습일까.

예약 당일, 정각에 맞춰 회장님 내외, 아들과 며느리, 딸, 이렇게 다섯 명이 찾아왔다. 뉴스에서나 보던 그들을 실제로 보자 심장이 쿵쾅거렸다. 그들이 원했기에 준비한 음식이 나갈 때마다 직접 나가 설명을 했다. 그런데 이상한 점은, 모두가 묵묵히 식사만 할 뿐 별다른 대화를 나누지 않는다는 것이었다. 대화를 하다가도 몇 마디 이어지지 못하고 이내 끊기는 듯싶었다. 애피타이저, 메인요리, 디저트가 모두 나가기까지 그들은 서로 몇 마디나 했을까. 처음에는 서로에 대한 안부를 묻기도 했으나, 후반부로 갈수록 이야깃

거리가 떨어졌는지 대화는 점점 겉도는 듯했다. 오히려 그날의 분
위기를 이끌고 가장 많은 말을 한 사람은 음식 설명을 하러 갔던 나
였다.

사회적으로 성공한 사람들은 뭔가 대단한 대화라도 나누려나
기대했는데, 대화 자체가 제대로 이루어지지 않는 모습에 씁쓸한
마음도 들었다. 희귀 빈티지 와인과 최고급 재료로 만든 코스요리
도, 무미건조한 분위기에 짓눌려 제대로 빛을 발하지 못하는 듯했
다. 한 시간 삼십 분쯤 흘렀을까. 그들은 별다른 인사도 없이 각자
자신의 차를 타고 가게를 떠났다.

요리를 하는 사람이라면 누구나 간직하는 공통적인 바람이 있
다. 누군가에게 특별히 기억될 음식을 만들고 싶다는 소망이다. 하
지만 그날 내 음식은 그들에게 어떤 기억도 남겨주지 못했을 것이
라 생각하니, 아쉬움이 밀려왔다. 손님은 그들 한 팀이었기에 평소
보다 일찍 집에 들어왔는데, TV에 유명 정치인이 나온 토크쇼가 방
영되고 있었다. 그는 1년에 가족과 함께하는 식사시간이 손에 꼽을
정도라고 말했다. 그것을 마치 자랑처럼 이야기하는데, 레스토랑에
서 마음에 담아온 씁쓸함이 더욱 커져갔다.

문득, 그가 떠올랐다.

어느 날 단골손님이 50대 중반의 남자와 함께 왔다. 단골손님

은 그를 잠실에 있는 OO병원의 박원장이라고 소개하며, 거의 전문
가 수준의 미식가라는 설명을 덧붙였다. 박원장은 빼빼 마른 몸에
은테안경을 쓴 다소 날카로운 인상을 지니고 있었다. 그들은 바에
앉아 와인을 한 병 시켰다. 와인 한 모금을 마시더니 곧 이야기꽃을
피웠는데, 그 분야가 음식을 시작으로 정치, 경제, 사회까지 광범위
하게 펼쳐졌다. 남자 둘이 와서 세 시간 넘게 이야기를 나누는 경우
는 처음 보는 터라 신기해했던 기억이 난다. 마감시간을 알리자 그
들은 할 이야기가 남았는지 무척 아쉬워했다. 우리 가게가 꽤 마음
에 들었는지, 박원장은 내 명함을 받아서는 곧 다시 오겠다고 인사
했다. 그리고 불과 삼 일 정도 지났을 때, 그가 저녁 무렵 혼자 찾아
왔다. 바에 앉아서는 내가 요리하는 모습을 그윽하게 보더니 무척
흥미롭다는 듯 눈을 떼지 못했다.

"원장님, 오늘은 혼자 오셨네요."

"같이 오려던 친구가 시간이 안 된다기에 다음에 오려고 했는
데, 음식 생각이 간절해서 못 참고 왔어요. 그냥 집에 가기가 아쉬
워서."

"뭐 특별히 원하는 요리 있으세요?"

"안주로 괜찮은 거 하나만 추천해서 만들어줘요."

요리하는 내내 그의 눈빛이 느껴졌다. 사실 요리하는 모습을 이
렇게 열심히 쳐다보는 경우는 대개 음식을 공부하는 후배들이나 벤

치마킹하러 온 업계 사람들이다. 나 역시 대학교 때 유명 레스토랑에 가서 셰프가 어떻게 음식을 만드는지 뚫어지게 쳐다보곤 했는데, 막상 당하는 입장이 되자 여간 신경쓰이는 것이 아니었다. 겉으론 내색하지 않았지만 영 마음이 편치 않았다. 20~30대 여성이라면 쇼맨십이라도 발휘해 호감을 얻겠지만, 50대 남성이라니. 도무지 그의 뜨거운 관심에 어떻게 대응해야 할지 알 수가 없었다.

물론 종종 혼자 오는 남자 손님들이 있다. 이런 손님은 크게 두 부류로 나뉜다. 방해받지 않고 혼자만의 시간을 만끽하려는 부류와 전혀 다른 세상의 사람인 나와 이야기를 나누고 싶어하는 부류. 박원장의 경우, 후자에 속했다.

솔직히 고백하건대, 나는 대화를 이끄는 능력은 없다. 일본 드라마 〈심야식당〉에 나오는 주인장처럼 어떤 손님과도 편히 이야기를 나누는 소질은 영 찾아볼 수 없다. 그럼에도 많은 손님들과 다양한 이야기를 나누는 비결이라면, 아마도 거짓 없이 상대를 대하려는 마음가짐일 것이다. 나도 사람인지라 가게에서 진상을 부리는 손님은 당연히 싫고 밉다. 그래서 무뚝뚝한 얼굴로 응대할 때도 많다. 흥분한 모습을 보인 적도 있고, 몸이 지치거나 마음이 힘든 상황에선 잔뜩 인상을 구기기도 한다. 프로답지 않은 모습일지도 모르지만, 나는 셰프와 손님이기 전에 사람과 사람으로서 솔직한 모습을 보여주고 싶다.

대화에도 '기브 앤 테이크give and take'가 존재한다. 좀처럼 자신을 드러내려고 하지 않는 상대에게, 나 자신의 이야기를 솔직히 털어놓을 사람은 없다. 뭔가 손해보는 기분이 들기도 하고 혼자서만 이야기를 늘어놓자니 머쓱해지기도 한다. 마음을 터놓고 나를 보여주는 일은, 상대가 들어올 문을 열어주는 일이기도 하다. 듣기 위해선 말해야 하고, 말하기 위해선 들어야 한다. 그래서 나는 있는 그대로의 나를 솔직히 보여주고 이야기한다.

오픈 키친을 만든 이유도, 주방 역시 하나의 삶의 터전임을 보여주고 싶었기 때문이다. 폼 잡은 채 멋있는 모습만 손님들에게 보이고 싶진 않았다. 물론 오픈 키친을 만들고 후회한 적도 있다. 숨고 싶은 순간에도 숨을 곳이 없기 때문이다. 주방에서 재료를 다듬고 조리하는 모든 순간을 전부 실시간으로 생중계하기 때문에 늘 긴장을 몸에 달고 산다. 하지만 그럼에도 오픈 키친은 좋은 결정이었다고 생각한다. 그만큼 손님들과 많은 것을 공유하고 있다는 생각에서다. 박원장 역시 그런 주방의 모습이 좋았던 것일까. 이후로도 몇 번이나 찾아와서는 바에 앉아 신기하다는 듯 지켜보다가 이런저런 소소한 얘기들을 나누곤 했다. 그러던 어느 날 그가 계산을 하고 나가며 말했다.

"조만간 집사람이랑 애 데리고 올게요. 그때도 잘 부탁해요."

그렇게 말하는 그의 표정에 뭔가 불편함이 묻어난다고 느꼈다.

그리고 그 이유를 알게 된 건, 불과 이틀 뒤였다. 정말 '조만간'에 찾아온 것이다. 부부와 중학생인 아들 한 명으로 구성된 단출한 식구였다. 조금 이른 시간에 온 덕에 테이블 두 곳이 비어 있었지만, 그가 향한 곳은 테이블이 아닌 바였다. 그가 주방 쪽으로 성큼성큼 다가와 바 가장자리에 앉자, 부인과 아들이 쭈뼛거리더니 이내 그를 따라 옆자리에 일렬로 앉았다. 왼쪽부터 박원장, 부인, 아들의 순이었다. 바에 나란히 앉아 식사하는 가족은 오픈 이래로 처음 보는 광경이었다.

'가족끼리 한 식탁에 앉아 있긴 한데, 바라니.'

도무지 이해가 가지 않았다. 바의 특성상, 모두 일직선으로 앉아야 하기 때문에 서로의 얼굴을 마주보기가 힘들다. 대화를 나누기 불편한 것도 물론이다. 그런데 그들은 크게 불편함을 느끼지 않는 듯했다. 대화 자체가 없었던 것이다. 마치 각기 혼자 온 사람들처럼 세 사람 모두가 정면만 응시한 채, 말없이 앉아 있었다. 매니저가 메뉴판을 그의 아내와 아들에게 건네줬고, 그들은 호기심 어린 표정으로 메뉴판을 살폈다. 그런데 십 초나 지났을까. 박원장이 매니저를 부르더니 곧바로 음식을 주문해버렸다. 아내와 아들의 의견을 묻지도 않은 채 말이다.

"여기 어니언수프 셋이랑 콩피confit한 오리다리 셋 주세요. 하우스와인 한 잔도 같이 주고요."

나나 매니저나 잠시 당황할 수밖에 없었다. 친구 또는 후배와 몇 시간이고 즐거운 대화를 나누며 언제나 다른 사람을 살뜰하게 배려하는 그의 모습을, 가족들 앞에서는 찾아볼 수 없었기 때문이다. 묵묵히 음식을 먹던 박원장이 기껏 입을 열고 건넨 말은 "밥 다 먹었어?"였다. 그리고 서둘러 마무리를 짓더니 "셰프님, 오늘 음식 잘 먹었어요"라는 말을 친절하게(?) 남긴 채 자리를 떴다. 음식이 나오기까지 십 분, 수프와 메인요리를 먹을 때까지 삼십여 분밖에 걸리지 않았다. 그사이에 박원장은 내게 요리와 근처 식당에 대한 질문을 던졌을 뿐이다. 몇 번 그의 아내가 아들을 챙기며 말을 건네긴 했지만, 세 사람이 함께 나눈 대화라곤 없었다.

일주일쯤 흘렀을까. 박원장이 혼자 가게를 찾았다. 고된 하루를 보냈는지, 얼굴이 매우 수척해 보였다.

"오늘 많이 피곤해 보이시네요."

"그러게요. 오늘따라 많이 피곤하네요. 그래도 집에 가기 전에 간단히 한잔하고 들어가려고 왔어요."

그는 주홍빛이 매력적인 프랑스 남부의 로제와인을 한 병 고른 뒤, 새로운 메뉴로 출시한 메추리요리를 주문했다. 잔뼈를 모두 제거한 뒤, 그 안에 리소토risotto. 버터에 쌀을 넣고 살짝 볶은 뒤 뜨거운 육수를 부어 만드는 이탈리아요리를 채워넣은 요리였는데 출시되자마자 인기몰이를 하고 있는

루이쌍끄의 메추리요리는 국내에서는 처음으로
프랑스의 신기술을 활용해 뼈를 목구멍으로 뽑아내고,
리소토를 채워 만든다. 손질에만 삼십여 분이 걸리기에,
하루 세 마리 정도밖에 팔 수 없다.

터였다.

"이거 신기하네요. 뼈가 하나도 없어요."

"네, 뼈를 다 뺐어요. 마치 박원장님 같은 의사들이 수술하는 것처럼 칼과 집게를 이용해 잔뼈까지 전부 제거하는 방식이에요."

며칠 전과는 전혀 다른 모습으로 요리에 대해 이것저것 묻는 그를 보니, 궁금한 마음을 참기 힘들었다.

"그날 왜 바에 앉으셨어요? 친구들끼리 술 마실 때는 괜찮은데, 가족끼리 오붓하게 대화하기에는 불편한 자리인데……"

순간 씁쓸한 미소가 그의 얼굴에 머물렀다가 사라졌다.

"그냥 한 달에 한 번 외식시켜주는 거예요. 의무라고나 할까. 집에서도 한마디 안 하는데, 외식한다고 달라질 게 있을까 싶지만……"

"가족들이랑 대화를 잘 안 하시나봐요?"

짐짓 불편한 기색이 느껴졌다. 주제넘은 질문을 했다는 생각이 들었다. 그가 허락하지 않은 영역까지 침범했다는 자책에, 재빨리 시선을 돌리고 메추리 손질에 집중했다. 이럴 땐 그저 아무런 말도 하지 않는 게 최선이다. 잠깐의 공백을 갖고, 다시 셰프와 손님의 관계로 돌아가면 그만인 것이다.

"무슨 말을 해야 할지 모르겠어요."

전혀 기대하지 않았는데 답변이 돌아왔다. 몇 분 지나서 갑자기 꺼낸 말이었다.

"와이프나 애도 나랑 얘기하는 걸 영 불편해해요. 그래서 생각해낸 해결책이 외식이었는데, 집에서도 안 하던 대화가 밖에서는 되겠어요? 그래도 내가 음식을 워낙 좋아하기도 하고 기분전환도 할 겸 약속은 깨지 않고 있어요. 외식이 아니라 봉사라는 느낌이 들 때도 있지만……"

"제가 주제넘게 드릴 말씀은 아니지만, 다음번 외식 때는 사모님이랑 아드님에게 메뉴를 고르게 해보세요. 저번에 오셨을 때, 원장님이 혼자 다 메뉴를 고르셔서 솔직히 저는 좀 놀랐어요. 두 분도 취향이 있을 텐데, 무시하면 기분 나쁘잖아요. 아마 할말이 있으셔도 기회를 안 주셔서 못했을 수도 있어요."

"흠, 사실 이런 프랑스요리는 많이 먹어보지 못한 사람들이라 고르기 힘들까봐 제가 주문한 거예요."

"네, 그러셨을 거라 저도 생각은 했어요. 하지만 못 고르시면 뭐 어때요. 원장님이 설명해주면서 추천해주시면 되잖아요. 그날 보니 사모님이랑 아드님도 음식을 좋아하시는 것 같던데, 편하게 음식 이야기부터 시작해보시면 어때요?"

"뭐 그런다고 달라지겠어요?"

"그래도 한번 해보세요. 저 믿고 딱 한 번만 해보세요."

"흠, 노력해볼게요."

사뭇 진지하게 고민하는 그의 모습에서, 문득 나의 아버지가 떠올랐다. 나 또한 10대 시절, 아버지와 거의 대화를 나누지 않았다. 일 때문에 밤늦게 들어오는 아버지와 마주칠 일도 적었거니와 워낙 무뚝뚝한 충청도 분이셨기에, 먼저 다정하게 말을 걸어주는 법이 없었다. 그런 아버지가 늘 불편했고, 20대를 넘기고서는 다투는 일도 잦아졌다.

그러던 중 입영통지서를 받았다. 훈련소에 입소하는 당일, 어머니에게 급한 일이 생겨 아버지와 단둘이 훈련소까지 가게 됐다. 시간이 남아 근처 순댓국집에 들어섰는데, 둘이 마주한 식사가 얼마만인지조차 기억이 나지 않았다.

주문한 음식이 나왔지만 한참 동안이나 수저를 들 수 없었다. 무슨 말을 해야 할지, 어디서부터 어떻게 해야 할지 몰라 한동안 멍하니 앉아 있었다. 아버지도 그런 듯했다. 결국 서로 아무 말도 하지 못하고 숟가락을 들었다. 하지만 밥알이 목에 걸려 넘어가지 않았다. 평소 식성이 좋은 아버지였지만, 그날따라 몇 숟가락 뜨지도 못하고 입맛이 없다며 수저를 일찍 내려놓았다. 나도 따라 수저를 내려놓으려 했는데, 아버지는 훈련받으려면 속이 든든해야 한다며 한사코 음식을 권했다. 자신의 숟가락을 다시 들더니 음식을 떠서 내 입과 당신의 입에 번갈아 넣었다. 그때 생각했다. 아버지는 '할 이야기'가 없었던 게 아니라 '하는 방법'을 몰랐던 것뿐이구나. 사실

나 역시 그랬다.

언젠가 〈무적자〉라는 영화를 본 적이 있다. 주인공은 탈북자 형제다. 형이 먼저 남한으로 가면서 남은 어머니와 남동생이 모진 고생을 하게 된다. 어머니를 잃은 후, 자신도 탈북에 성공한 동생은 이 모든 불행의 시작이 하나뿐인 형이었다는 원망으로 가득하다. 한국에 정착한 형제가 지척에 살게 됐음에도 얼굴을 마주하는 일 없이 시간이 흐르던 어느 날, 동네 밥집에서 마주친 두 사람은 형제의 사연을 다 아는 밥집 주인장의 애정 어린 호통에 못 이겨 겸상을 하게 된다. 그리고 그들은 국밥 앞에서 하나가 된다. 깍두기를 나눠 먹고, 같은 음식을 먹는 사이 서로에 대한 경계심과 원망을 조금은 누그러뜨린 것이다. 서로 이야기를 나누진 않았지만, 같이 먹는 한 끼의 식사로 인해 동생은 형에 대한 미움을, 형은 동생에 대한 미안함을 조금이나마 덜어낸 것이다.

한 달여가 지난 어느 평일, 박원장에게서 전화가 왔다. 이번에는 창가 테이블로 세 명을 예약해달라고 했다. 한 달에 한 번 찾아오는 가족의식이었다. 예약한 당일, 박원장과 그의 가족이 들어왔다. 매니저가 테이블로 안내하자, 이번에도 바에 앉을 것이라 생각했는지 가족들은 당황한 표정을 지었다. 그들은 그렇게 테이블을 사이에 두고 마주보고 앉았다. 그러나 여전히 어색한 듯 서로의 시선을 피했다. 매니저를 시켜 그들에게 메뉴판을 가져다줬다. 그런데 아내와 아들은 이번에도 박원장이 음식을 주문할 것이라 여겨 쳐다보지도 않았다. 박원장은 당황한 듯싶었지만, 조심스럽게 메뉴판을 집어들더니 그들에게 펼쳐 보였다. 그리고 그들에게 간략하게 메뉴를 설명했다. 서툴고 투박한 설명이었지만, 분명 그들을 위한 배려였다. 머뭇거리며 두 가지쯤 메뉴를 고른 아내가 매니저에게 조언을 구했다.

"두 개는 골랐는데, 나머지는 추천해주시면 좋겠어요."

"네, 혹시 이 요리는 어떠세요?"

매니저가 그들에게 추천한 음식은 프랑스 남부의 대중적인 음식인 '부야베스bouillabaisse'였다. 부야베스는 우리네 해물탕을 떠올리면 된다. 매운탕과 비슷한 풍미의 해물수프인데, 고추장보다 조금 덜 매운 사프란saffron이라는 향신료가 들어간다. 이국적인 풍미가 나긴 하지만 우리네 입맛에 잘 맞는다. 매니저가 그 음식을 추천한 이유는 또 있었다. 각자 자기 몫을 따로 준비하는 프랑스음식과는 달리 한국의 여느 음식처럼 여럿이 나눠먹기에 딱 좋은 메뉴이기 때문이다. 식구食口란 끼니를 함께하는 사람이라고 하지 않던가. 그들에게 딱 맞는, 센스 있는 추천에 나는 매니저를 향해 엄지손가락을 치켜세웠다.

잠시 후, 음식이 나오자 그의 아내가 박원장과 아들의 앞접시에 국물과 건더기를 고루 떠줬다. 마지막으로 자신의 것을 그들보다 조금 덜 담았다. 두 남자가 먹는 모습을 보고 나서야 그녀는 국물을 뜬 숟가락을 입에 가져갔다. 그렇게 그들은 이국적이지만 낯설지는 않은 부야베스를 서로 나눠먹었다. 물론 여전히 대화를 많이 나누지는 않았지만, 서로의 음식을 챙기는 모습을 보면서 희망을 느낄 수 있었다. 분명 그들은 식사를 통해 아주 조금씩 마음을 열고 있었을 것이다.

다시 맨 처음의 질문으로 돌아가보자. 왜 레스토랑엔 가족 단위 손님이 적을까. 설사 찾는다고 해도 말없이 식사만 하고 돌아가는 경우가 많은 이유는 무엇일까. 하나의 이유로 뭉뚱그릴 수는 없겠지만, 아마도 그것은 '너무' 가까운 사람이기 때문이 아닐지 추측해본다. 늘 함께 생활하다보니 특별히 시간을 내 식사할 필요를 느끼지 못하는 것이 아닐까. 매일 보는 사람들이라 딱히 새로운 이슈도 없으니, 대화의 소재도 부족하고 말이다. 하지만 나는 생각한다. 가까울수록 더 많은 노력이 필요하다고. 관계가 깊어지는 순간은 '물리적 거리'가 아닌 '심리적 거리'가 좁혀질 때이기에, 늘 함께하는 사람에게 오히려 더 많은 관심과 애정이 필요하다고 여긴다. 딱히 할 이야기가 없다고 주저할 필요는 없다. 아주 작은 공통점 하나라도 있다면, 대화는 시작될 수 있으니까.

얼큰얼큰,
시원시원,
개운개운!

함께할 때 더욱 맛있는 맛, 가족처럼,
부야베스

재료(4인분 기준) 생선(금태, 우럭, 도미 중) 1마리, 홍합 100g, 모시조개 100g, 중하새우 4마리, 토마토페이스트 2큰술, 마늘 2개, 감자 1개, 양파 1개, 샐러리 1/2개, 화이트와인 소량, 프레시 파슬리 약간

1. 생선은 비닐과 내장을 잘 손질한 뒤 포를 떠서 준비한다(뼈는 따로 보관한다).
2. 홍합껍데기를 잘 닦고, 모시조개는 소금물에 담가 해감한다. 이때 소금물의 염도는 바닷물이랑 비슷한 게 좋다. 새우도 내장과 수염을 제거한다.
3. 감자는 껍질을 깎아 4등분하며, 마늘은 얇게 썬다. 양파와 샐러리는 깍둑썰기한다.
4. 올리브유를 두른 두꺼운 냄비에 생선뼈를 넣고 볶다가 화이트와인을 넣어서 잡내를 없앤 뒤, 양파와 샐러리, 마늘을 넣고 볶는다.
5. 토마토페이스트를 (4)에 넣어서 볶아준 뒤, 냄비에 물을 자작하게 붓고 30여 분간 뭉근히 끓인다.
6. (5)를 갈아서 채에 내리고, 새로운 냄비에 담는다. 이때 감자와 준비해둔 생선, 해산물을 넣고 다시 한번 20여 분간 끓인다. 다진 파슬리를 뿌리면 완성.

기억이란,
언젠가는
반드시
희미해지는 것

과거의 상처 때문에
달걀을 먹지 못하는 갤러리 관장.
그녀에게 수란은, 과거와
화해하는 첫걸음이었다.

달걀을 먹지 못하는
갤러리 관장을 위한 특별식,
'수란'

"혹시 베지테리언^{vegetarian} 메뉴가 따로 있나요?"

수화기를 타고 들리는 목소리로 보아 30대로 짐작되는 그녀는 채식주의자인 듯싶었다.

"아, 손님 죄송하지만, 저희 가게에는 따로 준비된 베지테리언 메뉴는 없습니다."

"음. 그렇다면 베지테리언 메뉴를 준비해주실 순 없나요?"

"손님만을 위한 메뉴를 따로 짜드리는 건 좀 어려울 것 같아요. 하지만 주문하실 때 말씀해주시면 원하는 대로 최대한 맞춰드릴 수는 있습니다."

며칠 뒤 예약한 시간에 맞춰 M이 도착했다. 짧고 반듯한 쇼트커트와 세미정장이 잘 어울리는 세련된 여성이었다. 나중에 알게 된 사실이지만 그녀는 OO갤러리의 관장이었다. 클라이언트로 짐작되는 외국인 두 명과 함께 왔는데, 그들은 고기를 몹시도 사랑하는 육식주의자였다. 문제는 그녀였다. 메뉴판에 있는 음식들은 그녀에게 부적합 판정을 받을 것이 뻔했다. 그녀는 음식에 어떤 재료가 들어가는지 일일이 물어보더니, 샐러드와 생선요리를 시켰다. 다행히 유제품과 생선은 먹는 모양이었다.

채식주의자도 그 정도에 따라 여러 단계로 나뉜다. 프루테리언^{fruitarian}은 동물뿐만 아니라 식물의 생명도 해치지 않기 위해 열매만 먹는 극단적 채식주의자다. 비건^{vegan}은 야채와 식물성식품만 먹는다. 유제품이나 꿀을 먹지 않고, 모피나 가죽제품도 사용하지 않는다. 락토 베지테리언lacto vegetarian은 유제품까지만 먹는 채식주의자다. 우유는 동물을 해쳐서 얻는 것이 아니기 때문에 허용이 된다는 입장이다. 오보 베지테리언ovo vegetarian은 달걀과 식물성식품만 먹는 채식주의자이고, 락토 오보 베지테리언lacto-ovo vegetarian은 달걀과 유제품까지만 먹는 채식주의자다. 육류는 물론 생선, 해산물도 먹지 않는다. 페스코 베지테리언pesco vegetarian은 달걀과 유제품, 생선과 해산물까지만 먹는 채식주의자로 소, 돼지 등의 포유동물과 닭, 오리 등의 가금류 요리는 먹지 않는다. 마지막은 폴로 베지테리언pollo vegetarian이다. 달걀, 유제품, 생선, 닭고기까지만 먹는 채식주의자로 가장 덜 엄격하다. M은 유제품과 생선을 먹는 것으로 보아 비교적 자유로운 페스코 베지테리언으로 보였다.

　과거 소수의 취향으로만 여겨졌던 채식이 점차 확산되더니 요즘 들어 채식주의자들의 예약이 점점 늘고 있다. 유명인들 중에는 자신이 채식주의자임을 자랑스럽게 '커밍아웃'하는 사람이 많고, 채식주의자를 위한 전문 음식점까지 생겼다고 들었다. 솔직히 터놓고 이야기하지면 음식을 하는 입장에서는 이들의 방문이 빈갑지만은 않다. 만들 수 있는 음식의 가짓수가 제한적이기 때문이다. 특히 고기요리가 많은 우리 레스토랑에서는 더욱 그렇다. 뭔가 맛있는 음식을 만들어 서비스하고 싶어도 음식 자체를 만들지 못하니 말이다. 그중에서는 버터까지 쓰지 말아달라고 요구하는 경우도 있다. 사실 프랑스음식에서 버터는 한국의 소금 같은 존재다. 모든 음식에 없어서는 안 될 정도로 중요하다. 우스갯소리로 프랑스음식을 만드는 데 맛이 안 나면 최후의 해결책은 하나, 버터를 더 넣으면 된다. 그만큼 중요한 재료를 빼면 도대체 어떻게 맛을 내야 하는 것일까. 정신없이 돌아가는 주방에서, '일'이 추가로 주어진 듯한 기분까지 든다.

물론 채식주의자들의 입장이 이해되지 않는 것은 아니다. 체질적으로 육식이 몸에 받지 않을 수도 있고, 신념에 따라 육식을 멈췄을 수도 있다. 그것 또한 그들의 취향이기에 존중해주고 싶다. 최근에는 선천적으로 육식을 못하는 경우보다는 신념에 따라 육식을 거부하는 편이 더 많은 것 같다. 채식주의자들이 방문했을 때, 되도록 그들의 요구사항을 수용해주자는 편이다. 그러나 기본적으로 메뉴가 육식 위주로 돼 있을 뿐만 아니라, 버터를 많이 사용하기에 이래저래 애로사항이 많다. 손님 역시도 메뉴를 고르기 힘들어하기에 미안한 마음이 들 때도 있다.

다행히 M은 요거트를 넣은 샐러드와 생선요리가 마음에 든 듯 싶었다. 같이 온 사람들도 만족한 표정이었다. 그들이 주문한 접시가 깨끗하게 비워진 상태로 돌아왔다. 식사가 끝나갈 무렵, 그녀는 주방 쪽으로 다가오더니 내게 배려해줘서 고맙다는 얘기를 남겼다. 그것이 인연이 돼 그녀는 우리 가게의 주요 단골이 됐다.

2년 전부터 동물보호운동에 관심을 가지게 되면서 육식을 끊었다고 했다. 인간에 의해 동물들이 참혹하게 희생된 모습을 보게 됐고, 그 기억이 두고두고 마음에 걸렸다는 것이다. 예전에는 고기를 참 좋아했지만, 마음에 콕 박힌 기억이 좀처럼 떨어질 줄 몰랐단다. 문득 고기가 먹고 싶어 주문한 적도 있지만, 막상 입에 가져가려고 하면 동물들의 절규가 귓가를 스쳐 먹지 못했다고. 죄짓는 기분이 든다는 것이다. 다행히 채식이 몸에 맞는지 채식을 시작한 뒤 속이 더부룩하지도 않고 상쾌한 기분도 들었단다.

내가 미슐랭 3스타 레스토랑인 '랑브루아지'에서 인턴으로 근무할 때였다. 매주 한두 번씩 혼자 찾는 50대 후반의 여자 손님이 있었다. 그녀는 몹시 까다로운 비건이었다. 고기는 절대 먹지 않으며, 모든 음식에 일절 소금 간을 해서도 안 되고, 버터도 절대 써서는 안 되었다. 그런 까다로운 손님은 '동네북'인 인턴이 맡기 일쑤였다. 그녀는 자신만을 위한 특별한 음식을 원했다. 비용은 그녀에게 중요하지 않았다. 돈은 얼마라도 좋으니 자신에게 맞는 메뉴를 개발해달라는 것이다. 소수자를 배려하는 문화가 발달한 곳이었기에 수셰프는 그런 그녀를 위해 '브로콜리퓌레 purée de brocolis'를 개발했다. 브로콜리를 주요 재료로 해서 여기에 다른 야채나 곡류를 넣고 삶아 걸쭉하게 만든 메뉴다. 얼핏 보면 아기가 먹는 이유식 같다. 나는 세프의 레시피를 따라 무지방, 무염인 브로콜리퓌레 1인분을 그녀가 올 때마다 만들었다. 한번은 귀찮은데다 다른 요리를 하느라 시간도 부족한 탓에, 일반 손님용으로 미리 만들어둔 브로콜리퓌레를 내보냈다. 그랬더니 곧바로 접시가 되돌아왔다. 그녀는 화가 나서 한참이나 매니저에게 뭐라고 한 모양이었다. 당연히 나 역시도 수세프에게 엄청나게 혼났다. '아무리 까다로운 요구조건이라도 맞추는 것이 세프'라는 조언도 들었다.

그녀는 무척 상류층이었던 덕에 35~40만 원이나 하는 코스요리를 아무렇지 않게 시켜먹곤 했다. 그것도 고기와 버터 같은 주요 재료는 모두 뺀 채로 말이다. 업주 입장에서는 반가운 단골손님이었겠지만, 혼난 경험이 있어서인지 나는 여전히 그녀가 못마땅했다. 그 맛있는 고기를 왜 먹지 않는지, 다른 사람들은 먹는데 왜 그녀만 그렇게 까다롭게 구는지 이해가 가지 않았다. 유별나다는 생각도 들었다. 그러다 우연히 그녀가 식사 후 화장실에 가서 음식을 모조리 토한다는 이야기를 들었다. 그녀는 체질적으로 육류뿐 아니라 어떤 음식도 많이 먹지 못하는 것이었다. 조금만 과식을 해도 몸에서 받아들이지 못하는 모양이었다. 그녀에게 채식은 유별난 선택이 아니라 어쩔 수 없는 결정이었던 셈이다. 그녀 역시 다른 사람처럼 평범하고 편안한 식사를 하고 싶었을 게다. 그래서 조금이라도 그런 기분을 내고 싶어 코스요리를 먹으러 찾아온 것일지 모른다는 생각이 들었다. 상류층의 사치라고 속으로 비난했던 마음이 누그러지면서 어떤 손님이든 최선을 다해 그의 의견을 존중해주자고 마음먹었다. 손님들의 유별난 식성에는 다른 사람은 짐작도 못하는 이유가 있을지 모르기 때문이다.

M은 위에서 언급한 손님만큼은 아니지만, 채식주의를 나름 성실히 실천하는 것처럼 보였다. 차차 그녀와 친분을 쌓자 그녀가 예약한 날에는 채식 메뉴를 미리 만들어놓고, 그녀에게 선보였다. 그런데 한 가지 의아한 점이 있었다. 달걀과 유제품을 허용하는 페스코 베지테리언임에도 달걀을 절대 먹지 않는다는 점이었다. 새로운 메뉴를 해주다 가끔 실수로 고기소스나 고기육수가 들어가면 큰 불평 없이 이해해줬지만, 이상하리만치 달걀에는 거부반응을 보였다. 유제품은 잘 먹으면서도 말이다. 궁금증이 일어 어느 날 작정하고 물었다.

"관장님, 유제품은 드시는데, 왜 그렇게 달걀은 싫어하세요? 달걀에 알레르기 있으세요?"

"아니요, 알레르기 같은 건 없어요."

"그런데 왜 그렇게 달걀을 안 드세요?"

그녀는 잠시 눈자위를 굴리며 생각하는가 싶더니 이내 답을 꺼내놓았다.

"미국에서 유학하던 때였어요. 집이 경제적으로 어려워지면서 부모님이 저한테 1년간 돈을 송금해주지 못하던 때가 있었지요. 학비랑 생활비가 워낙 만만치 않았기에 박물관에서 아르바이트를 해도 빠듯했어요. 고정적으로 나가는 집세를 빼고 줄일 수 있는 것은 식비밖에 없어서 반년 넘게 달걀이랑 감자로 끼니를 때웠지요."

그녀가 천천히 계속 말을 이어갔다.

"저는 요리를 잘 못하는 편이라, 달걀을 삶거나 프라이밖에 할 줄 몰랐거든요. 그래서 몇 달간 삶은 달걀과 달걀프라이만 먹었어요. 감자도 늘 삶아먹었고요."

"그때 기억 때문에 달걀을 싫어하시나봐요. 저도 예전에 프랑스에 간 첫날 짐을 모두 잃어버렸어요. 친구 도와주려다 그렇게 된 건데 어쨌든 제 실수였죠. 한국에서 다시 짐이 올 때까지 석 달간 바게트만 먹었어요. 한국 유학생들이나 이민자들의 도움으로 잠자리는 해결할 수 있었는데, 음식 사먹을 돈은 없었던 거예요. 아르바이트하면서 가장 가격이 싼 바게트만 죽어라 먹었어요. 매일 빵만 먹었더니 나중에는 온몸에서 이상신호가 나타났죠. 입안이 헐어서 딱딱하게 굳은 바게트를 먹을 때마다 피가 나왔어요. 터져나온 피맛이 함께 범벅됐어요. 그후에도 바게트를 먹을 때마다 피맛이 느껴져 아직도 잘 못 먹어요. 계속 그 맛이 연상되더라고요."

"셰프님도 그런 음식이 있으시군요. 저도 비슷해요. 통장에 돈이 다 떨어져가는 것을 아니깐, 불안해서 다른 음식은 먹을 수도 없었어요. 살아야 하니깐 억지로 달걀을 먹는데, 어느 날에는 달걀 자체의 비린 맛이 너무 심하게 느껴지더라고요. 몸에서 달걀냄새가 계속 나는 것 같았어요. 먹다가 토하고 또 먹다가 토했어요. 그뒤로도 계속 그랬죠. 그랬더니 어느 순간부터는 달걀을 무서워하고 있더라고요. 다행히 감자는 잘 먹게 됐는데, 아직도 달걀은 꺼려져요. 달걀의 동그란 모습을 보는 것도 무섭고, 달걀 특유의 비린내를 맡는 것도 너무 싫어요."

그녀는 달걀을 먹고 싶지만, 달걀을 볼 때마다 과거의 기억이 떠올라 시도조차 하지 못하고 있다는 생각이 들었다. 달걀이 싫은 것이 아니라 달걀과 함께했던 경험이 싫었던 것이다. 그녀에게 조금이라도 달걀과 친해질 수 있는 계기를 만들어주고 싶었다. 그것은 요리사라면 누구나 느끼는 책임감일 것이다.

그러자 갑자기 아이디어 하나가 떠올랐다. 채식주의자인 그녀는 버섯요리를 참 좋아한다. 그래서 달걀과 볶은 버섯을 곁들인 음식인 '보케리아boqueria'라는 메뉴를 추천했는데, 그녀는 달걀 때문에 보는 것조차 거부하며 한사코 꺼렸다. 보케리아 위에 올라가는 달걀을 일반 프라이로 생각한 모양이었다. 실상은 달걀프라이가 아니라 수란이 올라간다. 수란은 일반 달걀과 모습이 전혀 다르기에 설득해보기로 했다. 그 모습이란, 뜨끈한 콩나물국밥에 얹어진 달걀찜을 떠올리면 이해하기 쉽다. 다른 점이 있다면 수란은 반숙 정도로 익히기 때문에 일반 달걀의 모습과는 다를 뿐만 아니라, 노른자가 전혀 보이지 않는다는 사실이다. 아기 엉덩이처럼 하얗고 보들보들하다고 생각하면 된다. 맛도 퍽퍽하지 않고 훨씬 부드럽다. 수란 예쁘게 만들기로 둘째가라면 서러워할 나였기에 살짝 자신감이 배어났다. 여기에 강한 향신료를 얹으면 달걀 특유의 향이 사라질 것 같다는 확신이 들었다.

일단 예쁜 모양으로 수란을 만들기로 했다. 수란은 만드는 방법은 지극히 단순하지만, 예쁜 모양을 만들기는 쉽지 않다. 프랑스에서 수란만 연구하는 셰프가 있을 정도로 다양한 방법으로 만들 수 있다. 나 역시 가장 예쁜 모양으로 만들기 위해 수없이 많은 방법으로 시도했고, 그렇게 깨달은 방법을 고수하고 있다. 우선 달걀이 신선해야 한다. 신선한 유정란을 살짝 깬 다음 끓는 물에 넣는다. 이때 물은 살살 끓는 상태여야 한다. 그리고 스푼으로 조심스레 밑바닥과 옆을 밑에서 위로 살살 만져주며 모양을 잡아가면 된다. 완성된 요리를 서비스라며 그녀 앞에 선보였다. 그녀는 당황한 듯했지만, 이내 유심히 요리를 쳐다봤다.

"어머 셰프님, 이거 달걀이에요? 모양이 예쁘네요. 감사하긴 한데요, 예쁜 모양이긴 하지만 먹으면 어차피 똑같아지잖아요. 똑같이 달걀 특유의 맛이 느껴질 것 같아서 못 먹겠어요."

 보기엔 소박해 보이는 수란이지만, 조선시대에는
궁중연회식에 많이 이용됐다고 한다.

"네, 그러실 거예요. 그런데 이 요리의 비밀은 여기서 끝이 아니에요. 수란과 버섯을 따로 드시는 게 아니라 수란을 터뜨려서 버섯과 섞어드시는 거예요. 향이 강한 프랑스산 트러플오일truffle oil을 뿌려서 달걀의 비린 맛이 거의 안 느껴지실 겁니다."

"앗, 정말 그럴까요?"

멈칫하는 그녀를 계속 독촉했다.

"처음이 어렵지 한번 드셔보면 만족하실 거예요."

"네, 고맙습니다."

그녀는 여전히 반신반의하는 표정이었다. 만약 그녀가 테이블에 앉았다면 음식만 받아들고 그냥 넘겼을 수도 있지만, 나와 마주하는 바에 앉은 탓에 피할 수 없는 상황이었다. 그녀가 조심스럽게 음식에 포크를 가져갔다.

"네, 잘하셨어요. 이제 수란을 터뜨리고 버섯과 섞어보세요."

그녀는 어린아이처럼 조심스럽게 내가 시키는 대로 포크를 움직였다. 수란을 터뜨리자 아직 덜 익은 노른자가 선명한 노란빛을 띠며 버섯 위로 흘러내렸다. 그것을 싹싹 비비자 달걀의 모습은 온데간데없이 사라지고 버섯은 코팅된 것처럼 윤기로 반짝였다. 예의상 먹는 시늉이라도 할 요량이었는지 그녀가 한 숟가락 떠서 입에 가져갔다. 한참을 조심스럽게 씹던 그녀는 독특한 맛이 난다는 듯 고개를 갸웃거리기도 했다. 다행히 거북해 보이지는 않았다. 계속 쳐다보고 있기도 민망하던 참에 음식 주문이 들어왔다. 새로 들어온 손님들이 주문한 모양이었다. 정신없이 요리를 하다가 문득 그녀가 궁금해 고개를 돌렸다. 그녀는 외투를 걸치고 있었다. 눈이 자연스럽게 수란요리가 든 접시 쪽으로 향했다. 깨끗이 비워져 있었다. 다행이었다. 그녀가 빙긋 웃으며 말했다.

"셰프님, 저 근 10년 만인 거 같아요. 이렇게 달걀을 먹은 거요. 10년이란 세월이 과거의 상처를 어느 정도 아물게 해줬나봐요. 예상했던 거부반응은 안 일어나네요. 그때의 힘들었던 기억이 많이 생각나지도 않고요. 아직은 장담할 수 없지만 계속 시도해볼게요. 어렸을 때처럼 달걀을 다시 좋아할 날이 올까요?"

『1인용 식탁』이라는 소설에는, 혼자 식당에 들어가 음식을 시켜 먹는 방법을 가르치는 학원이 나온다. 주인공은 혼자서는 식당에서 밥을 먹을 수 없어 괴로운 사람이다. 그는 배가 고파 죽을 지경이라도 혼자 뻘쭘하게 식당에 가느니 굶는 것을 택하는 그런 부류다. 주인공은 학원에 가서 혼자 밥을 먹는 방법을 열심히 배운다. 완벽하게 배웠다 싶어 학원을 그만뒀는데, 여전히 어려웠다. 사실은 학원에서 익힌 기술로 혼자 밥을 먹을 수 있게 된 것이 아니라, 그와 같은 사정으로 학원을 찾은 사람들과 함께 먹으며 잠시나마 위안을 삼았던 것이다. 결국 그는 진정한 해결책은 임시방편적인 잔기술이 아니라 스스로 용기내서 당당히 행동하는 것임을 깨닫는다.

M이 한 번 시도했다고 앞으로 계속 달걀을 먹을 수 있을지는 장담할 수 없다. 그것은 오로지 그녀의 의지와 노력에 달린 일이기 때문이다. 아픔을 이겨내는 방법은 본인이 용기내는 것밖에 없는 법이므로……

부들부들,
미끌미끌,
몽글몽글!

보드랍고 고소한 위로의 맛,
수란

재료 달걀(유정란), 식초 1큰술

1. 냄비에 물을 절반가량 채운 뒤, 식초 1큰술을 넣는다.
2. 물이 살짝 끓기 시작하면, 달걀을 깨서 넣는다.
3. 수저로 달걀을 살살 공 굴리듯 돌려준다.
4. 약 2분가량을, 끓는 물에 익혀준 뒤 조심스레 수저로 꺼낸다. 완성된 수란은 버섯요리나 해산물요리에 곁들이면 좋다.

정이란,
앞에선 투덜대도
뒤에선
칭찬하는 마음

올 때마다 불평을 늘어놓던
단골손님.
그의 진심을 알게 된 후
감사의 마음을 담아 파스타를 건넸다.

늘 시비를 걸던
단골손님과의 끈끈한 정,
'봉골레파스타'

The regular client. 단골손님을 뜻한다. 레스토랑을 운영하는 업주 입장에서는 생계를 좌지우지하는 중요한 단어라 할 수 있다. 그래서 셰프들끼리 만나면 단골손님 이야기를 종종 한다. 자연히 어떤 손님이 레스토랑에 찾아왔는지가 주된 관심사인데, 재미있는 것은 레스토랑에 찾아온 VIP들이 곧 셰프의 서열을 의미하는 척도처럼 여겨진다는 것이다. 어떤 기업의 대표나 톱스타가 본인 레스토랑에 자주 오면, 마치 그 사람이 된 것처럼 으쓱하는 셰프들이 더러 있다.

The regular client를 그대로 번역하면 자주 들르는 손님쯤이 되겠다. 하지만 나는 단골손님을 레스토랑을 찾는 빈도나 횟수로 평가할 수 없다고 생각한다. 아니 좀더 솔직히 말하면 처음에는 그렇게 생각했으나, 레스토랑을 운영하면서 그 생각이 조금 바뀌었다. 몇몇 사건들이 있었기 때문이다. 오픈 초기, 일주일에 세 번 정도 들를 만큼 자주 오던 손님이 있었다. 배우 김용건을 닮은 외모에 세련된 스타일을 자랑하는 40대 후반의 남자. 올 때마다 입에 침이 마르도록 음식을 칭찬하기에 정말 최고의 단골손님인 줄 알았다. 그런데 반년 후 하루아침에 발길을 딱 끊었다. 다른 레스토랑으로 옮긴 것이었다. 다른 레스토랑에 가서는 우리 가게를 지속적으로 험담했으며, 심지어 발길을 끊기 전 마지막으로 식사했을 때 남긴 외상은 갚지도 않았다. 나중에 지인에게 들으니 상습적인 뜨내기였다. 그 외에도 비슷하게 배신 아닌 배신을 당한 이후부터는 자주 온다고 해서 우리 레스토랑을 좋아하는 것은 아님을 깨달았다. 우리 가게를 진심으로 좋아한다면 비록 단 한 번을 찾더라도 단골손님이라는, 나름의 정의를 내린 이유다.

단골손님 하면 가장 먼저 떠오르는 사람이 한 명 있다. L은 정말이지 아주 흔한 외모를 지닌 50대 남자다. 배가 불룩 나왔으며, 유행에는 전혀 관심 없다는 듯 사시사철 네이비 정장을 입고 다니는 소박한 인상의 남자. 그는 시원시원한 성격만큼이나 말하는 것도 거침없었다. 상대방의 기분보다는 본인의 기분을 먼저 생각하는 듯 싶었다. 처음 식당을 찾았을 때도, 나이가 많다는 이유로 내게 바로 말을 놓았다. 처음에는 솔직히 기분이 좀 나빴지만, 워낙 성격이 (좋게 말해) 쿨한 것 같아 마음에 담아두지 않았다. 그는 혼자 또는 친구 한 명과 함께 자주는 아니지만 종종 들르곤 했다.

나와 직원들끼리는 L을 투덜쟁이라 불렀다. 그가 명함을 준 적이 없어 직업을 전혀 모르는데다, 매번 올 때마다 메뉴가 별로 바뀌지 않았다면서 투덜대곤 했기 때문이다. 음식 앞에서도 맛있다는 칭찬은커녕 '간이 세다' '덜 익었다'는 등 툭툭 불만을 내뱉었다.

"셰프, 계절도 바뀌었는데, 새로운 메뉴는 안 만들어? 게으른 거 아니야?"

"아니에요. 늘 연구하고 있어요. 다음에는 새로운 메뉴를 좀더 준비해놓을게요, 손님."

"손님? 흠. 손님 말고 다른 호칭 없을까?"

"아, 그럼 어떤 일 하시는데요? 직함 부를게요."

"직함은 알아서 뭐하게? 변변치도 않은 직함을 밖에 나와서도
또 들으란 말이야? 뭐 그냥 아저씨라고 불러."

"아니, 그래도 손님한테 어떻게 아저씨라고 해요?"

"뭐, 어때. 손님보다는 훨씬 친근하구먼."

어느 날이었다. 단 한 번도 예약 없이 온 적 없는 L이 밤 아홉시
가 넘어서 혼자 찾아왔다. 바에 홀로 앉아 있는 것이 어색했는지, 계
속 시선을 앞에서 요리하고 있는 내게만 뒀다. 한 시간째 안주 하나
에 맥주만 다섯 병째 먹는 모습이 유독 힘겨워 보였고, 평소 같지 않
은 모습에 당황했다. 왠지 그날따라 어깨가 축 처져 있다는 느낌을
받았기에 서비스라도 챙겨줘야겠다는 생각으로 그에게 물어봤다.

"뭐 부족하신 거라도 있으세요? 안주라도 챙겨드릴까요?"

그러자 그는 마치 기다렸다는 듯이 대답했다.

"이셰프, 혹시 파스타 해줄 수 있을까?"

"파스타요? 아시다시피 저희 메뉴엔 파스타류가 없어요. 가끔
씩 직원식으로 먹기도 하는데 오늘은 면도 없고 해서, 좀 힘들겠는
데요."

그러자 L이 아쉽다는 듯, 고개를 설레설레 저으며 말했다.

"아니야, 그냥 해본 말이야. 이 시간대가 되면 이상하게 면이 땡기더라고. 난 특히 봉골레파스타를 정말 좋아하는데, 이 늦은 시간에 어디 먹을 데가 있어야 말이지. 봉골레파스타가 느끼하지 않아서 나 같은 중년한테는 입맛에 딱 맞거든."

메뉴에 없는 요리이기에 어쩔 수 없는 상황이기도 했지만, 늘 툴툴대는 그의 모습이 떠올라 별로 내키지가 않았다. 그래도 마음 한편에는 계속해서 L에게 미안한 마음이 들었다. 셰프의 책임감을 저버린 듯해 마음이 영 찝찝했다.

사실 파스타를 메뉴에 넣지 않은 데는 나름의 이유가 있었다. 몇 년 전 방송돼 큰 인기를 모았던 〈파스타〉란 드라마를 기억할 것이다. 나 역시 파리 유학시절 어렵게 다운받아 즐겨 보곤 했었다. 그 드라마를 보면 숨 가쁘게 움직이는 주방의 모습이 나온다. 물론 드라마다보니 픽션이 가미돼 100퍼센트 리얼리티를 보여줄 수 없는 게 당연하겠지만, 그래도 나름 주방 현실만큼은 어느 정도 비슷하게 살려냈다. 드라마를 보면서 고등학교를 막 졸업하고 파스타 전문점에서 일했던 시기를 떠올렸다. 대부분의 인기 있는 파스타집은 정말이지 정신없이 바쁘다. 파스타맛의 생명은 스피드이기 때문이다. 조금이라도 늦게 재료를 넣거나 오래 끓이면 민감하기 그지없는 파스타면은 제맛을 내지 않는다. 그렇기에 파스타를 하는 주방은 언제나 긴장감이 팽팽할 수밖에 없다.

끝없이 밀려오는 주문을 소화해내려면 불판 위에 프라이팬을 몇 개나 올려놓고 동시에 속도를 생각해 몸을 움직여야 했다. 팔이 네 개라도 부족할 지경인데, 두 개뿐이니 안 봐도 대충 감을 잡을 것이다. 한 손은 팬을 돌리고, 다른 한 손은 면을 볶아 접시에 담느라 바쁘다. 일 초도 허비할 수 없는 '전쟁터' 같은 상황에 매일같이 놓여 있었다. 그 상황이 너무 혹독해 늘 트라우마로 남아 있었다. 어린 나이였기에 더욱 그랬을지도 모른다. 밀려오는 주문지를 보는 것을 중간쯤에 포기하고, 윽박지르는 셰프의 고함소리에 잔뜩 겁을 먹은 채 그대로 주저앉았다. 당시 셰프에게 정말 많이 혼났다. 매번 '멘붕' 상태로 파스타를 만들어내곤 했는데, 그 무거운 마음은 퇴근하고도 달라지지 않았다. 그때 깨달은 점이 하나 있다. 내가 추구해야 할 '요리'는 '파스타'는 아니라는 점이다. 그래서 지금까지 오픈 이래 한 번도 파스타를 메뉴에 넣은 적이 없다. 시간제한 때문에 서둘러 만든 음식보다는 조금 더 완성도 있는 요리를 하자고 생각했기 때문이다.

하지만 손님 입장에서는 다르다. 나 역시도 사먹는 파스타가 참 맛있다. 밥을 먹는 것과는 또다른 재미. 굳이 파스타에 한정짓지 더라도 나는 면요리를 참 좋아한다. 면만큼 자유자재로 변신하는 요리가 또 있을까. 면을 어떤 종류를 넣느냐, 소스를 어떤 것을 넣느냐에 따라 천양지차로 달라지는 면요리에 매력을 느낀다. 나는

단 하루도 면을 먹지 않는 날이 없을 정도로 면요리 마니아다. 무척
인상 깊게 본 방송 중에 KBS 다큐멘터리 〈누들로드〉가 있다. 전 세
계의 면요리를 소개하고 그것을 통해 면의 역사를 다룬 프로그램이
었다. 나중에 다큐를 만든 이욱정 PD를 만날 기회가 있어 물어보
니, 그도 면요리를 참 좋아한다는 것이 프로그램 기획의 시작임을
알 수 있었다. 하지만 프로그램을 만드는 내내 빨리 불어버리는 면
의 특성 때문에 여간 고생한 것이 아니라고 했다. 나도 십분 공감한
다. 먹기는 좋지만 만들어 팔기는 어려운 음식이 면요리이기 때문
이다.

　L 역시 파스타를 참 좋아하는 듯했다. 하지만 내가 난처한 기색
을 표하니 결국 맥주와 메뉴에 있는 안주 하나만을 먹고 마감시간
에 맞춰 몸을 일으켰다. 계산을 마치고 나가면서 L은 "다음에 올 때
는 꼭 봉골레파스타 좀 해줘. 진짜 부탁이야. 그럼 잘 먹고 가요"라
고 말하며 씩 웃어 보였다. 그의 쓸쓸한 뒤태가 두고두고 마음에 걸
렸다.

　그를 다시 본 것은 두어 달이 흐른 뒤였다. 눈이 많이 내린 탓일
까. 유독 예약 취소가 많았다. 아니 예약 자체가 평소보다 눈에 띄
게 줄어들어 업주로서 걱정이 적지 않았던 시기였다. 예약장부에는
룸을 예약해놓은 한 팀밖에 없었고, 가뜩이나 추운 날씨에다 내리

는 눈 때문에 마음이 무거웠다. 시계가 여섯시를 가리킬 때쯤, 고급 세단에서 내린 한 무리의 남자들이 가게로 들어왔다. 예약한 팀이었다. 외모와 풍기는 이미지가 심상치 않아 룸에 가서 인사를 하니, 그 유명한 A그룹 계열사 사장과 임원들이었다. 생각 외의 VIP 덕에 속으로 '예약이 한 팀뿐이었지만, 그래도 매출 좀 올릴 수 있겠는걸'이라고 생각하며 안도했다. 하지만 룸에서 나오는 매니저가 다소 실망한 눈치로 말했다.

"셰프님, 룸 손님들이 와인을 두 병이나 들고 오셨어요. 그리고 저희 와인리스트가 저렴한 와인들로 채워져 있어서 별로라며, 추가로 안 시키겠다나봐요. 그런데 가지고 온 와인들이 워낙 희귀한 빈티지 와인들이라 아무 말도 할 수 없었어요."

대개 음식업장에서는 구비된 와인 이외에 따로 와인을 가지고 와서 마시는 경우에는, '코르크 차지cork charge'라고 해서 보통 3만 원 정도의 비용을 병당 따로 지불하게 된다. 본인이 마시고 싶은 와인이 식당 와인리스트에 없다거나 선물로 받은 와인이 처치 곤란해졌을 때 들고 와서 먹는 경우에 해당한다. 손님 입장에서야 편하겠지만, 사실 업주 대부분은 와인을 팔아서 수익을 얻는 부분이 상당하기에 서비스 요금을 받는다고 하더라도 아쉬운 부분이 없지 않다. 그렇기에 어떤 업장에서는 코르크 차지를 5만 원 이상으로 비싸게 받거나 아예 와인 반입을 허용하지 않는 경우도 있다.

룸의 상황이 딱 그것이었다. 실망은 했지만, 손님이 그 테이블 밖에 없었기에 울며 겨자 먹기로 받아들였다. 음식 주문이나 빨리 하기를 바랐는데, 어찌된 영문인지 나머지 일행이 삼십 분 넘게 나타나지 않는 것이었다. 저 대단한 사람들을 기다리게 하는 사람은 도대체 누구일까, 혼자 생각하고 있는데 문이 열렸다. 그리고 문을 열고 들어오는 사람은 놀랍게도 단골 L이었다. 평소의 그 쿨한 인상은 똑같았지만, 외모는 좀더 세련된 스타일로 달라져 있었다.

"혼자 오셨어요? 예약 안 하고 오셨네요?"

"아니, 일행 있는데~ 룸에서 기다릴걸?"

그는 홀이 텅텅 비어 있는 것을 보더니 흠칫 놀라며 매니저에게 물었다.

"아니, 그런데 오늘따라 왜 이리 손님이 없어. 이러다가 내가 제일 좋아하는 식당이 문 닫는 건 아니지? 나 낯가려서 여기 말고 다른 데 못 가는데."

약속시간을 삼십 분이나 늦은 것에는 걱정이 되지 않는지 한참 농담을 하고서야 룸으로 들어갔다. 나와 매니저는 놀란 표정을 지으며 서로 쳐다봤다. 대기업 사장과 임원진을 기다리게 해놓고 제일 늦게 도착한 배짱 좋은 사람이, L이었다니! 룸으로 음식 주문을 받으러 들어갔다 나온 매니저의 표정이 한없이 밝았다. 주문 메뉴를 내게 일러주고는 곧바로 와인셀러로 직행하더니 와인 두 병을 들고 다시 룸으로 들어가는 것이었다.

"어떻게 된 거예요? 아까 와인 가져왔다면서요?"

"투덜쟁이님이 보기엔 그냥 평범한 샐러리맨 같았는데, 아니었나봐요. 저분이 A그룹에 접대받는 자리였어요. A그룹 사람들이 그분한테 잘 보이려고 꽤나 노력하더라고요. 분위기를 봐서는 정부의 고위직에 계신 분 같아요."

비즈니스 미팅 자리였던 것이다. A그룹 사장과 임원마저 기다리게 할 정도면 L이 보통 위인은 아닌 것 같았다. 그 순간 마치 영화 〈유주얼 서스펙트The Usual Suspects〉의 반전처럼, 한 방 맞은 기분이 들었다. 매니저가 계속 해준 얘기는 더 놀라웠다.

"A그룹 사람들이 빈티지 희귀 와인을 놓고 자랑했어요, 그런데 투덜쟁이님이 접대차 가지고 온 귀한 와인들을 모두 거부하시고 넣어두라고 했어요. 자기는 여기 가게에 오면 꼭 이곳의 와인만 마신다고요. 그것이 자신이 좋아하는 가게에 대한 작은 예의라고 하더라고요. 그러니 당신들도 상대방의 취향을 배려한다면 그것에 따르라고 말이죠. 그리고 우리 가게를 계속해서 자랑하셨어요. 음식도 평소보다 두 배는 더 시키셨고요."

그랬다. 요리사로서 손님이 음식을 좋아하고 매출을 올려주는 것만으로도 감사한데, 그는 진심으로 우리 가게를 좋아하고 있었던 것이다. 음식을 넘어 식당 자체를 소중히 여기는 마음이 너무나 고

내가 하루의 절반 이상을 보내는 나의 일터, 루이쌍끄.
힘든 일, 즐거운 일, 행복한 일이 모두 이곳에서 일어난다.

마웠다. '위기의 식당을 지켜주는 것은 단골이다'라는 말도 문득 떠올랐다. 그 마음이 너무 고마워, 요리하는 내내 몸이 어느 때보다 가벼웠다. 비즈니스 미팅인 만큼 식사는 짧고 굵게 이뤄졌다. 한 시간 반쯤 흘렀을까. 식사를 마치고 룸에서 나오는 L의 모습은 평소와 다름없는 표정이었지만 행동은 약간 달랐다. 평소와 달리 정중하게 인사하며 앞장서서 가게를 나갔다. 들어올 때는 도도했던 A그룹의 사장과 임원진들도 덩달아 정중히 인사하며 가지고 왔던 와인들을 도로 들고 L의 뒤를 따라 가게를 나섰다.

보름 정도가 지난 다음, 퇴근 준비를 하던 중에 다음날 예약장부를 보는데 L의 이름이 있었다. 문득 그가 남긴 주문, '봉골레파스타'가 떠올랐다. 감사의 마음으로 그를 위한 봉골레파스타를 해줘야겠다고 마음먹었다. 다음날 출근길에 모시조개와 바지락을 한 근씩 샀다. 주방에 도착하자마자 우선 봉골레파스타의 밑작업을 시작했다. 굵은 천일염을 한 주먹 찬물에 풀고 섞어준 다음, 사온 조개를 넣고 이십여 분 해감한 뒤, 흐르는 물에 다시 한번 깨끗이 씻었다. 해감이 제대로 되지 않으면 파스타에 모래가 씹혀 나오기 때문에 꼭 해둬야 하는 과정이다.

그날 저녁, L이 친구와 함께 왔다. 이미 한잔 걸치고 왔는지 벌겋게 상기된 얼굴로 날씨가 춥다고 투덜거리는 것이 여느 때와 같

© 팻투바하

 봉골레Vongole는 조개를 뜻하는 이탈리아어. 봉골레파스타는
이탈리아에서 가장 인기 있는 파스타 중 하나다.

은 모습이었다. 보름 만에 오면서도 그사이 메뉴가 바뀐 게 없다고 불평하는 모습도 여전했다. 나는 회심의 미소를 지으며, 팬을 불판에 올려놓았다. 그에 대한 감사의 마음을 특별하지만 소박한 음식으로 표현하려 했던 것이다. 이럴 때 음식은 마음을 표현하는 소중한 매개체가 된다.

아주 오랜만에 만드는 봉골레파스타였다. 달아오른 팬에 마늘과 페페론치노 peperoncino. 이탈리아 고추를 두어 개 넣고 살짝 볶아준 뒤, 해감된 모시조개와 바지락을 넣는다. 화이트와인을 살짝 뿌려준 뒤, 뚜껑을 덮고 잠시 조개가 입을 벌릴 때까지 놔둔다. 안 열리는 조개는 건져내고, 거기에 삶아낸 면과 올리브오일을 넣어준다. 소금은 약간 싱거울 정도로 조금 넣는다. 마지막으로 파슬리 다진 것을 넣어주면 풍미가 한결 더 좋아진다.

"아저씨, 아니 사장님, 저번에 드시고 싶어하시던 봉골레파스타예요. 한번 드셔보세요."

"앗, 셰프가 웬일이야? 이거 땡잡았네."

"아니에요. 저번에 해드리고 싶었는데, 재료가 없어서 못 해드린 게 내내 마음에 걸렸어요."

"근데, 웬 사장님? 그냥 아저씨라고 불러."

L은 생각지도 못한 봉골레파스타를 보더니 화색을 감추지 못했다. 넥타이를 풀어헤치고는 친구는 안중에도 없다는 듯 포크로 한

번 둘둘 휘감더니 순식간에 한 접시를 비워냈다. 사실 얼큰한 국물을 선호하는 중년의 남자들은 파스타를 꺼리는 경우가 많다. 하지만 봉골레파스타는 조개국물 특유의 시원함으로 인해, 웬만한 남자들의 입맛에도 잘 맞는 요리다. 술을 많이 마신 다음날, 미팅 등의 사정으로 어쩔 수 없이 프렌치 레스토랑을 찾는다면 해장식으로 봉골레파스타를 권하고 싶다. L도 그러한 연유로 그렇게 봉골레파스타를 찾은 건진 모르겠지만. 봉골레파스타의 남은 국물까지 접시째 들고 마시는 그는 언제나처럼 소탈한 모습이었다. 아마 그는 음식을 통해 감사의 마음을 전달받았을 것이고, 그도 그것에 대한 화답으로 맛있게 먹었을 것이다. 진심을 담은 음식 앞에서 여러 말은 필요치 않았다.

그다음에도 그는 여전히 혼자 또는 친구와 같이 종종 온다. 그가 시키는 메뉴는 늘 소박하다. 맥주랑 간단한 안주 하나만 시킨다. 와인은 드시지 않느냐는 질문에도 "와인은 비싸. 이거면 됐어"라고 퉁명스럽게 내뱉는다. 그리고 음식 불평도 여전히 많이 한다. 그러면서도 뒤에서는 주변 사람들에게 늘 우리 레스토랑에 대해 추천을 많이 한다. 한번은 10대 그룹 계열사의 대표가 룸을 빌린 적이 있는데, L의 추천으로 오게 됐다는 이야기를 들었다. 또 한번은 20대 커플이 왔는데 그들도 L의 소개로 왔으며 추천받은 메뉴를 먹고 갔다.

나는 아직도 그가 어떤 일을 하는지 잘 모른다. 사회적으로 얼마나 대단한 위치인지도 감을 잡지 못했다. 그가 굳이 밝히려 하지 않았던 이유도 있겠지만, 그가 누구든 내게 그는 달라질 것 없는 최고의 단골손님이기 때문이다. 그는 우리 레스토랑을 진심으로 좋아하고, 나 역시 그를 단골손님으로 좋아한다면 그걸로 충분하지 않을까.

개운개운,
모락모락,
후끈후끈!

깊고 개운한 국물이 끝내줘요, 오래된 벗처럼,
봉골레파스타

재료 파스타면 100g, 조개 15개, 마늘 1쪽, 다진 파슬리 1작은술, 화이트와인 1/5컵, 올리브오일 약간

1. 끓는 물에 소금, 파스타면을 넣고 6분 동안 삶아 건진다.
2. 조개는 해감하고 마늘은 다진다. 팬에 올리브오일을 두르고 다진 마늘을 볶다가 조개를 넣어 살짝 볶은 뒤 화이트와인, 다진 파슬리를 넣고 뚜껑을 덮는다.
3. 조개가 입을 벌리면 불을 끄고, 파스타면을 삶은 물과 파스타면을 골고루 섞는다.
4. 마지막으로 올리브오일을 넣고 골고루 섞어주면 완성.

도전이란,
그저 내 마음이
시키는 대로
가는 것

기계만 만지던 손으로 처음
빵을 만든 사촌동생.
그에게 바게트는, 오랫동안 간직해온
꿈의 시작이었다.

가정형편 때문에 뒤로했던
꿈에 도전한 제빵사의 데뷔작,
'바게트'

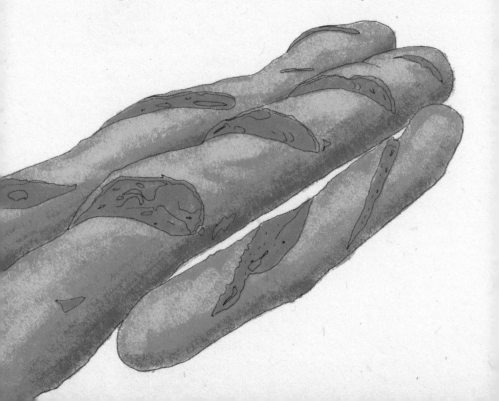

"빵을 만들고 싶어. 그것도 미치도록."

명절을 맞아 오랜만에 만난 사촌동생 윤석이가 한참을 망설이
다 어렵게 꺼낸 첫마디였다. 어느 때보다 진지한 그의 말을 듣자 다
양한 생각들이 오가기 시작했다. 진로상담이나 유학상담이라면 그
누구보다 더 잘한다고 믿었던 나였지만, 친동생이나 다름없는 윤석
이가 꺼낸 말에는 어떤 대답도 쉽게 내놓을 수 없었다. 후배였다면
몇 초의 망설임도 없이 학교나 학원 정보들에 대해 청산유수로 떠
들어댔겠지만, 이번에는 상황이 달랐다.

그의 사정을 너무나 잘 알고 있었기 때문이다. 그는 공업고등학
교에서 기계과를 전공했고, 졸업 후에는 충남 아산의 자동차공장에
취업해서 서른이 다 될 때까지 묵묵히 일만 하며 살았다. 매일 새벽
에 출근해서 밤늦게까지 일해야 하는 고된 업무였지만, 지금껏 힘
들다는 내색 한 번 없던 착한 동생. 열심히 번 돈은 경제사정이 좋
지 않은 집안 살림에 보탰고, 용돈을 쪼개 저축한 돈으로는 친동생
을 캐나다에 유학보낸 집안의 대들보였다.

그와 관련된 과거의 기억들을 조심스레 더듬어봤다. 대학에서
요리를 전공하고 유럽으로 유학을 다녀온 나를 부러워했던 윤석이
의 모습이 떠올랐다. 또한 10여 년 전 명절을 보내러 당시 할머니
를 모시고 살던 작은아버지댁에 갔을 때, 주방에 잔뜩 쌓여 있던 도
넛도 생각났다. 윤석이가 제과제빵책을 보고 독학으로 만든 것이었

다. 취미 삼아 대충 만들었다는 그 말을 왜 그냥 흘려보냈을까. 왜 진작 그의 고민을 보듬어주지 못했을까. 뒤늦은 후회가 밀려왔다.

일찍 철이 든 녀석은 친형처럼 생각하는 나에게조차 고민을 이야기할 엄두가 나지 않았던 모양이다. 만약 그가 그의 꿈을 밀어붙였다면 어려운 집안형편은 나아지지 않았을 테고, 동생은 외국으로 가지 못했을 것이었다. 그래서 지난 10여 년간 혼자서만 끙끙 앓아왔나보다. 굳이 그에게 자세히 묻지 않아도 그간의 상황을 알 수 있었다. 윤석이는 항상 자신의 고민을 내색하지 않고 혼자 짊어가는, 형인 나보다 더 형 같은 동생이었으니까……

"더 늦으면 평생을 후회할 거 같아서 말이여. 이건 우리 부모님도 몰러. 형만 알고 있어야 혀."

마치 고해성사를 하듯, 고개를 떨군 채 윤석이의 고백은 이어졌다. 지금껏 단 한 번도 제빵에 대한 꿈을 잊은 적이 없다고 했다. 그저 때를 기다렸다고도 했다.

"제과학교를 가고 싶긴 한데, 알아보니 학비가 만만치 않아서 말이여. 형도 알다시피 우리 집 형편에 그것까진 무리인 듯싶어."

"근데 정말 평생 빵을 만들고 싶을 정도로 빵이 좋은 거야?"

"응, 난 밀가루를 만질 때가 가장 행복혀. 내가 고등학교 때부터 자동차공장에서 일했잖여. 일하고 집에 들어와서 밀가루 반죽으로 이것저것 모양을 빚는 그 느낌이 얼마나 좋던지. 내가 만든 반죽이 오븐에 구워져 완성된 빵으로 나올 때면 어떤 일에서도 느껴보지 못한 뿌듯함이 컸어. 빵냄새는 또 얼마나 좋은지 몰라.”

“빵이 좋은 거야? 빵 만드는 게 좋은 거야?”

“둘 다 좋아. 작은 빵가게를 하면서 빵을 만드는 날을 상상하는 게 가장 큰 낙이야. 정말정말 빵을 만들고 싶어. 집안사정이 너무 안 좋아서 그간 말도 꺼낼 수 없었지만, 한 번도 꿈을 잊은 적이 없어. 10년간 열심히 일해서 이제 형편도 나아졌으니깐 더 늦기 전에 내 꿈에 도전하고 싶어.”

“부모님은 뭐라시고?”

“얼마 전에 부모님께 살짝 말을 꺼내본 적이 있는데, 이제 와서 무슨 소리냐고 안정된 회사나 열심히 다니라고 혼나기만 했지, 뭐.”

식은땀이 흘렀다. 괜히 말을 잘못했다가는 작은아버지가 ‘일 잘 하고 있는 애한테 왜 바람을 넣느냐’고 불호령을 내릴 것 같았고, 그 렇다고 부정적인 답을 내놓자니 윤석이의 꿈이 무척 간절했기 때문 이다. 동생의 꿈을 응원하고 싶다는 쪽으로 마음이 기울자, 절친인 ‘혜준’이 생각났다. 동갑내기 친구이자 자타공인 ‘베프’인 혜준은 제 빵업계에서는 첫손으로 꼽히는 마당발이다. 하루에 빵집을 여러 곳 다니며 맛을 보는 ‘빵 투어’를 매일같이 하는 그녀는, 빵에 관한 한 둘째가라면 서러울 만큼 빵을 사랑한다. 그녀와 친해진 것은 오픈 초기, 가게에 손님으로 오면서부터다. 첫 방문 때, 그녀는 나와 직원들을 위해 맛있는 빵을 잔뜩 선물했다. 손님이 선물을 사온 것은 처음이었다.

"지인들로부터 셰프님 얘기 많이 들었어요. 빵 좋아한다는 말씀 듣고 좀 가져왔어요. 셰프님, 프랑스에 계셨다고 했지요?"

"네."

"프랑스어로 친구가 '꼬뺑copain'이잖아요. 'co'는 영어로 with, 함께라는 뜻이고, 'pain'은 빵이라는 뜻이고. 그래서 프랑스에서 친구는 빵을 함께 나눠먹는 사이를 뜻한대요. 그래서 빵을 가져왔어요. 저희 이제 친하게 지내요."

첫인사로 빵봉투를 건네는 그녀. 빵을 통해 무장해제시키는 그녀. 그녀의 빵 사랑은 놀라울 정도였다. 싱글인 그녀는 마치 빵과 결혼한 사람 같았다. 어쩜 빵의 소중함을 널리 전파하라는 사명을 가지고 이 땅에 태어난 것일지도 모른다는 생각마저 들었다. 하지만 예상외로 그녀가 빵과 사랑에 빠지게 된 것은 그리 오래되지 않았다. 원래는 주로 달콤한 케이크와 디저트가 전공인 파티시patissier였는데, 일이 너무 고되어 슬럼프를 겪으며 잠깐 쉰 적이 있다고 했다. 그때 그녀를 달래준 것은 달콤한 디저트가 아닌 담백한 빵. 어느 날 선물로 받은 수수하고 평범한 빵맛에 반해 진로를 바꾼 경우다. 맛있는 빵이 주는 행복감을 더 많은 사람에게 알리자고 다짐했다고 했다. 그때부터 '빵당'이라는 트위터 모임을 만들어 활동

했으며 현재는 인천문예전문학교의 교수로 재직중이다. 강의가 없는 날이면 지금도 자신의 제자들을 데리고 서울 곳곳에 있는 빵집을 순례하는, 그야말로 빵에 살고 빵에 죽는 멋진 친구다. 한번은 그녀에게 물었다.

"빵이 왜 그렇게 좋아? 연애할 여유조차 안 만들 정도로 빵이 좋은 거야?"

"응. 프랑스 속담에 이런 말이 있대. '빵만 있다면 대개의 슬픔은 견딜 수 있다'고. 빵을 손에 들고 있으면 어느새 마음이 편해져. 빵냄새를 맡거나 빵이 구워지기를 기다릴 때, 내 슬픔도 가시는 것 같은 느낌이 들어. 예전에 내가 다른 일을 했을 때나 디저트를 만들 때는 이런 느낌을 못 받았거든. 평생 이거 아니면 안 되겠다는 느낌을 못 받는 사람도 많잖아. 이런 대상이 있다는 것만으로도 난 너무 행복해."

그런 혜준에게 전화를 걸었다.

"친구야 부탁이 있다. 네 도움이 필요해."

사정을 들은 그녀는 흔쾌히 내 부탁을 받아줬다. 그리고 윤석이를 위해 자기 생애 최고의 빵 투어를 준비해보겠다며 안심시켰다. 좋아하는 것이 같은 사람끼리는 서로 통하는 법이라는 농담까지 건넸다. 삼 주가 흐른 뒤, 충청도에서 서울로 올라온 윤석이가 가게로 찾아왔다. 어제를 끝으로 수년간 다녔던 공장을 관뒀다고 했다. 바

라던 일이었지만, 막상 현실로 벌어지니 몹시 긴장한 듯했다. 생계
가 막막해졌다는 고민도 그를 괴롭혔을 터였다. 바에 앉은 윤석이
는 입이 계속 마르는지 물을 몇 잔째 들이마셨다. 이십여 분 뒤 혜
준이가 도착했다. 그리고 그들이 벌인 빵 투어는 꽤나 놀라운 탐험
이었다. 이틀간 스물여섯 곳의 빵집을 돌았다고 했다.

그리고 삼 주 뒤, 윤석이가 취업을 했다고 알려왔다. 이태원의
아주 작은 빵집 '오월의 종'이었다. 그곳은 작지만 매우 실력 있는 곳
으로, 아는 사람은 다 아는 국내 최고 수준의 빵집이다. 경력이라고
는 자동차 정비밖에 없는 윤석이가 어떻게 취업할 수 있었을까.
그곳 사장님이 윤석이를 받아준 데에는 남다른 사연이 있었다.
정웅 셰프. 그는 서른두 살에 다니던 회사를 그만두고, 빵을 시작
한 늦깎이 제빵사였다. 제빵학원을 다녔는데 그곳에서도 빵을 시작
한 학생들 중 나이가 제일 많았다고 한다. 그래도 별로 신경쓰진 않
았다. 늦게 시작한 만큼 그것을 만회하기 위해 남들보다 몇 배의 노
력을 기울이면 된다고 생각했다. 문제는 그다음이었단다. 제빵업체
들이 신입 제빵사로는 나이가 많다는 이유로 그를 받아들여주지 않
았던 것이다. 면접에서 번번이 낙방의 고배를 마셔야 했다. 제2의
인생을 시작한 후로 닥친 첫번째 시련이었다. 하지만 그는 포기하
지 않았다. 도전을 거듭한 끝에 결국 일하고 싶었던 제빵점에 어렵

게 취직할 수 있었다. 그곳에서 수년간 경력을 쌓은 후 일산에 자신의 가게를 열었는데, 예상했던 것과 달리 첫 사업은 만만치 않았다. 두번째 닥친 시련이었다. 하지만 여기서 무너지지 않았다. 오히려 시련을 교훈 삼아 이번에는 이태원에 빵집을 열었고, 이름을 오월의 햇살만큼이나 풍요로운 '오월의 종'이라고 지었다. 결과는 대성공이었다. 수많은 이들이 사랑하는 이태원의 명물로 자리잡은 것은 물론, 지금도 빵 나오는 시간에는 길게 줄을 서야 할 정도로 손님이 많다.

윤석이가 취업하고 나서 인사차 그곳에 찾아간 적이 있다. 팔고 남은 빵들을 하나하나 매만지며 정리하는 정웅 셰프의 뒷모습이 눈에 띄었다. 마치 자식을 어루만지는 것 같은 그의 손길도 볼 수 있었다. 악수를 하는데 굳은살로 딱딱해진 그의 손이 느껴졌다. 순간, 그가 짧은 기간 동안 빵을 만들었음에도 불구하고 유명세를 떨칠 수 있었던 이유를 알 수 있었다. 언젠가 인터뷰에서 그가 말한 적이 있다.

"새벽 네시에 출근해서 해가 저물 때까지 일하지만, 오늘 내가 빵을 만들 수 있음에 감사해요. 제게 빵맛의 비결을 묻는 분들이 많은데 저는 빵은 빵다워야 한다고 생각해요. 전통방식을 지키며 원칙을 고수하죠. 뭐가 몇 그램 더 들어가고는 중요치 않다고 생각해요. 앞으로도 이 방식을 지키며 죽는 날까지 빵을 만들고 싶어요."

그 대답 안에 그의 철학과 소신이 담겨 있었다. 트렌드나 유행을 쉽게 좇지 않고, 기본을 소홀히 하지 않겠다는 것. 더불어 노력 또한 게을리하지 않겠다는 의미였다. 나 또한 어렵지만 늘 지키기 위해 노력하는 신념이다. '음식은 음식다워야 한다'고 생각한다. 그래서일까. 처음 본 그가 오랫동안 만난 동지처럼 편하게 느껴졌다.

비단 이것이 어디 요리사와 제빵사에 국한된 이야기이겠는가. 어쩌면 인간은 가슴에 열정을 지니고 있는 사람과 그렇지 못한 부류로 나뉠지도 모르겠다. 그리고 어느 분야든 열정을 지니고 있는 사람들은 서로를 알아보기 마련이다. 그것이 서로 다른 분야라 할지라도 열정은 쉽게 지워지지 않는 주홍글씨같이 가슴에 깊게 박혀 있는 것이기 때문이다. 분명 열정은 그 어떤 선천적인 재능에도 밀리지 않는 최고의 능력이다. 아마도 그랬기에 정웅 셰프는 윤석이의 열정을 높이 평가해 직원으로 받아들였을 것이다. 오월의 종에는 윤석이를 포함해 직원이 단 둘인데, 모두 빵을 시작한 나이나 배경이 비슷했다.

윤석이가 일을 시작하고 한 달쯤 지난 후였다. 170센티미터 정도의 키에 통통한 몸을 하고 있던 그가 조금 야윈 듯한 모습으로 가게를 찾았다. 한 손에는 빵이 담긴 봉투가 들려 있었다.

"가게에서 팔고 남은 거, 형 먹으라고 싸왔어."

녀석은 실실 웃으며, 빵을 내밀었다.

"벌써 네가 이 빵을 만든 거야?"

"아니, 나야 아직 왕초보니까 심부름만 하지. 밀가루 반죽만 혀. 다 셰프님이 만드신 거여."

자랑스럽게 어깨를 으쓱하며 빵봉투를 내미는, 이제 갓 빵을 시작한 지 한 달 되는 윤석에게 모진 말이 나왔다. 그땐 왜 그렇게 말했는지 기억이 잘 나지 않는다.

"형은 이거 말고 네 손으로 직접 만든 빵을 먹고 싶어. 언젠가 그런 날이 올 때까지 기다릴 거야. 오늘 니가 가져온 이 빵들은 직원들 나눠줄게."

그날 저녁서비스가 거의 끝나갈 무렵, 수셰프인 성모군이 입안 가득 빵을 넣은 채로 말했다.

"이 빵, 너무 맛있는데요. 셰프님은 왜 안 드세요?"

"음, 난 생각 없으니까 남으면 집에 가져가서 먹어. 나는 나중에 더 맛있는 빵을 먹을 거야."

그뒤로 가끔 윤석에게 힘들다는 전화가 올 때마다, 다독여주기보다는 강하게 몰아붙였다. 마음에도 없는 질책만 하곤 했다.

"고작, 벌써 힘들다고 할 거면서, 빵을 시작한 거야? 그 정도밖에 안 되니?"

누구보다 더 잘되길 바랐기에, 그에게 더 강해지기를 요구했을

지 모른다. 그렇게 1년하고도 넉 달이란 시간이 흘렀다. 정말이지, 말 그대로 '미치도록' 바쁜 토요일 오후였다. 그날따라 늦잠을 자는 바람에 허겁지겁 출근했을 때, 나를 기다리는 것은 산더미처럼 쌓인 일이었다. 어찌나 정신없이 바쁜지 화장실도 못 갈 지경이었다. 그때, 갑자기 문이 열리며 누군가 인사를 건네왔다. 고개를 들어보니 환하게 웃고 있는 윤석이었다. 오랜만에 보니 더욱 야위어 있었다. 오른손에는 바게트가 가득 담긴 봉투가 들려 있었다. 하던 일을 멈추고 다가가 마주보고 웃으며 그를 꼭 안아줬다. 정말 오랜만이었다. 어떻게 지냈는지 살피는데 수척해진 얼굴은 물론, 팔뚝의 수많은 화상자국이 눈에 들어왔다. 이야기를 듣지 않아도 알 수 있었다. 마음이 짠해졌다. 그 정신없는 와중에도 순간 눈물까지 나려는 것을 간신히 참았다.

"형, 이거 먹어봐. 형 주려고 내가 오늘 오전에 챙겨놓은 거여."

"네가 다 만든 거니?"

그가 쑥스러운 듯 씩 웃어 보이며 답했다.

"응. 전부 내가 만든 바게트여. 형이 그랬잖여. 빵의 기본은 바게트라고. 서양사람들이 밥 대신 바게트를 먹으니까, 바게트를 잘 만들어야 실력이 좋은 거라고. 그래서 매일 일 끝나고도 남아서 연습했어."

"힘들지 않았어? 네시까지 출근하면 매일 새벽에 일어날 텐데?"

"응. 지난 1년간 매일 빵만 만든 거 같애. 몸은 힘들지만 그래도 좋아. 밀가루 반죽을 끼고 있으니까 행복혀."

야속한 일상은 감동할 시간, 격려의 말을 할 시간조차 허락해주지 않았다. 여섯시로 예약한 손님들이 들이닥쳤기 때문이다. 주방으로 돌아가야 했다.

"형, 괜찮아. 그만 일혀. 곧 다시 놀러올게."

환하게 웃으며 인사하고 가게 문을 나서는 녀석의 등이 한없이 듬직해 보였다. 그날, 토요일 밤의 주방 열기는 그야말로 후끈했다. 스태프들 모두 저녁을 거른 채 2차, 3차로 온 손님들을 맞이하느라 정신이 없었다. 주방 마감을 하고 나자 어느덧 밤 열두시 반. 그 시간에야 그날 집에서 나온 이래 처음으로 화장실에 갈 자유가 주어졌다. 쉬지 않고 들어온 손님 때문에 속옷까지 땀으로 젖어 있었고, 오줌마저 샛노랗게 나왔다. 긴장이 풀리자 참을 수 없는 허기가 밀려왔다.

주방으로 돌아와 청소를 하려는데 낮에 윤석이가 가져온 바게트가 눈에 띄었다. 하나를 집어들고 한쪽 귀퉁이를 뜯어 입에 가져갔다. '바삭' 소리와 함께 부서진 바게트의 거친 껍데기 안쪽으로 부드러운 속살이 느껴졌다. 씹을수록 구수한 맛이 올라오는 것이 어디에 내놓아도 꿀리지 않을 만큼 맛이 좋은 바게트였다.

마음이 뭉클해졌다. 그날의 고단함이 구수한 바게트의 맛 뒤로

숨어버린 듯했다. 남들처럼 좋은 제빵학원이나 제과학교도 가지 못한 채 10년간 기계만 만지며 거칠어진 그 손이, 빵을 만들며 또 시달렸을 것을 생각하니 순간 코끝이 찡해졌다. 그간 고생했던 노력이 고스란히 전해져오는 것 같았다. 손님들이 나가고 직원들도 다 퇴근한 빈 주방에서 바게트를 씹는데, 주책없이 눈물이 주르륵 흘렀다. 바게트가 너무 맛있었기 때문이다. 그리고 그 맛을 내기 위해 고생했을 동생에게 '맛있다'는 말조차 못해준 것이 너무 미안했기 때문이다.

　어쩌면 윤석이는 이전의 일을 계속하는 것이 좋았을지도 모른다. 오랜 시간과 많은 노력을 들여 나름 자리를 잡은 일이었다. 익숙해졌다고 해서 어렵지 않은 것은 아니지만, 분명 이전보다는 편하게 일할 수 있었을 것이다. 윤석이라고 그런 것들을 몰랐을 리 없다. 하지만, 그럼에도, 포기할 수 없었을 뿐이다. 빵을 만들고 싶다는 꿈을…… 외면할 수 없었을 뿐이다. 자신의 가슴에서 들려오는 소리를……

　우리는 살면서 행하는 많은 일들에 '도전'이라는 이름을 붙이곤 한다. 높은 토익점수 받기, 대기업 취직하기, 남들보다 빨리 승진하기 등등. 하지만 그것들은 '도전'보다는 '목표'라는 단어가 더 어울리는 일들인 것 같다. 도전의 사전적 의미는 정면으로 맞서 싸움을 거는 일을 뜻한다. 현실의 벽과 장애물에 맞서 가슴이 시키는 대로 따라가는 일, 그런 일들에야 도전이란 이름을 붙일 수 있는 게 아닐까. 모든 어려움을 알면서도 꿈을 향해 전진하는 윤석이의 행보처럼.

딱딱한 껍데기에 숨겨진 부드러운 맛, 사랑처럼,
바게트

재료(2인분 기준) (바게트는 영업용 오븐이 없으면 만들 수 없기에, 레시피는 바게트를 이용한 브루스케타 bruschetta로 대체.) 바게트 5조각, 방울토마토 5개, 마늘 3쪽, 양파 1/4개, 바질가루 약간, 발사믹식초 1큰술, 올리브오일 2큰술, 꿀 1/2큰술

1. 방울토마토는 8등분으로 잘라서 준비하고, 양파는 다지듯 잘게 썬다. 마늘은 슬라이스한다.
2. 볼에 방울토마토와 양파, 바질가루, 발사믹식초, 올리브오일을 넣는다.
3. 꿀을 넣고 골고루 섞은 다음, 랩을 씌운 뒤 30분 정도 재워둔다.
4. 달궈진 팬에 올리브오일을 두른 다음, 마늘을 볶는다. 여기에 바게트를 넣고 노릇노릇 구워준다.
5. 구워진 바게트 위에 만들어놓은 토마토소스를 듬뿍 올려주면 완성.

그리움이란,
이제는 없어
더욱 간절한 것들

고향을 그리워하며 입맛을 잃은
프랑스 남자.
그에게 솔뫼니에르는, 음식이 아닌
추억이고 그리움이었다.

향수병에 시달리던
프랑스 남자를 달래준
'솔뫼니에르'

"당신의 소울푸드soul food는 무엇입니까?"

인터뷰를 하는데 기자가 덜컥 하는 질문을 해왔다. 소울푸드, 자주 접한 단어이지만 진지하게 답을 찾진 않았었기 때문이다. 소울푸드라는 단어를 더듬거렸다. 어떤 책에서 아프리카계 미국인들의 전통음식에서 유래한 것으로, 노예생활의 고단함과 슬픔이 배어 있는 음식을 지칭한다는 글귀를 본 적이 있다. 아마 그들에게 그때의 음식은 삶의 고달픔을 잊게 해주는 휴식 같은 것이었겠다. 그래서 흔히 소울푸드란 영혼을 치유해주는 음식이라 해석한다. 어떤 대표성을 띠는 특별한 메뉴라기보다는 지극히 개인적인 관점의 음식이라는 생각이 들었다. 누구나 가지고 있으며, 자신만의 추억을 떠올리게 하는 맛!

과거의 경험을 떠올리자 주마등처럼 음식들이 스쳐지나갔다. 어린 시절에는 달고나를 비롯한 불량식품들이, 학창시절에는 매점에서 사먹던 떡볶이와 빵이, 군대시절에는 초코파이가 생각났다. 그런데 이런 음식들은 내가 아닌 다른 사람들도 충분히 떠올릴 만한 것이었다. 비슷한 환경, 문화를 겪으며 살았다면 많은 부분 공감할 그런 것이었다. 추억을 떠올리게 할지언정 영혼을 치유할 만한 음식들은 아니었다.

순간 프랑스와 스페인에서의 유학생활이 떠올랐다. 힘든 유학시기를 견딜 수 있게 도와줬던 한국음식들, 특히 김치와 라면. 그것들은 내가 용하게도 일을 그만두지 않도록 힘이 돼준 귀하디귀한 것이었다. 그런데 지금 소울푸드를 묻는다면 선뜻 라면과 김치라고 답할 수 없겠다는 생각이 들었다. 귀국해서 3년이 흐른 지금은 당시 그토록 지겨웠던 그곳에서의 음식을 추억하고 있으니 말이다. 물리도록 먹었던, 버터가 가득 들어간 느끼한 프랑스음식과 올리브오일로 만든 스페인음식이 간절하게 그립다. 레스토랑을 하면서 힘들 때마다 그때 먹었던 음식을 혼자 만들면서 유학생활 때 했던 다짐들, 겪었던 에피소드를 생각하며 파이팅을 하곤 한다. 기자에게 "지금 간절히 생각나는 음식이라면, 프랑스 유학생활 때 먹었던 버터가 듬뿍 들어간 감자요리요"라고 말하며, 소울푸드란 마음이 간절히 바라는 음식이라고 스스로 정의했다.

인터뷰를 마친 뒤 11월 중순에 찾아왔던 누군가가 떠올랐다. 그날은 화요일이었다. 평소보다 유독 손님이 적은 날이었던 걸로 기억한다. 가게 문이 열리며 두 명의 손님이 들어왔다. 남편으로 보이는 30대 후반의 깡마른 외국인과 아내로 보이는 30대 초반의 한국인이었다. 구석진 테이블에 자리를 잡은 그들은 주문할 메뉴를 꽤 오래도록 정하지 못하고 메뉴판만 보고 있었다. 여자는 남자에게 가게의 메뉴들을 열심히 설명하며 그가 고르길 바랐지만, 그의 표정은 뭔가 탐탁지 않다는 듯 시무룩하기만 했다. 가만히 지켜보다 그들에게 다가갔다.

"제가 여기 셰프예요. 저희 가게 처음 오신 것 같아서 음식 설명 좀 해드리려고요."

"아, 네. 셰프님이세요? 남편이 프랑스 사람인데, 요즘 영 식욕이 없어서 왔어요."

"아, 그러세요? 고향의 음식을 많이 못 드셔서 힘드셨나봐요. 저는 몇 년간 프랑스에서 살았었는데, 그때 한국음식이 워낙 귀해 고생했던 기억이 나네요."

"아, 셰프님도 프랑스에 계셨었군요. 그럼 이 사람한테 직접 메뉴 설명 좀 부탁해도 될까요? 아직 한국 온 지 1년도 안 돼서 한국말이 많이 서툴거든요."

우리들의 대화를 통 이해할 수 없다는 듯 지루한 표정으로 듣고 있던 그에게 불어로 물었다.

"Enchante, monsieur. C'est moi le chef ici(반가워요, 제가 이곳 셰프예요)."

"Ahh, vous parlez francais, enchante(아, 당신 불어 하는군요. 저도 반가워요)."

"Qu'est ce que vous voulez manger, monsieur(무엇을 드시고 싶으세요)?"

그는 살짝 고민하는 듯하더니, 말했다.

"혹시, 여기 생선요리는 없나요? 솔뫼니에르 sole meunière 같은……"

"네. 지금은 생선요리가 메뉴에서 빠졌어요. 솔뫼니에르 좋아하시나봐요?"

"많이 좋아해요. 프랑스에 있을 때, 집에서 어머니가 자주 만들어주셨던 요리라서요. 어렸을 때 참 많이 먹었죠. 가끔 생각나서 먹고 싶은데 너무 가정적인 음식이라서 그런지 한국에 있는 프랑스 식당에서도 팔지 않더라고요."

옆에서 우리의 대화를 듣던 여자가 말을 이었다.

"이이가 요새 고향이 그리운지 입맛이 없어해요. 매일 먹는 한식이 아무래도 부담스럽나봐요. 몇 군데 프랑스식당에 데려갔는데도, 막상 가보면 별로 안 먹더라고요."

살짝 아쉬운 마음을 안고, 그들에게 말했다.

"아, 죄송해요. 저희가 지금 생선이 없어서요. 있었으면 메뉴에는 없지만 좀 만들어드렸을 텐데."

그러자 그가 살짝 작아진 목소리로 말을 받았다.

"아, 그렇군요. 그럼 뭐 어쩔 수 없죠. 전 그냥 샐러드 하나만 주문할게요."

실낱같은 기대가 꺾여 풀죽은 모습. 실망한 눈빛을 보자 왠지 그에게 꼭 요리를 먹여주고 싶다는 생각이 들었다. 말로는 설명하

기 힘들지만 요리사로서의 어떤 사명감 같은 것이었다. 마침 화요
일 밤이라 한산했던지라, 근처 레스토랑의 셰프들에게 전화를 걸었
다. 밤 열시면 우리 가게는 2차 손님이 올 시간이었지만, 다른 레스
토랑들은 마감 준비를 할 때였다. 몇 군데의 레스토랑에 전화를 걸
었는데, 손님이 없어 일찍 끝냈는지 받지 않는 곳이 많았다. 통화가
돼도 생선이 없다는 곳이 대부분이었다. 포기하려던 찰나, 가게에
서 삼 분 거리에 있는 일식주점이 떠올랐다. 새벽 두시까지 회를 파
는 가게였다. 주저 없이 그곳 셰프에게 전화를 걸었다. 몇 번의 벨
이 울린 뒤 그가 전화를 받았다.

"저 루이쌍끄 이셰프예요."

"아, 이 시간에 웬일이세요?"

"죄송한데, 혹시 가자미나 광어 한 마리만 지금 좀 파실 수 있으
세요?"

"음, 가자미는 없는데 광어는 있어요. 그런데 광어요? 갑자기
왜요?"

"사정은 나중에 말씀드릴게요."

"마침 오늘따라 손님이 별로 없어서 못 팔고, 내장이랑 비늘만
정리해둔 광어가 두 마리 있어요. 오시면 한 마리 내드릴게요."

통화가 끝나자마자 수셰프인 성모군에게 "오 분 안에 올게. 네
가 대신 주방 좀 지휘해"라는 말을 남긴 뒤, 번개같이 가게 문을 열

고 뛰어나갔다. 급한 마음에 돈은 나중에 주기로 하고 허겁지겁 생
선을 받아들고 또 뛰었다. 몇 분 뒤 숨을 헐떡이며 들어오는 나를 본
부부가 깜짝 놀란 표정을 지었다. 그런 그들에게 다가가 손에 들린
하얀 봉지를 들어 보이며 씩 웃었다.

"당신한테 해주려고 바로 생선을 구해왔어요. 이제 솔뫼니에르
해줄 수 있어요."

그들은 놀라움에 동그래진 눈을 하고는 감격한 듯 연신 고맙다
는 말을 했다. 솔뫼니에르의 조리법은 비교적 단순하다. 집에서도
쉽게 해먹을 수 있는 이 요리는, 내가 프랑스 유학시절 처음 살았던
하숙집의 주인아주머니가 곧잘 해주곤 했었다. 항구도시로 유명한
브르타뉴 지방에 있던 집이었다. 도버해협을 끼고 있는 해안지방이
었기에, 그곳에서는 최고의 생선들을 만날 수 있었다. 솔뫼니에르
는 생선만 있으면 나머지는 밀가루와 버터, 레몬즙, 파슬리만 준비
하면 되는 요리다. 비늘을 제거하고 껍질을 벗겨낸 가자미 혹은 광
어를 소금, 후추로 간한 다음 표면에 밀가루를 살짝 묻힌다. 이것을
버터를 넣은 팬에서 앞뒤로 노릇노릇하게 구우면 완성이다. 우리네
생선전과 비슷한 형태다.

'칙~' 소리와 함께 비릿하지만 고소한 생선 특유의 향이 올라왔
다. 일식집에 있는 생선이다보니, 질은 말할 것도 없이 좋았다. 노
릇하게 황금빛으로 잘 익은 광어를 따뜻한 접시 위에 놓았다. 그리

고 팬에 버터 한 조각을 넣고 녹였다. 버터가 녹아 살짝 갈색이 됐을 때, 이 상태가 버터의 풍미가 가장 고소해질 때다. 여기에 레몬즙과 파슬리 한 줌을 넣었다. 레몬의 상큼함이 더해져 맛있는 냄새가 났다. 이렇게 완성된 소스를 접시 위에서 기다리고 있던 광어 위에 뿌리자 어느새 요리가 모습을 드러냈다.

사실 솔뫼니에르는 음식 모양이 예쁜 요리는 아니다. 영국에 피시앤칩스fish and chips가 있다면 프랑스에는 솔뫼니에르가 있다고 할 수 있는데, 이 둘의 공통점은 외형상 평범하기 짝이 없는 요리라는 것이다. 하지만 음식을 내가면서 그는 바로 이런 평범함이 그리울 것이라는 생각이 들었다. 완성된 요리를 들고 그 부부가 있는 테이블로 향했다.

"Le sole meunière. Ca c'est pour vous(솔뫼니에르예요. 당신을 위한 겁니다)."

솔뫼니에르를 바라보는 그는 마치 어린아이로 돌아간 듯 해맑은 표정을 지었다. 함박웃음을 지으며 포크와 칼을 집어들고는, 아내에게 먹어보라는 권유조차 할 여유가 없다는 듯 한 입 크기로 썰어서 입에 넣었다. 오물거리다 이내 감격한 표정을 하고는 음식을 계속해서 응시했다. 그때의 그 표정을 본 순간, 밤에 허겁지겁 다른 식당에까지 달려가서 재료를 구해온 보람을 느낄 수 있었다. 그러면서 속으로 작게 되뇌었다.

© Naotake Murayama

숑외니에르는 우리나라로 치면
고등어구이 같은 요리다. 프랑스 가정에서
즐겨먹는 요리죠, 프랑스인에겐
고향의 음식인 셈이다.

'저 기분, 나도 잘 알지.'

프랑스에서 1년쯤 살았을 때, 지독한 향수병에 시달렸던 그때가 떠올랐다. 매일 한국과 한국음식을 그리워하며 지냈다. 입맛을 잃고 살면서 살이 너무 빠져 생애 가장 적은 몸무게로 하루하루 버티는 그 생활이 너무 힘겨웠다. 왜 살아야 하는지에 대한 의미조차 찾기 힘들었던 순간이었다. 어느 날 파리를 하염없이 걷는데 낯익은 글씨가 눈에 들어왔다. 분명 한글로 적힌 간판이었다. 파리에서 한식당은 극히 드물었기에 반가움은 이루 말할 수 없었다. 자리를 잡고 메뉴판을 보자 설렁탕이 눈에 띄었다. 1년 넘게 먹지 못했던 음식이 줄지어 있었는데 그중에서도 설렁탕에 유독 시선이 갔다. 그리고 주문한 설렁탕의 그 진한 맛. 비록 한국에서보다 맛의 깊이는 떨어질지 몰라도 향수병에 시달리던 내겐 세상 최고로 맛있는 음식이었다. 그다음에도 월급날이면 늘 그 한식당을 찾곤 했는데, 한 달간의 힘든 생활이 모조리 사라질 만큼 큰 힘이 돼줬다.

어느덧 식사를 마친 그들 부부가 계산을 마치고 주방에 있는 내 쪽으로 다가와 말을 건넸다.

"오늘 정말 행복한 식사를 했어요. 남편이 너무 고마워해요. 고향에서 어머니가 해주던 맛이 생각났다고 하더라고요. 진심으로 감사합니다. 셰프님~"

"아, 좋아해주셨다니 저도 기분이 좋네요. 저도 덕분에 보람 있는 요리를 했어요."

순간 우쭐해져 그에게 눈을 찡긋해 보였다. 그러자 그도 덩달아 눈을 찡긋하며 웃었다.

"결혼하고 저 따라서 무작정 들어온 한국인데, 많이 낯설어서 항상 미안하던 참이었지요. 오늘 이이가 맛있게 식사하는 모습을 보니 저도 참 행복했어요."

"앞으로는 오시기 전에 미리 전화주세요. 드시고 싶은 요리 있으면 메뉴에 없어도 해드릴게요."

문을 나서다 말고 그가 아쉬운 듯 다시 뒤돌아서며 말했다.

"감사합니다. 정말 감사합니다. 또 오겠습니다."

요리하는 사람으로서 누군가에게 인상 깊은 음식을 만들었다는 것만큼 기분 좋은 일이 또 있을까. 진심으로 행복해하는 그의 표정에 덩달아 행복해졌다. 또 오겠다는 그의 말이 귓가에 맴돌며 쉬이 잊히지 않았다.

뼈만 남은 빈 접시를 바라보며 생각했다. 음식에는 몸뿐만 아니라 분명 영혼을 치유하는 힘이 있다고 말이다. 소울푸드의 의미는 사람에 따라, 그가 맛본 음식과 그가 겪은 경험에 따라 달라질 것이다. 그렇기에 내가 대접한 솔뫼니에르가 그의 소울푸드였다고는 확신할 수 없다. 하지만 그날, 그가 고향을 떠올리며 음식을 맛본 순간만은 분명 그의 소울푸드는 솔뫼니에르였을 것이라고 생각한다. 고향에 대한 그리움으로 지쳐 있던 그의 마음에 힘을 준 음식이었으니까 말이다.

노릇노릇,
비릿비릿,
고소고소!

평범하지만, 그래서 정겨운 고향의 맛,
솔뫼니에르

재료(2~3인분 기준) 광어 1마리, 버터 50g, 중력분 100g, 레몬 1/2개, 파슬리 약간

1. 광어(혹은 가자미)의 껍질을 벗기고 지느러미를 가위로 정리한다.
2. (1)에 소금, 후추로 간한 뒤 밀가루를 묻힌다.
3. 팬에 오일과 버터를 두르고, 달궈지면 광어를 올린다.
4. 불 조절을 하며 중불에서 한쪽을 굽고 뒤집은 뒤 반대쪽을 굽는다(크기에 따라 다르지만 대략 각각 3~5분).
5. 구워진 생선을 접시에 올리고, 생선을 구운 팬에 버터를 한 조각 넣은 뒤, 파슬리와 레몬즙을 살짝 뿌려 버터소스를 완성한다. 생선 위에 뿌려주면 끝.

🍴 솔뫼니에르는 요즘은 프랑스에서도 오래된 전통 레스토랑에서나 볼 수 있는 아주 클래식한 메뉴다. 프랑스 바닷가 지방에서는 가정식으로도 즐겨먹는 손쉬운 요리이기도 하다.

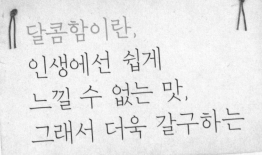

달콤함이란,
인생에선 쉽게
느낄 수 없는 맛,
그래서 더욱 갈구하는

낙방을 거듭하며 좌절한
취업 준비생.
그에게 쇼콜라는 씁쓸한 인생을
잠시 잊게 해주는 달콤한 휴식이었다.

낙방을 거듭한 취업 준비생에게
달콤한 위안이 돼준
'쇼콜라'

　사람이 느끼는 맛 중에 '달콤함'만큼 매력적인 게 또 있을까. 나는 메인요리 후에 나오는 디저트를 정말이지 사랑한다. 마치 예상치 못한 보너스를 얻는 기분이기 때문이다. 메인요리를 통해 얻은 포만감과는 또다른 새로운 만족감. 그것은 메인요리를 더 오래 기억할 수 있도록 돕는가 하면, 그것 자체만으로도 충분히 인상 깊은 경험을 선사해주기도 한다. 드라마나 영화를 볼 때 잘 짜인 반전을 보는 듯한 쾌감을 안긴다고 할까. 그런 사실을 알게 된 것은 그리 오래되지 않았다. 20대 중반까지만 해도 생일 때 먹는 생크림케이크 외엔 그다지 단걸 먹어본 적이 없거니와, 그 맛을 제대로 느낀 적도 없었다. 예전의 내게 디저트란 식사 후에 비타민 섭취를 위해 간단히 먹는 과일 정도가 전부였다.

　디저트의 세계에 빠진 것은 많은 이들이 '미식의 성지'라 부르는 파리에서였다. 2004년도에 배낭여행으로 처음 갔던 그곳에서 힘든 일정을 소화하다 센 강변의 어느 비스트로에 도착했을 때였다. 배도 고프고 풀려버린 다리도 쉴 겸 들어가 자리에 앉았는데, 메뉴판을 보자 당혹감이 밀려왔다. 당시엔 불어를 전혀 못했기 때문에 메뉴판을 읽을 수 없었을 뿐만 아니라, 그곳의 웨이터들도 영어를 못하기는 매한가지였기 때문이다. 결국엔 유일하게 손님이 앉아 있던 옆 테이블을 가리켜 그들이 먹고 있는 것을 달라고 손가락을 바삐 움직여 표현했다. 보디랭귀지가 통했는지 잠시 후 같은 메뉴가 나왔다. 그런데 아뿔싸, 그것은 디저트였다. 나중에 알고 보니 '무스 오 쇼콜라mousse au chocolat'였다.

빨간 산딸기가 곁들여져 나온 진득한 초콜릿크림. 울며 겨자 먹 기로 입에 한 숟가락 떠넣었다. 그런데 그 순간, 내게 밀려들어온 그 맛과 기분은 지금껏 경험하지 못한 미지의 세계였다. 그것도 환 상의 세계! 그 달콤쌉싸름한 느낌이 말로는 설명할 수 없는 황홀함 그 자체였다. 마치 파리의 하늘 위로 천사들의 아카펠라가 들리는 것 같았다. 당장 누구와도 사랑에 빠질 수 있을 것 같은 기분이었 고, 방금 사랑에 빠진 느낌이었다. 전설의 바람둥이인 카사노바가 여자를 사로잡기 위한 방법 중 하나로 초콜릿을 자주 애용했다는 글을 본 적이 있는데, 그날 어떻게 그것이 가능한지를 깨달을 수 있 었다. 거기에다 곁들인 진하고 쓴 에스프레소와는 또 어찌나 잘 어 울리던지.

그날부터 나는 디저트 애호가가 됐다. 유학시절, 프랑스의 레스 토랑에서 일할 때는 그것의 매력을 확신하는 시간이기도 했다. 프 랑스 사람들은 정말 디저트를 좋아한다. 손님들은 반드시 식사 후 에 디저트를 시켰고, 요리사들도 디저트에 맞춰 코스요리를 구성할 정도였으니 말이다. 메인요리가 아무리 맛있어도 디저트가 별로이 면 그 식사는 좋은 평가를 받지 못했다. 그것이 신기하고도 재미있 어 한번은 그 당시 셰프에게 물어본 적이 있다.

"셰프, 프랑스인들은 왜 이렇게 디저트에 열광하죠? 달콤한 맛에 거의 미쳐 있는 것 같아요."

"글쎄, 너무 자연스러워서 그 이유를 한 번도 생각해본 적은 없지만, 아마도 인생에서 느낄 수 없는 맛을 디저트를 통해 느끼려는 것 아닐까? 달콤한 디저트를 먹으면 마치 사랑하는 사람과 섹스를 한 것같이 기분이 좋아지잖아."

그럴지도 모르겠다는 생각이 들었다. 주방에서 심한 욕을 듣고 무지막지하게 혼나 힘이 쭉 빠진 순간에도, 달콤한 쇼콜라를 먹으면 금세 잊히는 것을 보니 말이다. 그때의 기억이 강해 나 역시 식당을 오픈했을 당시 가장 먼저 만들었던 디저트 메뉴가 바로 쇼콜라였다. 그중 무스 오 쇼콜라를 만들었다. 프랑스에서 귀국하기 직전, 가장 유명하다는 쇼콜라티에chocolatier에게 며칠간 묻고 또 물어 레시피를 전수받은데다 그 당시 제철음식이었던 딸기를 곁들였기에 성공에 대한 확신이 있었다. 그런데 반응은 기대 이하였다. 생각보다 판매가 신통치 않아, 나와 직원들이 남은 음식을 처리하는 나날이 반복됐다.

그렇다고 아예 찾는 사람이 없었던 것은 아니다. 마니아적으로 몇 명만 좋아했는데, 그중 내가 아끼는 동생 현중군이 있었다. 20대 후반의 나이에 짧고 반듯한 스포츠머리만큼이나 늘 단정한 옷차림을 한 청년. 170센티미터 정도의 키에 마른 몸을 가진 현중군은 레스토랑을 오픈할 당시 직원모집 공고에 지원했던 친구다. 부산에 있는 대학교에서 산업디자인과를 전공한 그는 부푼 꿈을 안고 서울에 왔지만 1년째 취업을 못해 떠돌다, 아르바이트라도 할 겸 지원한 경우였다. 성격도 좋고 외모도 반듯한 그가 직원이 되면 좋겠다는 생각을 하지 않은 것은 아니지만, 다른 분야에 뜻이 있는 친구보다는 오래도록 일할 수 있는 사람을 원해 아쉽지만 떨어뜨렸었다. 하지만 그것이 인연이 돼 바쁜 날에 연락을 하면 늘 달려와 설거지든 서빙이든 척척 도와주는 그런 동생이 됐다.

힘들게 일을 해준 그에게 수고했다며 남은 쇼콜라를 준 적이 있는데, 그는 접시 밑바닥까지 혀로 싹싹 핥아 남김없이 맛있게 먹었다. 이런 맛은 처음 맛본다는 듯 감탄사를 연발하면서 말이다. 그 모습이 보기 좋아 달달한 디저트와인까지 한 잔 내주는 날에는, 마치 신에게 은혜를 받은 듯한 충만함이 가득한 표정을 짓곤 했다. 그 때부터 쇼콜라를 많이 만든 날에는 그를 위해 남기곤 했다.

그런데 그의 얼굴은 시간이 갈수록 수척해져만 갔다. 첫 만남의 밝은 모습은 점차 사라졌고 우울하고 지친 표정만 굳어졌다. 말수도 점점 줄어들었다. 그의 안부가 궁금해 가끔 전화를 했을 때나 가게에 도와주러 왔을 때도 묻는 말에만 간단히 대답할 뿐이었다. 취업에 실패하는 시간이 오래되자 자신감을 잃은 것이었다.

20대 초반의 내가 생각났다. 음식에 관심이 있어 일을 시작했지만, 무엇 하나 쉽게 풀리는 것도 없고 앞으로 나아가지도 못하던 시기. 여기저기 레스토랑을 옮기며 죽어라 열심히 일했지만 돌아오는 것은 100만 원 정도의 월급과 달라지지 않는 일상뿐이었다. 누구도 인정해주지 않고 거들떠보지도 않던 시절이었다. 막막하고 답답했다. 무엇을 어디서부터 다시 시작해야 할지 모르겠다는 생각만 맴돌았다.

누군가의 도움이 간절했던 순간, 박효남 상무를 만났다. 우리나라 요리계의 대부로 꼽히는 밀레니엄힐튼호텔의 총주방장 박효남 상무. 그를 처음 알게 된 것은 고3 때 봤던 그의 성공스토리를 다룬 다큐멘터리를 통해서였다. 번듯한 요리대학을 나오지 못했지만 그는 치명적인 단점을 딛고 국내 요리계를 평정하게 된다. 그때의 기억이 너무 강렬해 내가 요리를 시작했다고 해도 틀린 말이 아니다. 무슨 이유에서인지는 모르겠지만, 힘들 때 가장 간절히 생각났던 사람도 그였다. 그를 어떻게든 만나고 싶었다. 그러면 답답함을 조금이나마 풀어주고 해답을 줄 수 있을 것이라 확신했다. 일개 요리사 지망생이 그를 만나기란 쉽지 않았다. 무작정 그가 일하는 레스토랑에 찾아갔다. 당연히 친절하게 맞아줄 리는 없었지만, 포기하지 않고 매일 이력서를 가지고 찾아갔다. 며칠이 지났을까. 가엾게 여긴 직원이 그에게 내 이야기를 했고 간신히 오 분이 주어졌다.

"안녕하세요, 상무님. 저는 요리사 지망생 이유석이라고 합니다. 상무님을 너무 존경해서 이렇게 찾아왔어요."

"허허, 나 바쁜 사람인데…… 그래 이렇게 봤으니, 용건이나 들어봅시다. 용건이 뭐예요?"

"저는 꼭 상무님처럼 요리사로 성공하고 싶어요. 어떻게 해야할지 막막해서요. 상무님 곁에서 일하면서 배울 기회를 주실 수 있나요?"

당돌하게 말하는 나를 어떻게 생각했을까. 아마도 어이없었겠지만 부정적으로 받아들이진 않은 듯싶었다.

"대학에서 조리학과 전공중이라고? 그럼 공부를 더 해야지."

"저는 일찍부터 현장에 뛰어들고 싶어요. 남들보다 더 빨리 기술을 익히고 싶어요. 성공하고 싶어요."

"성공? 유석군. 지금 성공이라고 했어? 한자로 성공이 뭔지 알아? 성공이란 목적을 이루는 거야. 그게 그렇게 하루아침에 되겠어? 그렇게 패기만만하다면 여기 레스토랑에서 실습생으로 몇 주만 일해보게."

일생일대의 기회를 얻어 몇 주간 그의 곁에서 일했다. 역시나 그의 말처럼 성공은 쉽게 이뤄지지 않은 듯싶었다. 최고의 위치에서도 안주하지 않고 매사 최선을 다하는 모습을 통해, 그가 지금의 자리에 오기까지 얼마나 노력했는지 가늠할 수 있었다. 어느 날 힘들게 허드렛일을 하는 나를 그가 불렀다.

"일은 좀 어때? 할 만한가?"

"너무 힘들어요. 견습생이라고 봐주는 것도 없고요."

"성공은 결코 쉽게 오지 않는 거야. 그런 과정을 충분히 겪어내고 이겨내면서 힘을 키워야 하는 거야. 너무 쉽게 얻으려는 건 욕심이라고, 이제 알겠나?"

아마 그는 몇 마디의 말보다 직접 깨닫게 해주기 위해 실습 기회를 줬으리라. 그뒤에도 지금까지 박상무는 최고의 멘토로 힘들 때마다 이런저런 조언을 많이 해주신다.

손님이 북적이는 토요일 밤이었다. 밤 열한시가 넘었는데도 테이블이 꽉 차 있을 정도로 분주했다. 정신없이 불판에서 버섯을 볶다가 접시에 담으려는데, 어느새 바에 현중군이 앉아 있었다. 반가운 마음에 짧게 말을 걸었다.

"언제 왔어? 조금만 기다려."

"저 신경 안 쓰셔도 돼요. 금방 갈 거예요. 그냥 형 얼굴이나 볼까 하고 잠깐 들렀어요."

접시를 홀 직원에게 건네준 다음 비로소 그의 표정을 보자, 묻지 않아도 상황을 대충 알 것 같았다. 단정한 정장에 살짝 풀어헤친 넥타이, 그리고 무척이나 지친 표정까지. 아마도 그가 또 면접에서 떨어진 것이라고 짐작했다.

"왜 이번에도 안 됐어?"

"네. 이번에는 운좋게 최종까지 올라갔거든요. 기대를 많이 했는데, 역시나 잘 안 됐어요. 떨어뜨릴 거면 진작에 떨어뜨리지."

풀죽은 목소리로 말하는 그에 따르면, 최종까지 같이 올라간 지원자들의 스펙이 장난이 아니라고 했다. 서울의 유명대학 출신들에, 해외 어학연수까지 다녀온 경쟁자들이 수두룩했다고 한다. 자신이 너무 초라하게 느껴져 기가 죽은 탓에, 면접관의 질문에 제대로 대답조차 못했다고. 그렇게 물먹은 솜처럼 축 처져 있는 그가 너무 안타까워 무슨 조언이라고 해주고 싶었다.

"그래도 포기하지 말고, 준비 잘해서 다시 도전해봐!"

"아니에요. 이젠 고향으로 돌아가려고요. 벌써 3년째 취업도 못하고 이러고 있었더니, 부모님 품이 너무 그리워요. 서울에서 어떻게든 보란듯이 입사하고 싶었는데, 이제는 너무 지쳤어요. 부산에 돌아가면 부모님 장사하시는 거 도우면서 지낼까 해요. 서울은 왠지 갑갑해서, 이래저래 저를 지치게 만드네요."

그의 전공은 캐릭터와 로고 등을 제작하는 것이었는데, 가끔씩 자신이 만든 포트폴리오라며 내게도 보여준 적이 있었다. 비록 그 분야에는 문외한인 나였지만 적어도 '감각 있다'는 정도는 확실히 느낄 수 있었다. 그의 작품에서는 그만의 개성과 문화가 살아 숨 쉬었기 때문이다. 독특하지만 끌리는 무엇이 분명히 있었다. 그렇기 때문에 단순히 스펙만 보고 그를 평가한다는 사실이 아쉽기만 했다.

"그렇게 결정 내리면 아쉽지 않겠어? 여기서 포기하면 그간의 노력이 허사가 되는 거라고."

"저도 그렇게 생각은 하지만, 계속 떨어지니까 제 실력에 대한 확신이 없어요. 저를 원하는 회사가 한 군데도 없다고 생각하니까 허탈하고 막막할 따름이에요. 괜히 시간낭비만 하는 건 아닌지 걱정도 되고요."

순간 생각난 것이 있어 말을 꺼냈다.

"얘기 하나 들려줄게. 그냥 편히 들어봐."

"네."

그가 작은 목소리로 대답했다.

"30여 년 전, 미국에 배우 지망생인 젊은 남자가 있었어. 삼류 작품에 단역으로 출연하는 무명배우였지. 그는 어렸을 때 부모님한 테 가정폭력을 당했고, 불우한 환경 탓에 주변 사람들로부터 무시를 많이 받았대. 어느덧 서른이란 나이에 아내와 자식까지 생겼는데, 당시 그의 통장에는 100달러뿐이었지. 그런 상황에서도 성공하고 싶다는 꿈은 버리지 않고 계속 키우고 있었어. 어느 날인가 갑자기 아이디어가 떠올라 직접 영화 시나리오를 썼지. 미국 전역의 영화사를 찾아다녔지만, 모두 그에게 퇴짜를 놓았어. 아무도 그를 거들떠보지 않았어. 여기서 만약 그가 포기했다면 계속 무명의 배우로 살다가 은퇴했을지 몰라. 하지만 그는 포기하지 않았고, 마침내 한 군데 영화사에서 연락을 받았어."

"그래서 어떻게 됐는데요?"

현중군이 이야기에 몰입한 듯 눈을 반짝이며 물었다.

"그는 영화사와 미팅을 하러 찾아갔어. 정말 열악한 조건이었대. 출연료도 거의 없었고, 주어진 조건도 터무니없었지만 그는 사인을 했어. 그가 원하는 조건을 들어줬기 때문이야. 그건 자신이 주인공으로 출연하는 거였거든."

"그래서 그가 누군데요?"

그가 못 참겠다는 듯 닦달하며 물었다.

"그 영화는 대단한 히트작으로 지금까지 회자되고 있는 〈록키 Rocky〉야. 무명의 실베스터 스탤론을 하루아침에 톱스타 반열에 오르게 한 영화인 거지. 지금이야 그가 처음부터 주연을 맡은 것처럼 느껴지지만, 그는 길고 긴 무명생활과 셀 수 없이 많은 좌절을 맛본 다음에야 결국 성공할 수 있었던 거야. 나는 지치고 포기하고 싶을 때마다 〈록키〉를 보면서 힘을 내곤 해."

"아, 그렇군요."

"〈록키〉에는 명대사가 참 많이 나오는데, 그중 나는 '끝나기 전에는 끝난 것이 아니다It ain't over till it's over'라는 대사를 참 좋아해. 그건 어쩜 실베스터 스탤론이 자신을 향해 건넨 주문이 아니었을까 생각하곤 해."

"저도 그 영화를 봤지만, 그런 뒷얘기가 있는 줄 몰랐어요."

"그러니깐 자네도 시작이 조금 뒤처졌다고 허탈해하지 마. 아직 끝난 게 아니잖아."

뻔하고 상투적인 위로였을지 모르지만, 내게도 큰 힘이 됐던 그 에피소드를 반드시 들려주고 싶었다. 그 마음이 가 닿은 걸까. 그는 골똘히 무언가 생각하는가 싶더니, 맥주 한 잔을 더 시켜서 마시고는 내게 인사를 하고 가게를 나섰다.

그렇게 두 달이 흘렀다. 손님이 없는 수요일 밤이었다. 그날따라 컨디션이 좋지 않아 매니서에게 일찍 정리하고 빨리 들어가자고 얘기하고 있는데, 가게 문이 열리며 현중군이 들어왔다. 쑥스러운 듯 인사를 하고 들어오는 그의 모습이 평소와 달랐다. 정장을 빼입고 서류가방을 든 그가 말했다.

"저 이번에 드디어 취직했어요. 진작 알려드렸어야 하는데, 정신없는 바람에 이제야 찾아왔네요."

"앗, 그래? 축하해. 정말 잘됐다."

"그냥 정말 작은 디자인회사예요. 하청을 받아서 디자인을 제작해주는 회산데, 전 직원이 삼십 명 정도예요. 이름 있는 회사만 죽어라 시험보다가는 답이 없을 것 같아서 조금 눈을 낮춰봤는데, 다

© 팻투바하

 식감이 거품처럼 가벼운, 무스 오 쇼콜라는 프랑스인들이
최고로 선호하는 디저트다.

행히 자리가 있어서 합격했어요."

반가운 마음에 그를 자리에 앉히고 취업선물로 특별히 샴페인 '모에&샹동Moet&Chandon'과 그날 만들고 남은 쇼콜라를 내줬다. 그는 좋아하는 쇼콜라를 한 입 떠서 입에 넣고는 천천히 샴페인을 한 모금 마셨다. 그런데 어찌된 일인지 표정이 그리 밝지만은 않았다.

"회사생활은 어때?"

"아직은 뭐가 뭔지 잘 모르겠어요. 처음이라 그럴 수도 있지만, 아직도 문득, 과연 이렇게라도 입사한 것이 잘한 건가 의심은 많이 들어요. 기대에 못 미치는 작은 회사를 가려고 3년간 고생했나 싶기도 하고, 잘나가는 친구들 보면 창피하기도 하고…… 아직도 방황하는 것 같아요."

"음, 이번에도 얘기 하나 들려줄까? 30여 년 전, 미국의 어느 고등학교 농구부에 농구를 무척 사랑하는 평범한 학생이 있었어. 그는 깡마른 몸에 키도 작은 편에다 다른 팀원들에 비해 그렇게 실력이 뛰어난 편도 아니었어. 늘 후보선수로 벤치를 지켜야 했지. 중학교 때는 실력이 부족해서 퇴출까지 당했다고 해. 창피했지. 같이 농구를 시작한 친구들은 열심히 코트 안에서 뛰어다니고 있었으니까. 정말 창피했지만 그는 절대 포기하지 않았고 매일 남들보다 더 많은 시간을 피땀 흘려가며 노력했어. 그 결과 20년 후에는 농구황제라 불렸어."

"혹시 마이클 조던인가요?"

"그래, 맞아. 만약 그가 벤치생활을 견디지 못했다면, 더 열심히 하는 계기로 삼지 못했다면 농구황제라는 소리를 들을 수 있었을까? 농구역사상 가장 완벽한 선수로 불리며 수많은 신기록을 갈아 치운 그에게도 그런 좌절의 시기가 있었단 말이야."

"아, 그렇군요."

"나 역시 힘든 순간이 많아. 하루에도 몇 번씩 요리를 그만두고 싶다는 생각이 들지. 잘나가는 또래들 보면 뒤처지는 거 아닌가 싶기도 하고…… 개인적으로도 이런저런 힘든 순간도 있지. 그런데 내가 좋아하는 일을 한다는 것만으로도 감사한 일이 아닐까라는 생각을 했어. 비록 거창하지는 않아도 내가 하고 싶은 일을 하면서 하루하루 견딘다는 것 자체가 내 꿈에, 목표에 다가가는 일일 테니까. 그렇게 생각하니까 마음이 조금 편해지더라고."

"네, 알겠습니다. 아직 젊으니까, 포기하지 말고 지금의 자리에서 더 노력해볼게요."

"그래, 입사한 지 얼마나 됐다고 약한 소리를 하는 거야. 자네에게 밀려 떨어진 불합격자에 대한 예의도 아니지. 누군가는 자네의 그 자리도 부러워할 거야."

그가 잠시 고개를 떨구더니 이내 미소를 지으며 말했다.

"근데, 혹시 남은 쇼콜라 있으면 더 주실 수 있으세요?"

찐득찐득,
달콤달콤,
스르륵!

인생엔 없는 맛, 그래서 더욱 간절한 달콤함,
쇼콜라

재료 생크림 100ml, 우유 150ml, 다크초콜릿 80g, 달걀노른자 2개, 설탕 40g, 말린 홍찻잎 1티스푼

1. 생크림과 우유, 홍찻잎을 냄비에 모두 넣고, 가장자리가 살짝 끓어오를 정도로만 데운다. 향이 날아가지 않게 랩으로 씌우거나 뚜껑을 덮어둔다.
2. 찻잎의 맛과 향이 우러나면 찻잎을 체에 거른다.
3. 체에 거른 홍찻잎을 숟가락으로 꾹꾹 눌러준다. 잎에 흡수된 생크림과 우유까지 짜낸다.
4. 중탕으로 부드럽게 녹인 초콜릿에 짜낸 생크림과 우유를 넣고 주걱으로 골고루 섞어준다.
5. 달걀노른자 푼 것을 볼에 담고 설탕을 넣어 거품기로 섞는다. 설탕이 어느 정도 녹고, 반죽의 색이 뽀얗게 변하면 반죽을 부어 섞은 다음 체에 한 번 거른다.
6. 오븐 팬에 종이타월을 깐 다음 따뜻한 물을 자작하게 붓는다. 그 위에 무스 용기를 넣고 완성된 반죽을 60~70% 정도 차오르게 붓는다. 이것을 오븐에 20~25분간 구우면 완성이다.

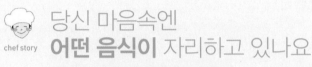

당신 마음속엔
어떤 음식이 자리하고 있나요

chef story

왕따였던 고교시절, 친구를 만들어준 '짜장면'

스산한 바람이 불던 2010년의 어느 가을날. 서울 노원구의 한 허름한 상가건물 입구 앞에 홀로 서 있었다.

"고등학교 졸업하고 처음 오는 거니까, 12년 만인가? 시간 참 많이 흘렀네……"

혼잣말을 내뱉다가 '12년'이란 시간에 놀라고 말았다. 그날따라 유난히도 차가웠던 바람 때문인지 콧등이 시큰해져왔다.

누구의 마음속에나 추억의 음식 하나쯤은 자리하고 있기 마련이다. 20대의 젊은 나이에 오스트리아로 이민을 간 삼촌은 일흔이 다 된 나이이지만, 오매불망 호떡을 찾는다. 몇 년에 한 번씩 한국에 들어오는데, 공항에 마중나간 가족들에게 건네는 첫인사가 "호떡 사왔느냐?"일 정도다. 가족보다 호떡이 더 그리웠던 모양이다.

어려운 집안형편 때문에 어렸을 때부터 공장에서 일해야 했던 그다. 한 달을 꼬박, 밤낮을 가리지 않고 일해서 받은 월급은 고스란히 생활비로 내놓았다. 그마나 자신에게 주는 유일한 선물은 월급날 사먹는 호떡 하나. 그 소박한 사치로 한 달간의 고된 노동을 보상했다고 한다. 쫄깃쫄깃한 반죽을 한 입 깨물면 입안에 퍼지는 달콤함…… 그것만으로도 지친 몸과 마음은 충분히 위로를 받았다던 어느 날의 고백에 그의 호떡 사랑을 온전히 이해하게 됐다.

언젠가 한국을 찾은 삼촌이 일주일간 우리 집에 머문 적이 있다. 한국에 있는 동안은 하루도 거르지 않고 매일 호떡을 먹는 그이기에, 내가 매일 호떡을 사다날랐다. 한번은 삼촌의 건강을 생각해 일반 호떡 대신 녹차호떡과 기름기를 쏙 뺀 다이어트 호떡을 사다드렸다. 그런데 한 입 베어먹고는 더이상 손도 대지 않는 게 아닌가.

"삼촌, 맛이 없어요? 아무래도 기름기 많은 음식이 몸에 안 좋을 것 같아서 다른 걸로 사왔는데."

"호떡은 절절 끓는 기름에 구운 게 제맛이지. 맛없어서 도저히 못 먹겠다."

"그래도 이왕이면 건강에 좋은 게 더 좋잖아요."

"호떡을 몸 생각해서 먹겠냐? 추억으로 먹는 거지. 당장 다시 사와라."

친한 지인 중 한 명은 단팥빵이라면 사족을 못 쓴다. 그런데 다른 곳의 단팥빵은 전혀 손도 대지 않고 오직 한 곳, 전북 군산에 있는 '이성당'이란 빵집의 것만 먹는다. 군산에서 태어난 그는 고등학교 때까지, 부모님과 함께 오붓하게 지내며 그곳의 단팥빵을 자주

먹었다고 한다. 대학교 때문에 서울로 올라오게 되면서 어쩔 수 없이 고향을 떠났는데, 가장 힘든 것이 그 단팥빵을 못 먹는 것이었다고 했다. 다른 곳에서는 그 고소한 단팥의 맛이 안 났기 때문이었다. 대학을 다니고 졸업 후에는 취업을 하느라 몇 년간 잊고 지냈단다. 그러다 몇 년 만에 호남에 갈 일이 있어서 찾아갔는데, 없어졌을 줄 알았던 빵집이 아직도 똑같이 그 자리를 지키고 있었다. 그 점이 고마워 그때부터 틈날 때마다 이성당을 찾았다. 더불어 근처를 드라이브하다 찾아낸 호남 제일의 짬뽕집이라 알려진 '복성루'도 발견하게 됐다고 했다. 몇 년 전부터 한두 달에 한 번씩 복성루에서 짬뽕을 먹고, 매운 입을 달래며 단팥빵을 먹는 맛기행이 시작됐다. 그는 늘 그것을 자랑스럽게 말했다.

맛에 대한 궁금증은 절대 못 참는 편이라 하루는 시간을 내서 따라간 적이 있다. 겨울이었는데, 우선 내려가는 일부터 만만치 않았다. 차로 꼬박 세 시간이 넘게 걸렸다. 삼십 분을 줄서서 짬뽕을 먹고 또 빵 나오는 시간에 맞춰 기다렸다가 단팥빵을 사먹었다. 기대를 너무 많이 했던 탓일까. 내겐 도통 그 황홀한 맛이 느껴지지 않았다. 물론 맛이 없지는 않았지만, 도로요금과 기름값을 음식값의 두 배나 내고 가서 먹을 정도는 분명 아니었다. 그 돈이면 특급 레스토랑에서 먹는 것이 더 경제적일지 모른다는 생각까지 들었다. 하지만 그는 그 바보 같은 맛기행을 아직까지 하고 있다. 한때 나 역시도 소위 맛집 위주로 투어하는 맛기행을 한 적이 있다. 프랑스에서 돌아오자마자 나만큼이나 음식을 좋아하는 이재용 영화감독과 한상필 사진작가 등등 서너 명이서 서울에서 맛있다고 손꼽히는 음식점들을 찾아다닌 적이 있다. 인정받는 그 맛의 비결이 궁금해서였다. 대부분 음식들은 훌륭했고, 대박집으로 인정할 만했다. 하지만 딱 그 정도였다. 마음을 움직일 만한 맛집은 쉽게 나타나지 않았다.

삼촌에게 호떡이, 지인에게 단팥빵이 소중한 것은 옛 기억을 떠올리게 만들기 때문이란 결론에 이르렀다. 저마다가 지닌 추억의 음식은 그렇게 과거로 시간여행을 하게 만들어주는 것이다. 나에게도 역시 과거로의 시간여행이 필요했을까? 이날은 레스토랑 오픈을 앞두고 식자재와 도구를 사기 위해 서울의 곳곳을 다니던 때였다. 아침 일찍 일어나 두 다리가 퉁퉁 붓도록 서울의 이곳저곳을 다니다 편의점에서 김밥 한 줄이나 빵 하나로 배고픔을 해결하곤 했다. 근처에 간 김에 먼발치에서 모교만 살짝 둘러보고 올 작정이었는데, 유독 그날따라 그곳 생각이 간절했다. 그리고 정신차려보니 어느덧 그 건물 앞에 서 있었다.

'아직 그 가게가 있을까.'

상가 문을 들어서며 혼자 중얼거렸다. 살짝 설레는 기분이 들었다. 작고 어두운 계단을 걸어 지하 1층으로 내려가자 예전의 모습과는 다른 장소가 펼쳐졌다. 분명 예전과 동선도 바뀌고 몇몇 가게는 이미 자취를 감춘 상태였다. 벌써 시간이 12년이나 흘렀으니, 당연히 그럴 법도 하다고 생각했다. 천천히 걸음을 옮기면서 서서히 곳곳을 둘러보았다. 그런데 건물의 절반쯤을 지나쳐왔을 때, 낯익은 모습이 눈에 들어왔다. 분명히 그곳이었다. 꿈에서 봤던 것을 빼고는 12년 만에 처음 보는 바로 그곳. 간판은 얼마 전 새로 바꾼 것 같았지만, 그 간판에 적혀 있는 가게 이름은 그대로였다. 분명 그 중국집이었다.

가게가 아직도 있다는 것 자체만으로 마음이 놓이면서도, 한편으로는 주인장이 바뀌었거나 맛이 변한 건 아닐까 하는 걱정이 슬며시 밀려왔다. 눈을 굴리며 여기저기 한참을 둘러보는데, 손님으로 보이는 두 남자가 문밖으로 나왔다. 살짝 열린 문틈 사이로 낡은 나무탁자와 의자가 보였다. 다행이었다. 외국에서 한국 사람을 만난 것 같은 반가운 마음이 들었다. 살며시 문을 밀고 안으로 들어갔다. 세월은 중국집 안의 메뉴판을 달라지게 했지만 인테리어까지는 바꿀 수 없었던 모양이었다. 빛바랜 벽지와 옛날식 탁자가 차라리 정겹게 느껴졌다. 이리저리 둘러보는데 가격표가 눈에 띄었다. 짜장면 3000원. '12년 전엔 1800원이었는데.' 속으로 쓸쓸히 웃었다.

앉아 있는데 '주문 받아라'라는 소리가 들렸다. 고개를 돌려보니 카운터에서 돈을 받는 주인아주머니였다. 얼굴에 주름이 좀 늘긴 했지만, 분명 예전의 그녀였다. 고교시절엔 한 달에 일곱 번 정도 이곳에 와서 짜장면을 먹었기 때문에 아주머니의 얼굴을 또렷이 기억한다. 그 당시 그녀는 단골인 나를 올 때마다 반겨주고, 가끔씩은 군만두까지 서비스로 내주기도 했다. 반가운 마음에 가서 인사라도 하고 싶었지만, 혹시나 그녀가 기억하지 못하면 상처받을 것 같아 욕심을 덜어냈다. 한참이 지나서야 홀 직원이 주문을 받으러왔다. 주문하는 데 오래 걸리는 전통은 변하지 않은 모양이었다. 탕수육까지 시킬까 하다고 혼자 먹기엔 양이 많겠다 싶어 짜장면 한 그릇만 주문했다.

　십 분이나 지났을까. 어느덧 짜장면이 나왔다. 김이 모락모락 나는 것이 방금 면을 뽑은 듯했다. 좀더 따뜻한 짜장면을 먹을 수 있다는 점 때문에 나는 배달시켜 먹는 것보다 직접 찾아가서 주문하는 것을 더 좋아했다. 젓가락을 들어 좌우로 면을 비비기 시작했다. 양은 그대로인 듯 보였다. 웬만큼 면이 짜장과 잘 버무려졌을 때, 한 입 크기로 면을 들어 입으로 가져갔다. 그리고 천천히 면발을 씹으면서 맛을 음미했다. 동시에 그때를 떠올렸다.

　고등학교 1학년 시절, 나는 반에서 늘 혼자 있는 소위 '왕따'였다. 혼자 밥을 먹었고, 쉬는 시간에도 친구들과 어울리지 못했다. 어렸을 때 부모님 일 때문에 전학을 자주 다니는 바람에 친구들을 많이 못 사귀었는데, 이번에는 엎친 데 덮친 격으로 중학교 때 친했던 친구들과도 떨어져 혼자 다른 고등학교에 배정된 것이었다. 지금이야 손님들에게 이런저런 말을 건네지만, 그 당시에는 먼저 친구들에게 다가가는 활발한 성격도 아니었다. 다른 중학교에서 모인 낯선 학생들 사이에서 쉽게 적응하지 못했다. 당시엔 반에서 아무도 어울릴 친구가 없다는 사실이 정말 괴로웠다. 그렇다고 공부에 딱히 관심이 있는 것도 아니어서, 학교에 다니는 것이 무료하게 느껴졌다. 그나마 책을 좋아했기에, 쉬는 시간이나 야간자율학습 때 책을 읽는 것이 유일한 탈출구였다.

　1년을 그렇게 버티고 2학년으로 올라갔는데 다행히 책을 좋아하는 친구를 짝으로 만났다. 그 친구 덕분에 점점 적응했고, 그 친구와 친한 또다른 친구 한 명과도 친해질 수 있었다. 학교 수업이 끝난 어느 날, 그 친구 둘과 함께 농구를 하는데 어김없이 배에서 신호를 보내기 시작했다. 배고프다는 요동이었다. 돌도 씹어먹을 수 있는 나이였지만, 이번에는 뭔가 제대로 맛있는 것을 먹고 싶었다. 그때 한 친구가 학교 근처 상가 지하에 있는 중국음식점을 아이디어로 내놓았다. 근처보다 짜장면 가격이 싼데다 맛도 훌륭하다는 소문을 들었다는 것이다. 반신반의했다. 짜장면이 거기서 거기라는 생각을 했지만, 친구들의 성화에 어쩔 수 없이 응했다. 곧바로 직행한 그곳에서 정말 기가 막히게 맛있는 음식을 맛봤다. 생애 최고로 맛있는 짜장면이었다. 얼마나 맛있었는지, 짜장소스 한 점도 남기기 아까울 지경이었다. 그릇을 들고 남은 짜장을 혀로 핥아먹었는데, 같이 온 친구들이 창피하다고 말렸다.

"유석아, 니 그릇은 완전 새 그릇 같아서 설거지 안 해도 되겠다, 인마."

"그러게, 너 며칠 굶었냐?"

친구들의 놀림 따위가 귀에 들어올 리 없었다. 개의치 않고 맛의 감동을 계속해서 친구들에게 이야기했고, 매주 한 번씩 같이 이곳에 오기로 약속까지 받아냈다. 그렇게 우리는 매주 한 번 혹은 두 번씩, 그 짜장면을 먹으러 갔다. 그런데 입소문을 들었는지, 다른 친구들도 가고 싶어해 갈 때마다 인원이 한 명씩 늘기 시작했다. 급기야 학기가 끝날 즈음엔, 그 모임이 열두 명으로 늘어나 있었다. 결속력을 위해 정식으로 '짜사모(짜장면을 사랑하는 모임)'라고 이름을 지었다. 짜장면에 대한 애정도를 놓고 경쟁한 결과, 만장일치로 내가 짜사모의 회장이 됐다. 그 모임은 고교 졸업 때까지 유지됐으며, 졸업식날 그곳에서 짜장면을 다 같이 먹는 것을 끝으로 해산했다. 그리고 나는 또다시 다른 지역으로 이사를 가게 됐고, 유학을 다녀온 것을 계기로 친구들과의 연락도 모두 끊겨버렸다. 이 동네에 많은 추억이 서려 있지만, 이상하게도 그간 한 번도 찾지 않았다. 그런데 레스토랑을 준비하며 몸이 두 개라도 모자랄 즈음, 이 중국집만큼은 꼭 와보고 싶다는 생각이 간절했다.

그렇게 감회에 잠겨 짜장면을 먹고 있는데, 교복을 입은 학생 네 명이 들어왔다. 교복을 보니 후배들이었다. 그들은 고민할 필요도 없다는 듯 앉자마자 짜장면 한 그릇과 짬뽕 두 그릇을 주문했다. 학생들이라 여유가 없는지, 다른 요리는 엄두도 못 내고 인원수만큼도 못 시키는 모양이었다. 지금이나 그때나 별 차이가 없는 걸 보자, 피식 웃음이 나왔다. 나 역시도 짜사모 운영중에 생일 때만 돈을 걷어 탕수육을 시켰다. 그리고 하나라도 더 먹기 위해 열심히 젓가락질을 했었다. 잠시 후 음식이 나왔다. 그들은 제대로 비빌 시간조차 없다는 듯 대충 비벼 입에 넣기 바빴고, 친구들과 장난치느라 정신이 없었다. 평소라면 시끄럽게 떠드는 그들을 예의 없다 생각했을 테지만, 그날따라 정겹게 느껴졌다. 왠지 그들 사이에 끼어서 먹으면, 학창시절로 돌아간 느낌을 받을 거란 생각마저 들었다.

다시 음식에 집중했다. 어느덧 그릇은 거의 비워져 있었다. 예전처럼 그릇을 들고 핥아먹고 싶었지만, 서른이 훌쩍 넘은 나이다보니 체면 때문에 주저했다. 대신 수저로 퍼서 마지막 짜장 한 숟가락까지 깨끗이 먹어치웠다. 마음 한편이 먹먹했다. 고교 졸업 후 요리를 시작해 지금까지 업으로 삼고 있기에 맛의 평가에서는 전문적일 수밖에 없었다. 그 누구보다도 입맛이 정확하다고도 자부한다. 그런데 분명히 짜장의 맛은 예전 그대로인데, 감동적이지 않았다. 별로 맛있지도 않았다. 짜장소스에 들어간 재료도 똑같았다. 머리가 혼란스러웠다.

'무엇이 문제일까……'

지난 10여 년간 세상의 온갖 요리들을 맛봐왔으므로, 그만큼 입맛이 더 고급스러워진 탓도 물론 있을 것이다. 하지만 그것으로는 완벽하지 않았다. 여전히 어머니가 만들어준 음식이 정말 맛있고, 라면과 분식에 감탄하기 때문이다. 식사를 마치고 나오는데 스스로 던진 의문에 답을 찾을 수 있었다. 바로 '그들'이 없었기 때문이었다. 혼자 계산을 한 적이 처음이었기에 낯설어하는 순간 답이 떠올랐다. 차이의 원인은 바로 그것이었다. 이곳의 짜장면은 학창시절의 '짜사모' 멤버들과 함께 2년간 백 번은 족히 먹었을 것이다. 당연히 이곳의 짜장면은 그들을 떼어놓고는 생각할 수 없었던 것이다. 짜장면 한 그릇을 비우는 동안에도 머릿속에는 온통 그들과 함께했던 추억들로 채워졌으니 말이다. 마치 그들의 떠들썩한 목소리가 귓가에 들리는 것 같았다.

"야, 너 왜케 지저분하게 먹어?"

"나 2000원만 빌려줘. 내일 갚을게."

"여기는 맨날 양을 너무 적게 준다니까."

"우리 열 명 넘는데, 군만두 서비스로 하나 안 주시나?"

이곳에 12년 만에 다시 돌아와, 주문한 짜장면에 거는 기대는 단지 그때의 맛의 완벽한 재현만은 아닐 것이다. 무의식중에 항상 함께 이곳에 왔던 친구들에 대한 그리움이 섞여 있었던 것이다. 음식에는 함께한 이들과의 추억이 섞인다. 상가 밖으로 나오니 어느덧 길거리에는 낙엽이 떨어져 있었다. 바스락바스락. 낙엽을 밟으며 길을 나섰다. 그리고 속으로 물었다.

'이곳을 또다시 오게 되는 날이 있을까?'

아마도 긍정적인 대답은 할 수 없을 것 같았다. 바쁜 삶 탓을 할 수밖에 없지만 소중한 학창시절을 함께한 그들에게 연락 한번 없이 무심했던 스스로가 조금은 원망스러웠기 때문이다. 언제가 될지 모를 일이다. 이곳이 언제까지 지금처럼 꾸준히 장사를 할지도 의문이었다. 하지만 이곳이 문 닫기 전, 학창시절의 그 친구들과 꼭 이곳을 다시 찾기를 희망해봤다. '음식'과 '추억'은 함께 나눌 수 있는 사람이 있을수록 좋은 게 아닌가. 왜 내가 굳이 이곳에 다시 오게 됐는지도 깨달았다. 힘든 일상에서 함께 할 옛 추억이 미치도록 그리웠기 때문이리라. 만나는 사람이라고는 부동산 주인과 재료상 주인밖에 없는 일상에서, 즐겁게 대화하고 장난치던 그때가 생각나서였을 것이다.

예전에 미국의 주간지에서, 곧 처형을 앞둔 사형수에게 마지막 식사로 무엇을 먹고 싶냐는 질문에 하나같이 소박한 음식을 뽑았다는 내용을 본 적이 있었다. 콜라와 프라이드치킨 한 조각, 핫도그, 도넛과 맥주 한 병, 치즈버거 등 일상생활에서 먹을 수 있는 평범한 것들이었다. 그들은 가장 즐거웠던 시절에 사랑하는 사람과 먹은 음식이라는 이유를 달았다. 그렇다면 요리사들은 어떨까. '나의 최후의 만찬'이라는 주제로 세계 최고의 요리사 오십 명에게 물었더니 캐비어와 푸아그라, 송로버섯 등 세계 3대 진미를 선택한 요리사는 불과 세 명에 불과했단다. 다른 요리사들 역시 사형수들과 비슷한 대답을 했다. 역시나 음식은 함께한 사람들과의 추억을 양념 삼아 함께 먹는 것이다.

아주 개인적인,
수줍은 고백

이별의 아픔은 사람을 성숙하게 만든다는 그 말을 나는 믿지 않는다. 정말이지 너무 아팠으니까. 1년 반 전, 인생에서 가장 힘든 시기였던 그때 이별이 찾아왔다. 당시 교제하던 그녀는 같은 요리사였고, 내가 레스토랑을 오픈할 때 큰 힘이 돼줬다. 아마 그녀가 없었다면 지금의 루이쌍끄는 없었을지도 모른다. 지금 돌이켜 생각해보면 그녀와의 이별은 자연스러운 수순이었다는 생각도 든다. 연인 사이에 생계가 달린 일을 함께했으니, 그만큼 민감해질 수밖에 없었을 것이다. 열악한 상황이었고, 그것을 오직 정신력 하나만으로 이겨내야 했던 시간이었다. 오픈 초기 가게 운영자금이 부족해 은행을 다니며 대출을 받았고, 매일 인테리어 담당자, 건물주와 재료

거래상들과의 숨 막히는 혈전으로 정신적 스트레스가 극심했다. 다행히 우려했던 것과 달리 손님들이 꽤나 많이 찾아왔다. 맛집 블로거들 사이에서도 높은 점수를 받으며 입소문이 나기 시작했고, 매출도 조금씩 올랐다.

문제는 그녀와의 관계였다. 언제부터였을까. 연인으로서의 애틋한 감정은 사라지고, 동료로서의 책임감만 강조하는 사이로 돼버린 것이…… 우리 사이에 가장 중요한 것은 데이트나 장밋빛 미래가 아니었다. 오직 레스토랑을 살리는 것뿐이었다. 그녀와 데이트할 만큼 한가하지 않았고, 솔직히 피곤했다. 유일한 휴일인 일요일에는 서로에게 연락하지 않는 것을 불문율로 여길 정도로 연락이 뜸해지다, 어느새 그녀는 아무 말도 하지 않고 나를 떠났다. 먹먹했다. 그제야 그간 놓치고 산 것들에 눈을 돌렸지만, 이미 늦은 상황이었다.

상상도 하지 못했던 상황에 충격으로 며칠간 가게 문도 닫았다. 순전히 책임감으로 며칠 뒤 다시 문을 열었지만, 미처 떨쳐내지 못한 실망감과 배신감에 허덕이며 영업시간에도 술을 마셨다. 하루는 중간에 만취해서 뻗어버린 적도 있다. 어쩌면 '사랑'을 잃었다는 슬픔보다는 '사람'을 잃었다는 상실감이 더욱 힘겨웠던 건지도 모르겠다. 아무도 믿을 수 없었고 아무것도 할 수 없었다. 화풀이할 상대가 필요했고, 미련하게도 화살표를 스스로에게 돌렸다. 몸을 혹사시켰다. 주방에 아무도 사람을 들이지 않은 채 몇 달간 하루 열네 시간씩 일했다. 두세 사람이 해야 할 일을 혼자 하다보니 온몸이 망가지기 시작했지만, 적어도 일하는 동안은 아무런 생각도 하지 않을 수 있었다.

"이셰프, 게이라는 소문 돌던데 진짜야?"

수개월 후 이런 질문까지 받았다. 의도적으로 이성을 만나길 피했고, 심지어 여자 손님들에게도 눈길조차 주지 않자 이상한 소문이 퍼진 것이다. 황당하긴 했지만 전혀 개의치 않았다. 그냥 시간에 모든 것을 맡긴 채 그렇게 하루하루 흘러가면 좋겠다는 생각만 할 뿐이었다.

2011년 11월이었다. 가게 홍보도 할 겸 트위터를 운영하기 시작했는데 B와 종종 이야기를 나누게 됐다. 음식과 책이라는 공통분모 때문에 대화가 잘 통했다. 한번은 휴일을 맞아 교보문고에 갔는데, 트위터를 보니 그녀도 마침 교보문고에 있었다. 트위터로 서로에게 책을 추천한 적이 있기에 잠깐 인사라도 나누며 책 이야기를 하고 싶었다. 위아래층을 계속 돌아다니며 그녀를 찾았는데 만날수가 없었다. 나중에 알고 보니 그녀는 광화문 지점에, 나는 강남지점에 있었던 것이다. 참으로 아쉬웠다. 그렇게 만남의 기회가 무산되고, 한 달 정도 지난 어느 날이었다. B가 가게에 손님으로 찾아왔다.

"안녕하세요, 셰프님. 드디어 만나네요."

"아, 네. 이렇게 와주셔서 감사해요. 뵙고 싶었어요."

큰 눈에 오똑한 코. 그녀는 상상했던 것보다 예뻤고, 특히 웃는 모습이 매력적이었다. 같이 온 지인과 앉아서 도란도란 이야기를 나누며 음식을 먹는데 저절로 눈길이 갔다. 아직도 젖살이 남아 있는지 통통한 볼이 더 빵빵해질 때까지 음식을 넣고 오물거리는 모습이 귀여웠다. 직접 대면한 적이 처음이었기에 서로 명함을 교환하며 신상정보를 나누는데, 그녀는 누구나 인정할 만한 좋은 회사에 다니고 있었다. 나보다 두 살 어리다는 사실도 알게 됐다. 뭐든 적극적이고 열심히 하는 사람인 것 같았다. 음식이 맛있다며 칭찬을 늘어놓을 때나 지인과 밝게 대화하는 모습이 티 없이 맑았다. 가끔씩 내게 요리에 대해 이것저것 묻곤 했는데, 대답하는 과정이 귀찮기는커녕 즐겁기만 했다. 정말이지 오랜만에 갖는 즐거운 소통이었다. 세 시간이 흘러 그녀가 돌아간 다음에야 참았던 볼일을 보러 화장실에 갔는데, 거울을 보고 깜짝 놀랐다. 입이 조금 열려 있고 입꼬리는 올라가 있었기 때문이다. 그렇다. 웃고 있었다. 없어진 줄만 알았던 웃음이 남아 있었던 것이다.

얼마 후 다시 그녀가 레스토랑에 들렀을 때 내게 책을 하나 선물해줬다. 신경숙 작가의 『모르는 여인들』. 책을 좋아하는 내가 생각나 서점에 간 김에 한 권 샀다는 것이다. 참으로 오랜만에 받아보는 따뜻한 선물이었다. 다음날부터 그 책을 조금씩 아껴가며 읽었다. 잠깐이라도 짬이 나면 책을 펼쳐들었다. 가게에서 짬짬이 그 책을 읽는 시간이 왠지 '치유'의 시간처럼 느껴졌다. 고마운 마음에 그녀가 간절히 생각났다. B를 다시 한번 만나보고 싶다는 생각이 간절해졌다. 마침 친한 친구이자 같은 길을 걷고 있는 이형준 셰프가 도산대로에 레스토랑을 오픈한다고 초대를 받았기에, 용기내 B에게 식사 초대를 했다. 그녀도 흔쾌히 응해줬다. 음식을 좋아해서인지 아니면 그녀 역시 나를 한 번 더 보고 싶어서였는지는 모르겠지만, 어쨌든 긍정의 답변을 내놓았다.

약속 당일, 내가 조금 늦은 탓에 그녀가 먼저 도착해 있었다. 추운 겨울인데 기다리게 한 것이 몹시도 미안했다. 그녀를 옆에 태우고 레스토랑으로 향했다. 참 잘 먹었던 그녀와 달리 나는 그날 무엇을 먹었는지 전혀 기억이 나지 않는다(친구에게는 미안하지만). 떨리고 긴장된 마음을 들킬까, 안절부절못했던 기억뿐이다. 며칠 뒤 다시 그녀에게 만나자는 연락을 했다. 크리스마스이브 파티에 함께 가자고 제안한 것이다. 사실 파티는 거짓말이었다. 그녀를 만나기 위한 '선의의 거짓말'이었달까. 그녀는 머뭇거리면서도 결국 초대에 응했다. 그런데 약속 당일 문제가 발생했다. 교통사고가 난 것이다. 성수대교를 진입하기 직전, 앞차가 브레이크를 급하게 밟더니 다짜고짜 정지했다. 나 역시 역시 놀라서 급하게 브레이크를 밟았고, 불과 10센티미터를 사이에 두고 충돌을 피할 수 있었다. 그러나 뒤차는 아니었나보다. '꽝' 하는 굉음과 함께 뒤를 박았고, 그 충격으로 전진한 내 차가 결국 앞차를 박고야 말았다. 그 차는 또 앞차를 박아 결국 4중 추돌사고가 났다. 다행히 크게 다치지는 않았지만, 차는 운전할 수 없는 상태였다. 보험사에서 급하게 렌트해준 차를 몰고 가게로 향하는데 등이 심하게 욱신거렸다.

'교통사고가 났어요. 죄송해요. 다음에 봬야 할 것 같아요.'

문자를 썼는데 도저히 그녀에게 보낼 용기가 나지 않았다. 아니 보내고 싶지 않았다. 오늘 보지 못하면 두고두고 후회할 것 같다는 생각이 들었기 때문이다. 가게에 도착해 등에 파스를 여섯 개나 붙이고, 진통제 한 알을 먹고 일을 시작했다. 크리스마스이브 때 레스토랑을 다녀본 사람은 알겠지만, 정말 웬만한 레스토랑들은 죄다 만석이다. 그날 우리 레스토랑도 한 달 전부터 예약이 완료된 상황이었다. 멍한 상태로 음식을 만들기 시작했다.

밤에 B가 찾아왔을 때는 녹초가 된 상태였다. 그녀는 상황을 듣고 적잖이 놀란 눈치였다. 그로 인해 파티가 거짓이었음은 전혀 알아채지 못했고, 집으로 가자고만 재촉했다. 그녀를 옆에 태우고 데려다주려는데, 그래도 좀 아쉽다는 생각이 들었다. 크리스마스이브였고 옆에 그녀가 있었으니까. 잠시 음악이나 듣고 가자며 공원에 주차하고 라디오에서 흘러나오는 캐럴을 함께 들었다. 우리만의 크리스마스 파티였던 셈이다. 그리고 내 고백이 이어졌다. 어렵게 꺼낸 진심을 그녀는 묵묵히 들어줬다. 그다음엔 그녀도 자신의 삶에 대해 털어놓았다. 간신히 용기를 끄집어내 그녀의 손을 잡았는데, 그녀도 따뜻한 손으로 내 손을 감싸줬다. 밖에는 하얀 눈이 펑펑 내리고 있었다.

그날부터 그녀는 내게 가장 소중한 사람이 됐다. 늘 함께하고 싶은 사람, 보고 있어도 보고 싶은 사람. 몇 달간 거의 매일 만났다. 문제는 그녀와 생활시간대가 너무 다르다는 것. 그녀는 새벽 여섯 시에 일어나 출근하는 아침형이었고, 나는 새벽 영업을 하는 만큼 철저히 올빼미형이었다. 그녀가 야근을 하고 레스토랑 근처에서 책을 보며 기다려주기도 하고, 일을 끝낸 내가 집 앞에 찾아가 차 안에서 잠시 만나기도 했다. 부모님이 잠든 틈을 타 몰래 나온 그녀와 심야영화도 보고 맛있는 것도 먹으며 즐거운 시간을 보냈다.

일이 조금 일찍 끝난 어느 날, 어김없이 집 앞으로 가겠다고 전화를 걸었다. 이런저런 이야기를 하다 배가 고프다는 말도 살짝 했던 것 같다. 생각보다 빨리 도착했고 늘 기다리던 자리에 주차를 했는데, 평소와 달리 그녀가 나와 있지 않았다. 잠시 후 저 멀리서 헐떡거리며 뛰어오는 그녀가 보였다. 무슨 일이 있냐고 물으니, 그녀는 가쁜 숨을 내쉬느라 말도 제대로 하지 못하고 옷 속에 묻어뒀던 검은색 봉지를 꺼내 보였다. 방금 찐 따끈따끈한 만두였다. 김치만 두 네 개와 고기만두 네 개가 먹음직스럽게 담겨 있었다. 김이 모락 모락 났다.

"추운 날에는 만두가 제맛이라 전철역 근처 만둣집에서 사왔어 요. 따뜻한 거 먹이고 싶어서, 새로 찔 때까지 기다렸다가 사왔어 요. 식기 전에 어서 먹어요."

"추운데 왜 그런 고생을 했어요?"

그동안 먹었던 어떤 만두보다 따뜻하고 맛있는 만두였다. 사실 나는 만두를 참 좋아한다. 오죽하면 프랑스에서 유학할 때 잠깐 키 웠던 고양이에게도 만두라는 이름을 붙였을까. 그런데 신기하게도 그녀를 처음 본 순간 떠오른 것이 만두다. 통통한 볼이 왕만두같 이(?) 생겼기 때문이다. 그녀는 싫어하지만 나는 그녀를 '만두'라는 애칭으로 부른다. 한번은 휴일날 만나자마자 사소한 문제로 반나절 을 다툰 적이 있었다. 둘 다 화가 나 있었지만, 서로 지친데다 허기 까지 밀려와 장충동 '평양면옥'에 들어갔다. 냉면과 만두를 시켜 묵 묵히 먹고 있는데, 그녀의 먹는 모습이 눈에 들어왔다. 가뜩이나 볼 이 만두처럼 통통한 그녀가 자기를 빼닮은 통통한 만두를 입안 가 득 넣고 오물오물거리는 것이다. 그 모습이 얼마나 사랑스러웠던 지, 순식간에 화가 스르륵 풀리고 그녀를 꼭 안아주고 싶었다.

그녀는 내게 애인이자 내가 만든 음식을 가장 좋아해주는 팬이
기도 하다. 종종 밤늦게 레스토랑에 들른 그녀에게 음식을 해줬는
데, 늘 접시가 깨끗해질 때까지 맛있게 먹었다. '다이어트해야 하는
데'라고 투덜거리긴 하지만 말이다. 새로운 메뉴에 날카로운 의견
을 주기도 하고, 나를 대신해 새로 생긴 레스토랑을 찾아가 맛보고
음식에 대한 여러 조언을 내놓기도 한다. 그런 그녀를 만나며 참 많
이 변했다. 그녀에게 더 좋은 남자가 되기 위해 일도 열심히 했고
뽀족했던 성격도 원만해졌다.

사실 이 책도 그녀의 권유로 쓰기 시작했다. 재미 삼아 블로그
를 만들어 글을 썼는데, 우연히 그 글을 본 그녀가 대단치 않은 글
재주를 진심으로 칭찬해준 것이 계기가 됐다. 인정받았다는 기쁨
에 본격적으로 글을 써보고 싶다는 생각이 든 것이다. 언젠가 그녀
가 "유석씨, 가게에서 만난 손님들에 대한 이야기를 한번 써보면 어
때요? 나한테 얘기해주듯이 편안히 쓰면 많은 독자분들이 감동하
고 위로받을 것 같아요"라는 그녀의 말이 바로 이 책의 출발점이었
다. 늦은 새벽까지 식당을 운영하다보니 수많은 사람들의 날것 그
대로의 사연을 만났기 때문에, 그것을 정리해보는 것도 의미가 있
다는 생각이 들었다. 쓰는 동안에는 작지만 의미 있는 발자취를 남
기는 기분이었다. 한편으로는 밀린 일기를 쓰는 기분도 들었다. 매
일 새벽 두세시에 집에 들어와 졸리고 지친 몸을 커피 한잔으로 달

래며 글을 쓰는 일정은 무척 고됐지만, 그녀의 응원으로 큰 힘을 낼 수 있었다. 책을 쓰기 시작하면서 그녀를 거의 챙겨주지 못했다. 하루종일 식당에서 시달리다 집에 돌아와서는 원고에 매달리는 바람에 그녀와 예전처럼 자주 만나지도 못했다. 그런 상황을 그녀는 진심으로 이해해줬다. 그녀를 만나서 정말 다행이다.

"Le Temps au Temps(시간을 시간에)……"

파리에서 처음으로 일하게 된 레스토랑에 걸려 있던 문구다. 당시엔 '시간이 다 해결해준다'는 그 말을 믿지 않았고 이해도 되지 않았는데, 이제 그녀를 만나 조금씩 그 의미를 깨닫고 있다. 내 가장 고마운 사람, 그녀에게, 그리고 그녀 못지않게 소중한 '루이쌍끄'의 손님들에게, 또한 이 책을 읽어준 당신에게 말주변 없는 내가 건넬 수 있는 최선의 표현을 전하고 싶다.

"사랑합니다."

맛있는 위로
©이유석 2012

1판 1쇄 2012년 12월 5일
1판 2쇄 2013년   1월 14일

지은이 이유석
펴낸이 강병선

기획·책임편집 고아라 | 편집 오동규 | 모니터링 이희연
디자인·일러스트 이효진 | 마케팅 방미연 정유선 | 온라인마케팅 김희숙 김상만 이원주
제작 서동관 김애진 임현식 | 제작처 미광원색사(인쇄) 한영제책사(제본)

펴낸곳 (주)문학동네
출판등록 1993년 10월 22일 제406-2003-000045호
주소 413-756 경기도 파주시 문발동 파주출판도시 513-8
전자우편 editor@munhak.com | 대표전화 031) 955-8888 | 팩스 031) 955-8855
문의전화 031) 955-8889(마케팅) 031) 955-1915(편집)
문학동네카페 http://cafe.naver.com/mhdn | 트위터 @munhakdongne

ISBN 978-89-546-1980-6 03810

* 이 책의 판권은 지은이와 문학동네에 있습니다.
  이 책 내용의 전부 또는 일부를 재사용하려면 반드시 양측의 서면 동의를 받아야 합니다.
* 이 도서의 국립중앙도서관 출판시도서목록(CIP)은 e-CIP홈페이지(http://www.nl.go.kr/ecip)와
  국가자료공동목록시스템(http://www.nl.go.kr/kolisnet)에서 이용하실 수 있습니다.
  (CIP제어번호: CIP2012005251)

www.munhak.com